사상의 꽃들 15

반경환 명시감상 19

사상의 꽃들 15

반경환 명시감상 19

지혜

저자서문

  시인은 꽃을 가져오는 사람이고, 철학자는 사상(정수精髓)을 가져오는 사람이다. 쇼펜하우어는 시와 철학의 상관관계를 매우 정확하게 알고 있었던 세계적인 사상가였다.

  시인의 세계는 상상력의 세계이며, 그가 펼쳐 보이는 세계는 아름답고, 신비로우며, 환상적이다. 여기가 아닌 다른 곳, 그 다른 세계로 우리 인간들을 인도하며, 그의 시세계는 활짝 핀 꽃과도 같은 아름다움을 가져다가 준다.

  어떤 시인은 살아 있어도 이미 죽은 것이지만, 어떤 시인은 이미 죽었어도 영원히 살아 있는 것이다.

  사상은 시의 씨앗이고, 시는 사상의 꽃이다.

  이 사상과 시가 있기 때문에 우리 인간들의 삶은 아름답고 행복한 것이다.

  반경환은 무엇을 하는 사람인가? 그는 한국사회의 영원한 이단자이자 파렴치한에 불과하지만, 그러나 하늘을 감동시키기 위하여 '명시감상'을 온몸으로 쓰는 철학예술가이다. 철학을 예술의 차원으로 승화시키고, 예술을 철학의 차원으로 승화시킨다는 것은 그의 낙천주의 사상의 목표이며, 반경환은 이 무거운 짐을 짊어짐으로써 우리 한국인들을 고급문화인으로 인도하고자 했었던 것이다. 천년, 만년, 영원히 식지 않는 그의 열정은 하늘을 감동시키고, 언젠가, 어느 때는 그의 '명시감상'은 수많은 시들보다도 더욱더 아름다운 사상으로 밤하늘의 별들처럼 빛나게 될 것이다. 철학예술가라는 낙천주의 사상가, 그는 지혜를 사랑하는 사람으로서 '나는 신성모독을 범한다, 고로 존재한다'와 '세계는 나의 범죄의 표상이다, 고로 행복하다'라는 두 개의 명제를 그의 실천철학의 과제로 삼아왔던 것이다. 우리 한국인들이 해마다 노벨상을 타고 전 인류의 스승들을 배출해낼 수 있는 그날을 위하여 자기 스스로 영원한 이단자와 파렴치한이 되어야 하는 신성모독자의 삶을 마다하지 않았던 것이다. 반경환은 자랑스러운 단군의 후예이고, 낙천주의 사상가인 최고급의 홍익인간이다.

『사상의 꽃들』1, 2, 3, 4, 5, 6, 7, 8, 9, 10, 11, 12, 13, 14권에 이어서『사상의 꽃들』15권을 탄생시켜준 엄원태, 최

서림, 유종인, 정호승, 김기택, 이서빈, 윤동주, 박방희, 홍영택, 장석원, 이상국, 이종민, 장옥관, 김기택, 반칠환, 천양희, 엄재국, 이선희, 이원형, 김명숙, 백지, 박용숙, 정여운, 김석돈, 권순학, 김소월, 김새하, 김형식, 유안나, 강익수, 권혁재, 김정원, 최병근, 최윤경, 박은주, 박영, 홍영택, 김선옥, 김소형, 손택수, 이서빈, 이용우, 조숙진, 이진진, 글보라, 박분필, 유계자, 이옥, 김연종, 백승자, 오은, 조용미, 정영선, 우재호, 이정화, 정영선, 김명숙, 정해영, 나태주, 이하석, 이병연, 허이서, 조옥엽, 탁경자, 장정순 등 65명의 시인들과 그동안 『반경환 명시감상』을 너무나도 뜨거운 마음으로 사랑해준 독자 여러분들에게 진심으로 감사를 드린다.

좀 더 정확하게 말한다면, 독자 여러분들은 이 책의 저자였고, 나는 독자 여러분들의 시심詩心을 받아 적은 필자에 불과했다.

나는 이 『사상의 꽃들』 15권을 쓰면서, 너무나도 행복했고, 또, 행복했었다.

2024년 여름, '애지愛知의 숲'을 거닐면서…….

2부

3부

4부

1부

엄원태 최서림 유종인 정호승
김기택 이서빈 윤동주 박방희
홍영택 장석원 이상국 이종민
장옥관 김기택 반칠환 천양희
엄재국

엄 원 태

이 동물원을 위하여 · 1

곰 농장이 기어이 문을 닫고
사슴 농장도 폐쇄를 목전에 두고 있다는 소식
웅담이나 녹용이 필요 없어져서는 아니다
우유 농가들도 폐업 직전이라고 아우성
사룟값과 원유가격 연동제 때문만도 아니라 한다

민간 동물원들은 대부분 문을 닫았고

시립 동물원이 외곽의 대공원 안쪽으로 이전한다는 뉴
스가 떠들썩했던지도 십 년이 넘게 훌쩍 지났건만
아직도 보상 문제로 으르릉대는 현수막이 대로변에 널
렸다

동물 학대 문제 때문만도 아니라지만

동물원이 인기를 잃었다는 건 자명한 사실
아이들조차 더는 동물원에 가고 싶어 하지 않는다

따로 동물원에 갈 필요가 없어져서이다

동물원은 우리 집에 있다
동물원이 이미 우리에게 와 있어서이다

거실과 식당 홀 TV에선 진종일 개 짖는 소리가
늑대와 승냥이와 여우의 사이좋은 삼중창 퍼포먼스가
왈왈대고 컹컹대며 낑낑거리고 캑캑거리며 앵앵거리
지만

언제부터인지
그것이 익숙하고 친밀해진 것이었다

이 동물원을
어찌해야 할 것인가?

삼성, 엘지, 에스케이, 롯데, 현대 등, 이 세계적인 한국의 기업들은 머리에서 발끝까지 탐욕으로 가득차 있으며, 대한민국의 사법질서를 초토화시켜 나가고 있다. 소위 '오너 일가'란 자들이 자기 자본 5% 내외로 모든 경영권을 장악하고, 사법적으로는 도저히 있을 수 없는 '부의 대물림'을 완성하기 위하여 그 모든 탈법과 불법을 다 저지르게 된다.

예컨대 경영권 방어를 위해 고객의 예탁금으로 주식을 확보하고, 삼성그룹의 이재용처럼, 정경유착을 통하여 국민연금까지도 동원을 했는가 하면, 기업합병을 빙자한 분식회계를 통하여 천문학적인 상속자금을 마련하기도 했던 것이다. 전기차 배터리를 통하여 세계적인 선두기업으로 올라선 엘지화학은 수많은 주주들의 이익에 반하여 '엘지 에너지 솔루션'을 만들어 '부의 대물림의 초석'을 마련했는가 하면, 소위 자그만 구멍가게 같은 식자재나 운송회사를 차려서 그 그룹의 일감을 몰아주는 너무나도 파렴치하고 뻔뻔스러운 추태들을 연출해왔던 것이다. 소위 분식회계와 내부거래와 순환출자, 부의 대물림 등은 모두가 다같이 자본주의의 근본체제를 무너뜨리는 불법행위들이지만, 그러나 우리 재벌들은 형무소를 밥 먹듯이 드나드는 것을 조금도 두려워하지 않는다. 정치권력이나 사법권력이 눈감아 주면 모범시민이 되고, 정치권력이나 사법당국이 문제를 삼더라도 잠시 외국여행을 하듯이 형무소를 다녀오면 된다. 사면복권은 우리 재벌들이 한국대통령들에게 잠시 맡겨둔 면책특권이고, 따라서 우리 재벌들을 위해서 대한민국의 국경일은 사면복권의 날이 되지 않으면 안 된다. 대한민국의 국경일은 '사면복권의 날'이자 '범죄인 만세의 날'이고, 우리 재벌들을 위해서 대통령과 장관과 국회의원과 전관예우의 법조인들과 우리 세무공무원들과 전국민이 봉사를 하지 않으면 안 된다. 대한민국은 문화선진국 그 어디에도 없는 선진 자본주의의 본보기이며, 표절밥과 뇌물밥과 부패밥을 통하여 세계 최고의 불량국가의 길을 가고 있는 것이다.

무지와 부가 결합되거나 무지와 권력이 결합되면 이 세상의 동물원이 없어지고, 우리 인간들의 삶 자체가 동물원이 된다. "동물원은 우리 집에" 있고, "동물원에 따로 갈 필요가" 없다. "거실과 식당 홀 TV에선 진종일 개 짖는 소리가/ 늑대와 승냥이와 여우의 사이좋은 삼중창 퍼포먼스가/ 왈왈대고 컹컹대며 낑낑거리"지만, 그러나 그것은 매우 익숙하고 친밀해진 일상생활일 뿐이었던 것이다. 어느 누구도 국가나 국민의 앞날을 걱정하지도 않으며, 어느 누구도 어진 현자나 모범시민의 길을 걸어가려고 하지도 않는다. 큰스님이 부처를 팔아 자기 배를 채우면 우리 신부님은 여신도를 추행하고, 우리 신부님이 여신도를 추행하면 우리 목사님들은 이 세상에서 가장 아름다운 목사왕국을 만든다. 세 살 짜리 어린아이부터 80살, 또는 120살의 늙은이까지 오직 돈, 돈, 돈을 외치며, 표절밥과 부패밥과 뇌물밥만을 삼대 진미로 포식한다.

엄원태 시인의 「이 동물원을 위하여 1」은 대한민국의 상징적 축도이며, 인간의 탈을 쓰고 너무나도 끔찍하고 추악하게 타락한 우리 한국인들을 희화화한 시라고 할 수가 있다.

'부자로서 죽는 것은 부끄러운 일이다'라고 '부의 대물림'의 반대방향에서 전재산을 환원할 때 일등국가가 되고, '우

리 대한민국의 미래는 천재생산에 달려 있다'라고 세계적
인 명문대학교를 설립할 때 대한민국의 국부國父가 될 수
도 있다.

　모든 학문의 목적은 사상과 이론을 정립하는 것이고, 사
상과 이론을 통하여 전 인류의 스승이 되는 것이다. 독서
와 무관하고 철학 공부를 하지 않는 서울대 교수들은 천
년, 만년 공부를 해도 전 인류의 스승이 될 수가 없다.

최 서 림
너의 이름

네가 내 이름을 자작나무 숲에다 묻고
눈으로 덮어버렸듯이,
이젠 나도 네 이름을 지운다.
네 이름을 냉동실에다 얼려도 보고
장작불에다 태워도 본다.
그래도 살아 꿈틀거리면
페루까지 날아가서 죽는다는 새에게
물려 보낸다. 그래도
네 이름이 두 눈 부릅뜨고 살아 돌아온다면
내가 삼켜버릴 테다.
이미 삼킨 바 있는 네 이름
한 번 더 삼켜버릴 테다.
내 염통 안에서
열두대문집을 짓고 있는 네게 돌려주마.

우리가 타인을 경멸할 때는 쾌락이 따르고, 우리가 타인을 증오할 때는 고통이 따른다. 대부분의 경멸의 대상은 이 세상의 어중이떠중이들처럼 하찮아 보이고, 그들의 마음씨나 행동은 어느 것 하나 배울 것이 없다. 이에 반하여, 우리가 증오하는 대상은 예수나 부처, 또는 미국이나 일본인들처럼 우리보다 강력할 때가 많으며, 이 강력한 적들에 의해서 자기 자신의 재산이나 주권을 빼앗기고 고통을 겪을 때가 많게 된다. 끊임없이 재물이나 조공을 바치고, 끊임없이 존경과 찬양을 표하지 않을 수 없을 때 우리는 상대방을 증오하고 차마 입에 담지 못할 욕설과 험담을 퍼붓게 된다.

외부의 적을 물리치고 그 증오의 감정을 발본색원할 수 있는 가장 좋은 방법은 공부를 하고, 또 공부를 하며, 자기 자신을 높이 높이 끌어올리는 것이라고 할 수가 있다. '모든 인간의 욕망을 부정하고 어떻게 극락에 갈 수 있는가'

라고 부처의 목을 비틀어 버리고, '도대체 신의 창조질서를 부정하고 유전자 조작을 함부로 해대는 악마들에게 왜, 천벌을 내리지 않느냐'고 예수의 목을 비틀어 버린다. 모든 국경일마다 대사면을 통하여 '범죄인 천국'을 만드는 네가 바로 '악마'라고 그 녀석의 목을 비틀어 버리고, '도대체 왜 그렇게 검찰을 두려워하느냐, 네가 바로 악마가 아니냐'고 그 녀석의 목을 비틀어 버린다. 백전백승의 최고급의 전략과 전술은 상대방의 가치를 부정하고 파괴할 수 있는 지혜에서 솟아나오며, 최고급의 지혜를 가진 전 인류의 스승들은 모든 인간들을 경멸하지 증오하지 않는다.

이름은 한 인간의 존재 증명이며, 이름이 있기 때문에 너와 내가 서로를 믿고 신뢰를 하며 사귈 수가 있는 것이다. 친교는 우정이며, 어렵고 힘든 '인생의 길에서 함께 울고 웃는 묵언의 약속일 수도 있는 것이다. 사랑하는 사람도 가까이 있고, 원수도 가까이 있다. 아니, 네것 내것 없이 가장 가깝게 지내던 친구들이 어느날 갑자기 싸우고, 원수형제처럼 돌변한 예가 이제까지의 모든 우정의 흑역사일 수도 있다. 원수가 그 적대적 감정을 버리고 친구로 된 예는 거의 없지만, 친구가 어느날 갑자기 배신을 때리고 원수로 돌변한 예는 이루 헤아릴수 없을 정도로 많다고 할 수가 있다.

최서림 시인의 「너의 이름」은 '우정의 흑역사'를 노래한 시이며, '너와 나'는 더 이상 서로가 서로를 인정할 수 없는 원수형제들에 지나지 않는다. 사랑이 미움으로 변하고, 우정이 배신으로 이어진다. 이기주의의 극단적인 형태인 배신은 서로 간에 유, 무형의 손실과 상처를 남겼고, 그 결과, 하늘마저도 무너뜨리고 싶은 대분노를 폭발시킨다. "네가 내 이름을 자작나무 숲에다 묻고/ 눈으로 덮어버렸듯이/ 이젠 나도 네 이름을 지운다." "네 이름을 냉동실에다 얼려도 보고/ 장작불에다 태워도" 보지만, "그래도 살아 꿈틀거리면/ 페루까지 날아가서 죽는다는 새에게/ 물려" 보낼 것이다. 최서림 시인의 「너의 이름」의 시적 문맥으로 보면 그 친구가 먼저 '배신의 방아쇠'를 당긴 가해자이고, 그 피해자인 나는 그 배신의 원한 맺힌 감정을 어찌지 못해 이 시를 쓰고 있는 것이다.

최서림 시인의 분노-증오의 대폭발은 제1차, 제2차, 제3차, 제4차의 연립방정식과도 같고, 매단계마다 그 폭발의 위력은 점점 더 가중된다. "네가 내 이름을 자작나무 숲에다 묻고/ 눈으로 덮어버렸듯이/ 이젠 나도 네 이름을 지운다" 라는 시구는 첫 번째 방정식에 해당되고, "네 이름을 냉동실에다 얼려도 보고/ 장작불에다 태워도 본다"라는 시구는 두 번째 방정식에 해당된다. "그래도 살아 꿈틀거리면/ 페루까지 날아가서 죽는다는 새에게/ 물려 보낸다"라는 시구는 세 번째 방정식에 해당되고, "그래도/ 네 이름이 두 눈 부릅뜨고 살아 돌아온다면/ 내가 삼켜버릴 테다/ 이미 삼킨 바 있는 네 이름/ 한 번 더 삼켜버릴 테다/ 내 염통 안에서/ 열두대문집을 짓고 있는 네게 돌려주마"라는 시구는 네 번째 방정식에 해당된다.

최서림 시인의 「너의 이름」은 '분노-증오의 대폭발'이며, 그 폭발과정은 천지창조의 그것과도 같다. 먼지와 먼지가 모여서 가스덩어리가 되고, 이 가스덩어리들의 대폭발로 인해서 수많은 은하계와 은하계의 별들이 탄생하게 된 것이다. 절제하고 싶어도 절제할 수가 없고, 잊고 싶어도 잊을 수가 없는 분노와 증오가 있는 한, "내 염통 안에서/ 열두 대문집을 짓고 있는 네게 돌려주마"와도 같은 원한 맺힌 저주감정을 폭발시킬 수밖에 없는 것이다.

'너의 이름'은 먼지와 먼지이고, 가스와 가스덩어리이며, 모든 만병의 근원이자 대재앙의 진원지라고 할 수가 있다. 강 건너 불구경이 아름답듯이, 이 세상에서 가장 아름다운 것은 사랑과 증오와 전쟁의 불꽃놀이며, 우주적인 대폭발이라고 할 수가 있다.

유 종 인

찬란의 묵계
— 성산포

아무리 둘러봐도 청靑 파도 에워싸는 유채꽃밭이다

조랑말에 귓속말하는 유채꽃들 귀이개로 파내느라

근동 파도들 사팔뜨기처럼 눈길이 모이는 화투판이다

고개 들면 아직도 설문대할망이 엉덩이로 지긋이 누르

고 앉은 성산 봉우리,

언뜻 언뜻 초록의 분화구 안에 사슴의 관冠이 높고

그 사슴 잔등에 오뉴월에도 흰 잔설이 푸르러

땀 들이는 동안 수수억 광년 햇살이 발등에 솜다리꽃 그

리메로 흔들린다

몬스테라처럼

늘어진 망사모자의 여인은 성산에 들어 몸이 달랐다

멀구슬나무 넋을 만 평의 하늘 바다로 맘에 들였으니

엊그제까진 장삼이사라도

오늘은 거진거진 세간에 껴둘만한 신선의 방계 직속들,

대구 장모의 발뒤꿈치 낮꿈의 각질을 밀어볼까

기념품점 부석을 들면

기분 호탕한 날엔 돌이 공중에 뜬다

좋이 성산을 바라 바람 속에 캉캉춤을 추다 내려앉는 곳

오지랖이 싱싱한 다시마 미역내음 바람이

성산포 성당에 들러 사방 성호를 긋듯

성산포 절간에 들어 시방 천 배를 모시듯

아닌 곳이 없는 다솜들 아닌 데가 없는 자비들

비바람치는 캄캄하니 궂은 날

성산 같은 한 사람을 들여 그대 찬란이다

이마가 새파라니 영원으로부터 미리내를 예 끌어다

한 사람으로 온천지 사람을 여는 끌림의

한낮에도 은하銀河 ㅅ물에 목젖이 푸르게 젖는 찬란의 묵

계 속이다

제주도의 천지창조주는 설문대 할망이며, 이 거인 할머니는 몸이 한라산보다 더 크고 제아무리 깊은 바다라도 설문대 할망의 무릎에 닿는 정도라고 한다. 대한민국 최고의 관광명소이자 섬 전체가 유네스코 문화유산일 정도인 제주도는 산과 바다와 섬과 바위들이 모두가 다같이 설문대 할망의 예술작품이라고 할 수가 있다.

유종인 시인의 「찬란한 묵계」는 '성산포의 찬가'이며, 성산포의 아름다운 풍광을 역사 철학적으로 노래한 명시라고 할 수가 있다. "아무리 둘러봐도 청靑 파도 에워싸는 유채꽃밭"뿐이고, "조랑말에 귓속말하는 유채꽃들 귀이개로 파내느라/ 근동 파도들이 사팔뜨기처럼 눈길이 모이는 화투판"처럼 보인다. "아직도 설문대 할망이 엉덩이로" 성산 봉우리를 지긋이 누르고 있고, "언뜻 언뜻 초록의 분화구 안에 사슴의 관冠이" 높다. 그 사슴 잔등에 오뉴월에도 흰 잔설이 묻어 있고, "수수억 광년 햇살이 발등에 솜다리꽃 그리메로 흔들린다." 천남성과 상록 다년초인 '몬스테라'처럼 "늘어진 망사모자의 여인은 성산에 들어 몸이" 달아올랐으니, 그것은 "멀구슬나무의 넋을 만 평의 하늘 바다로 맘에 들였"기 때문이다. 멀구슬나무는 멀구슬나무과의 활엽교목이며, 꽃과 열매가 아름답기 때문에 조경수로 많이 심는다고 하지만, 성산에 든 망사모자의 여인에게는 그 나무에게서 설문대 할망과도 같은 회임(다산)의 징후를 느꼈는지도 모른다.

모든 축제는 대동축제이듯이, 유종인 시인의 「찬란한 묵계」의 성산포는 남녀노소의 차별도 없는 곳이고, "성산포 성당에 들러 사방 성호를 긋듯/ 성산포 절간에 들어 시방 천 배를 모시듯" 수많은 민족과 그 어떤 종교적 차별도 없는 곳이다. 엊그제까지도 이 세상의 장삼이사였던 어중이 떠중이들이 모두가 다같이 영생불사하는 신선의 자손들이 되고, 대구 장모의 발뒤꿈치의 각질을 밀어도 어느 누구 하나 흉보는 사람도 없을 것이다. 기념품 가게의 부석들마저도 더없이 호탕하게 웃으며 공중에 떠 있고, 이 세상의 어중이 떠중이들은 성산을 바라보며 캉캉춤을 추다 내려 앉는다. "오지랖이 싱싱한 다시마와 미역내음 바람이/ 성산포 성당에 들러 사방 성호를 긋듯/ 성산포 절간에 들어 시방 천 배를 모시듯" 성산포의 '찬란한 묵계'에 존경과 경의를 표한다. 이곳에도 애틋한 사람뿐인 다솜들이 살고 있고, 저곳에도 애틋한 사랑뿐인 다솜들이 살고 있다. 이곳에도 더없이 너그럽고 인자한 자비들이 살고 있고, 저곳에도 더없이 너그럽고 인자한 자비들이 살고 있다. 이 애틋한 사랑뿐인 다솜들과 더없이 너그럽고 인자한 자비들이 손에 손을 맞잡고 "비바람치는 캄캄하니 궂은 날" "성산 같은 한 사람을 끌어들여" 그대 「찬란한 묵계」를 완성해 낸다. "이마가 새파라니 영원으로부터 미리내를 예 끌어다/ 한 사람으로 온천지 사람을 여는 끌림의/ 한낮에도 은하銀河 ㅅ물에 목젖이 푸르게 젖는 찬란의 묵계 속이다"라는 시구가 바로 그것을 말해준다.

미리내는 남북으로 길게 퍼져있는 별무리이며, 은하수의 제주도의 말이라고 한다. 미리내는 성지이며, 성스러움과 찬란함이 만장일치적으로 조화를 이루고 있는 곳이 유종인 시인의 「찬란한 묵계」 속의 성산포라고 할 수가 있다.

정 호 승

택배

슬픔이 택배로 왔다

누가 보냈는지 모른다

보낸 사람 이름도 주소도 적혀 있지 않다

서둘러 슬픔의 박스와 포장지를 벗긴다

벗겨도 벗겨도 슬픔은 나오지 않는다

누가 보낸 슬픔의 제품이길래

얼마나 아름다운 슬픔이길래

사랑을 잃고 두 눈이 멀어

겨우 밥이나 먹고 사는 나에게 배송돼 왔나

포장된 슬픔은 나를 슬프게 한다

살아갈 날보다 죽어갈 날이 더 많은 나에게

택배로 온 슬픔이여

슬픔의 포장지를 스스로 벗고

일생에 단 한번이라도 나에게만은

슬픔의 진실된 얼굴을 보여다오

마지막 한 방울 눈물이 남을 때까지
얼어붙은 슬픔을 택배로 보내고
누가 저 눈길 위에서 울고 있는지
그를 찾아 눈길을 걸어가야 한다

사랑하는 사람이나 부모형제가 이 세상을 떠나갔을 때에도 우리는 울고, 대학입학시험이나 취직시험, 또는 학생회장선거나 국회의원선거에서 떨어졌을 때에도 우리는 운다. 뜻밖의 홍수와 화재를 당했을 때에도 우리는 울고, 너무나도 때 이르게 실직을 하거나 이 세상의 꿈을 상실했을 때에도 우리는 운다. 운다는 것은 그 엄청난 상실감과 좌절감 때문에 비롯된 생리적인 현상이며, 우리는 이 현상들을 슬픔이라고 부르고 있는 것이다. 슬픔은 여러 가지 복잡한 차원에서 발생하는 인간의 감정일 수밖에 없는데, 왜냐하면 슬픔은 생리적이고 심리적인 현상이면서도, 역사철학적으로도 설명할 수가 있기 때문이다. 우울증, 정신분열증, 불안과 공포, 회의주의, 냉소주의, 허무주의, 염세주의 등의 기원은 슬픔이고, 따라서 슬픔은 기쁨과는 반대방향에서 우리 인간들의 삶이 크나큰 장애를 만났다는 것을 뜻한다.

정호승 시인의 「택배」는 슬픔을 물질화(상품화)시킨 시이며, 이 '슬픔'이 '발송자 미상'의 택배로 왔다는 '가상의 현실'을 노래한 시라고 할 수가 있다. "슬픔이 택배로 왔다"라는 매우 도발적이고 충격적인 주제부터가 우리 인간들의 마음을 사로잡고 있는데, 왜냐하면 슬픔은 물건이 아니며, 따라서 슬픔은 택배로 보낼 수가 있는 것이 아니기 때문이다. 보낸 사람의 이름도 없고 주소도 없기 때문에 어느 누가 보냈는지도 모르고, "서둘러 슬픔의 박스와 포장지를 벗"겨보지만, 그러나 "벗겨도 벗겨도 슬픔은 나오지도 않는다." 아주 얇은 슬픔도 있고, 매우 깊은 슬픔도 있다. 풋감처럼 떫은 슬픔도 있고, 청양고추처럼 매운 슬픔도 있다. 가벼운 슬픔도 있고, 무거운 슬픔도 있다. 슬픔에도 여러 차원의 슬픔들이 있지만, 그러나 "얼마나 아름다운 슬픔이길래/ 사랑을 잃고 두 눈이 멀어/ 겨우 밥이나 먹고 사는 나에게" 슬픔이 배송되어 왔나라고 정호승 시인은 아주 천연덕스럽게, 그러나 매우 심각하게 되물어 본다. 슬픔은 상품도 아니고, 어떤 물질도 아니며, 따라서 "슬픔이 택배로 왔다"라는 가상의 현실은 그러나 "사랑을 잃고 두 눈이 멀어/ 겨우 밥이나 먹고 사는" 시인의 심리적 상황의 반영일 뿐이며, 이 심리적 상황이 그의 「택배」의 시적 주제로 승화된 것이다. 슬픔이 슬픔을 낳고, 슬픔이 또다른 슬픔을 낳으며, 이 수축과 확산의 힘이 정호승 시인의 「택배」를 살아 움직이게 한다. 사랑을 잃었다는 것은 두 눈이 멀었다는 것이고, 두 눈이 멀었다는 것은 더 이상 살아야 할 목표와 희망을 잃어버렸다는 것이다. 따라서 "살아갈 날보다 죽어갈 날이 더 많은 나에게/ 택배로 온 슬픔"은 자기가 자기 자신에게 보낸 슬픔이며, 그 슬픔과 날이면 날마다 함께 살고 있으면서도 그 슬픔의 얼굴을 본 적이 없다는 것이다.

아름다운 슬픔도 없고, 택배로 주고 받을 슬픔도 없다. 슬픔의 출생지도 모르고, 슬픔의 창안자도 모르고, 슬픔의 얼굴(진실)을 만나 본 적도 없다. 하지만, 그러나 슬픔은 구체적으로 살아 움직이며 나를 괴롭히고, 이 "얼어붙은 슬픔을 택배"로 받아보게 만든다. 나의 슬픔이 또다른 슬픔을 낳고, 따라서 이 동병상련의 마음이 이 엄동설한에 사랑을 잃고 따뜻한 밥과 국과 잠잘 곳을 잃어버린 그의 이웃들을 향하여 눈길을 돌리게 한다. 택배로 포장된 슬픔은 수축의 힘이 되고, 그 슬픔의 진실(얼굴)을 보려는 힘은 확산의 힘이 된다. 슬픔이 슬픔으로 모여들고, 슬픔이 슬픔으로 모여들어 그 힘을 비축한 슬픔은 너무나도 어렵고 힘든 이웃들을 찾아나서게 된다. "살아갈 날보다 죽어갈 날이 더 많은 나에게/ 택배로 온 슬픔이여/ 슬픔의 포장지를 스스로 벗고/ 일생에 단 한번이라도 나에게만은/ 슬픔의 진실된 얼굴을 보여다오"라는 시구나 "마지막 한 방울 눈물이 남을 때까지/ 얼어붙은 슬픔을 택배로 보내고/ 누가 저 눈길 위에서 울고 있는지/ 그를 찾아 눈길을 걸어가야 한다"라는 시구는 진정으로 슬퍼하고 있는 자만이 쓸 수 있는 시구이며, 마음과 마음이 통하는 '동병상련의 시학'이라고 할 수가 있는 것이다.

제 눈에 안경이라는 말도 있고, 초록은 동색이다라는 말도 있다. 슬퍼하는 자는 슬퍼하는 자들만을 보고, 슬퍼하는 자들만을 바라보는 사람들은 슬퍼하는 자들만을 바라보면서 그들과의 무한한 동료의식과 함께 공동체 의지를 발산시키게 된다. 정호승 시인의 「택배」는 그의 좌절감과 상실감, 즉, 그의 슬픔의 산물이지만, 그러나 그것이 그의 염세주의와 허무주의의 산물이라고 말하기는 힘들어진다. 이 세상의 삶의 장애물 때문에 사랑과 희망과 꿈을 잃고 괴로워하지만, 그러나 그 슬픔의 존재를 역사 철학적으로 탐구하려는 집요한 노력 때문에 그의 '삶의 철학'으로 승화된다. 사회적 불의 때문인지, 인간의 불평등의 기원과 자원의 분배 때문인지는 모르지만, 그는 그 슬픔의 기원과 그 존재 이유를 규명하려는 너무나도 분명한 목표와 그 공동체 의지를 갖고 있는 것이다.

슬픔이 더 이상 내려갈 수가 없을 때, 이 슬픔의 밑바닥에서 희망의 새싹이 솟아나온다. 정호승 시인의 「택배」는 희망의 택배이며, 그의 개인의 의지와 공동체 의지가 마주쳐 '삶의 철학'으로 활활 타오른다.

김 기 택

아기는 엄마라는 발음으로 운다

울음이 입을 열 때마다
엄마가 동그랗게 새겨지는 입술
엄에 닫혔다가 마에 열려서
울 때마다 저절로 나오는 말 엄마

아기가 태어날 때
아기 울음과 함께 태어난 말 엄마
첫울음에서 나온 첫말 엄마
입보다 먼저 울음이 배운 말 엄마
아무리 크게 울어도
발음이 뭉개지지 않는 말 엄마

울음에 깊이 빠져 있을 때
아기는 엄마가 있는 곳을 아는 것 같다
엄마 찾는 길을 아는 것 같다

지치지 않고 나오는 울음을 다 뒤져서
나기 전부터 제 몸에 새겨진
엄마를 찾아내는 것 같다

울음이 몸을 다 차지하면
아기는 노래하며 노는 것 같다
엄마 심장 소리를 타고 노는 것 같다

우는 동안은 신났다가도
울음이 그치면 아기는 시무룩해지고
엄마라는 말만 입술에 덩그러니 남는다
울음이 더 남아 있다고
딸국질이 자꾸 목구멍을 들이받는다

이 세상에서 가장 사랑스럽고 정겨운 말은 엄마이고, 이 세상에서 가장 행복한 사람은 가장 훌륭한 엄마를 둔 어린 아기일 것이다. 아빠가 아기의 씨를 뿌리고 떠나간 사람이라면 엄마는 아기를 낳고 아기에게 젖을 먹이고, 그 아기를 길러낸 사람이라고 할 수가 있다. 엄마는 아기의 존재의 기원이고, 엄마와 아기는 하나의 생명체였으며, 따라서 아기가 이 세상에 태어날 때 그토록 처절하게 우는 것은 엄마의 몸에서 분리되는 두려움 때문일는지도 모른다.

우리 인간들은 가장 친숙하고 익숙한 것을 좋아하며, 이 세상 그 어느 곳을 가더라도 늘, 항상, 자기 자신만을 떠메고 다닌다. 우리 인간들은 좀처럼 변하지 않으며, 따라서 우리 인간들이 가장 두려워하는 것은 '이별불안'이라고 할 수가 있다. 자기 자신이 태어난 정든 고향땅을 떠나 낯선 곳으로 이사를 가는 것도 두렵고, 초등학교와 중, 고등학교를 졸업하고 대학교로 진학을 하는 것도 두렵다. 사랑하는 부모형제와 스승의 곁을 떠나 자기 자신의 삶을 연주하는 것도 두렵고, 자기 자신의 삶의 텃밭인 조국을 떠나 머나먼 이역나라로 이민을 가는 것도 두렵다. '이별불안'은 자기 자신의 존재의 근거가 뿌리째 뽑히고, 새롭고 낯선 곳에다가 뿌리를 내려야 하는 두려움 때문에 생기는 심리적인 현상이라고 할 수가 있다.

이 세상에서 그 무엇보다도 가장 큰 '이별불안'은 엄마의 뱃속을 떠날 때 생기는 것이고, 이 '이별의 상처'는 어린아기의 탯줄 속에 고스란히 각인되어 있는 것이다. 어린아기의 울음은 엄마의 뱃속을 떠나는 것에 대한 두려움이며, 그 엄마를 붙잡고 한사코 엄마의 뱃속에서 그 엄마와 함께 살고 싶다는 원초적인 욕망의 소산이라고 할 수가 있다. 김기택 시인의 「아기는 엄마라는 발음으로 운다」는 '아기의 울음'에 대한 생리적이고도 심리적인 성찰의 결과이자 그 울음을 통한 '어린아기의 존재론'이라고 할 수가 있다. 엄마와 아기가 일심동체였을 때는 하나의 탯줄로 이어져 있었지만, 그러나 이제는 그 탯줄이 끊어지고 아기의 울음, 즉, 그 말로 이어지게 되어 있는 것이다. 말은 탯줄이자 핏줄이고, 말은 핏줄이자 젖줄이며, 모든 어린아기들은 이 말을 통해서 그 모든 가르침과 자양분을 얻게 된다. 울음은 말 이전의 말이며, 이 아기의 울음이 '엄마'라는 말로 이어진다는 것이 김기택 시인의 시적 전언이기도 한 것이다.

울음이 입을 열 때마다 아기의 입술에는 엄마가 동그랗게 새겨지고, 아기의 입술은 "엄에 닫혔다가 마에 열려서/ 울 때마다 저절로" "엄마"라는 말이 나온다. 표음문자인 우리 한국어의 특성상, "아기 울음과 함께 태어난 말이 엄마"이고, 엄마라는 말은 아기의 첫울음과 함께 탄생한 첫말이라고 할 수가 있다. "입보다 먼저 울음이 배운 말이 엄마"이고, "아무리 크게 울어도/ 발음이 뭉개지지 않는 말이 엄마"이다. "울음에 깊이 빠져 있을 때/ 아기는 엄마기 있는 곳을" 알고 있는 데, 왜냐하면 울음은 어린아기의 탯줄이자 젖줄이며 핏줄이기 때문이다. 이 울음, 즉, 이 탯줄과 젖줄과 핏줄이 있는 한 엄마와 아기는 서로 서로 떨어져 있어도, 아니, 이 세상을 다 살고 떠나갈 때조차도 이 일심동체의 끈은 끊어지지도 않는다. "울음에 깊이 빠져 있을 때/ 아기는 엄마가 있는 곳을 아는 것 같다/ 엄마 찾는 길을 아는 것 같다"라는 시구가 그것이 아니라면 무엇이고, 또한, "지치지 않고 나오는 울음을 다 뒤져서/ 나기 전부터 제 몸에 새겨진/ 엄마를 찾아내는 것 같다"라는 시구가 그것이 아니라면 무엇이란 말인가?

"울음이 몸을 다 차지하면"은 더 이상 엄마를 찾지 않고 엄마와 함께 노는 것을 뜻하고, "우는 동안은 신났다가도/ 울음이 그치면 아기는 시무룩해"진다는 것은 '엄마찾기'를 그치면 이 세상의 삶이 재미가 없어진다는 것을 뜻한다. 엄마 찾기를 그치자 "엄마라는 말만 입술에 덩그러니 남는다"라는 것은 어린아기가 어른이 되었다는 것을 뜻하고, "울음이 더 남아 있다고/ 딸국질이 자꾸 목구멍을 들이받는다"는 것은 어른이 되어서도 어렵고 힘들 때마다 엄마를 더 자꾸 찾게 된다는 것을 뜻한다. 어린아기의 울음도 엄마찾기이고, 어른의 울음도 엄마찾기이다. 울음을 운다는 것은 장애를 만났다는 것을 뜻하고, 이 삶의 장애에서 벗어날 수 있는 유일한 길은 우리들의 구세주, 즉, 전지전능한 '성모의 힘'뿐이라고 할 수가 있다. 엄마와 아빠, 형제와 자매, 엄마와 아기는 우리 인간들의 인간 관계의 '삼대 축'이지만, 그러나 이 인간 관계 중에서도 가장 중요한 것은 엄마와 아기의 관계라고 하지 않을 수가 없다.

엄마는 존재의 텃밭이고, 아기는 엄마의 꽃이자 열매이다. 엄마는 엄마라는 이름과 그 자식으로 평가를 받고, 아기는 엄마의 아들로서 그 고귀하고 위대한 업적으로써 평가를 받는다. 울음은 말 이전의 말이자 우리 인간들의 탯줄이자 젖줄이며, 핏줄이라고 할 수가 있다.

김기택 시인의 「아기는 엄마라는 발음으로 운다」는 '울음의 언어학'이자 이 '울음의 언어학'을 통해 '어린아기의 존재론'을 정립한 시라고 할 수가 있다. 요컨대 엄마라는 말은 시원의 말이고, 이 최초의 말은 말 이전의 울음 소리이기도 한 것이다.

엄마, 엄마, 우리 인간들은 소위 입신출세를 하거나 늙어 죽을 때에도 영원히 '엄마의 젖'을 달라고 '생떼'를 쓰는 어린아기들에 지나지 않는다.

깊이 있게 공부하고 잘 질문할 줄을 알아야 한다.

'사상의 신전'을 짓고 모든 사람들을 초대할 수 있는 시인만이 천하제일의 시인이 될 수가 있는 것이다.

김기택 시인의 「아기는 엄마라는 발음으로 운다」는 참으로 탁월한 시이며, 천하제일의 명시라고 하지 않을 수가 없다.

이 서 빈

올챙이를 산란하는 비요일

비요일
유리창에서 올챙이가 끊임없이 태어난다

한 마리 두 마리
끝없이 줄지어
눈썹 휘날리며 곤두박질치며 헤엄치는 올챙이

다리는 뱃속에서 속도를 굴린다

볼록한 비밀에 싸여있던
앞다리 뒷다리
뽕알 뽕알 뽕알 뽕알
우주 깨고 밖으로 나오면
전생을 까맣게 잊는 순간이다

뱀눈알 냄새가 번지는지
체온보다 뜨거운 속도로
휘릭휘릭 유리창 거침없이 질주하는 올챙이

겨우내 땅속에서 어미 젖꼭지 빨면
촉촉한 휘파람 조용히 불어주던 아비 정이 아니라
올챙이는
뱃속에 두고온
다리를 찾아 달리고 있었던 것이다

투명한 헤엄은 올챙이 울음이었다

마음심지 낮추고 보니
개구리는 눈속에 붓다의 염주알 굴리며
올챙이의 무사함을 비는게 보였다

올챙이국수가 되지 말고

개구리는 개구리과 동물의 총칭이고, 그 종류는 2,000여 종이 넘는다고 한다. 개구리가 알을 낳는 장소는 논이나 연못처럼 물이 거의 흐르지 않는 곳이며, 개구리 알은 여러 개가 뭉쳐서 수많은 덩어리를 이루고 있다고 할 수가 있다. 알은 둥글고 투명한 우무질에 싸여 있으며, 이 알들은 몇 차례 분열을 한 후 올챙이가 된다. 올챙이는 개구리와 달리 아가미로 호흡을 하며, 다리가 나오고 아가미와 꼬리가 없어지면 땅으로 올라와 개구리가 된다.

　　이서빈 시인의 「올챙이를 산란하는 비요일」은 한 폭의 수채화이며, 그 수채화를 그림이 아닌 언어로 표현한 노래라고 할 수가 있다. 시가 그림이 된 것이고, 그림이 노래가 된 것이다. '월화수목금토일'이 아닌 '비요일'은 아주 새롭고 특별한 날인데, 왜냐하면 그날은 "유리창에서 올챙이들이 끊임없이 태어나는" 날이기 때문이다. 비 오는 날은 비요일이 되고, 비요일은 "한 마리 두 마리/ 끝없이 줄지어/ 눈썹 휘날리며 곤두박질치며" "올챙이"들이 태어난다. 올챙이들의 다리는 "뱃속에서 속도를" 굴리고, "볼록한 비밀에 싸여있던/ 앞다리 뒷다리/ 뽕알 뽕알 뽕알 뽕알/ 우주 깨고 밖으로 나오면/ 전생을 까맣게 잊는 순간이" 다가온다.

이서빈 시인의 상상력에 의해서 「올챙이를 산란하는 비요일」의 언어가 탄생하고, 이 언어에 의해서 그 모든 것들이 새로워진다. 날짜에 없는 비요일이 탄생하고, 유리창의 빗방울들은 수많은 올챙이들이 된다. 이 수많은 올챙이들은 마치 동화 속의 어린아기들처럼 "뽕알 뽕알 뽕알 뽕알" 엄마의 우주(투명한 우무질)를 깨고, 또다른 우주여행을 시작하게 된다. 논이나 연못 속의 수중생물인 올챙이가 개구리가 된 것이고, 이 개구리는 새로운 우주인 육지동물의 삶을 살게 된 것이다. 하지만, 그러나, 새로운 우주에도 천적인 뱀이 있고, 이 뱀에 의하여 "체온보다 뜨거운 속도로" "거침없이 질주하는 올챙이"의 건강이 확보된다.

올챙이, 올챙이, 끊임없이 유리창에 부딪치는 빗방울들은 투명한 우무질에 둘러싸인 올챙이가 되고, 그 빗방울들이 산산이 부서지는 모습은 엄마의 "뱃속에 두고 온/ 다리를 찾아 달리고" 있는 올챙이들의 그토록 처절한 변신의 과정과도 같다. 이서빈 시인의 「올챙이를 산란하는 비요일」은 동화적인 색채를 띠고 있는 '성모의 노래'라고 할 수가 있다. 엄마 뱃속의 올챙이들은 모든 근심과 걱정이 없는 어린아기들과도 같지만, 그러나 그 우무질을 뚫고 개구리로 변신을 해야 하는 올챙이는 "붓다의 염주알 굴리며" "올챙이의 무사함을 비는" '엄마의 기도' 없이는 그 기적의 주인공이 될 수가 없다.

이 세계의 근본관계는 천적과 천적의 관계이며, 이 천적의 관계를 너무 무서하거나 두려워하면 이 세상의 삶이 없게 된다. 올챙이가 '올챙이국수'가 되지 않기 위해서는 달리고, 달리고, 또, 달리지 않으면 안 된다.

윤 동 주
새로운 길

내를 건너서 숲으로
고개를 넘어서 마을로

어제도 가고 오늘도 갈
나의 길 새로운 길

민들레가 피고 까치가 날고
아가씨가 지나고 바람이 일고

나의 길은 언제나 새로운 길
오늘도… 내일도…

내를 건너서 숲으로
고개를 넘어서 마을로

우리 한국인들에게 가장 소중한 것은 남북통일을 이룩하고 오천 년의 역사와 전통을 계승하는 것이고, 우리 한국인들에게 가장 고귀하고 위대한 목표는 전 인류의 존경을 받는 일등국가를 건설하는 것이라고 할 수가 있다. 일등국가와 일등국민의 나라를 건설하려면 세계적인 교육제도를 통하여 데카르트, 칸트, 헤겔, 니체, 아인시타인, 뉴턴 등과도 같은 전 인류의 스승들을 배출해내고 전 세계인들로 하여금 한국의 학문과 한국의 정신을 배우러 오게 하는 것이다.

전 인류의 지도자, 즉, 철학자는 시야가 넓고, 천년, 만년, 단 하나의 목표를 향하여 그가 소속된 나라의 민심과 국력을 결집시켜 나갈 수가 있다. 어느 나라가 선진국가인가, 아닌가는 그 나라의 '부자'가 어떤 철학을 가지고 있는가로 알 수가 있는 것이다. 이 세상은 만물의 공동터전이며, 따라서 우리 인간들의 재산은 잠시 빌려쓰고 가는 것이라고 할 수가 있다. 산다는 것은 빚(부채)을 지는 것이고, 죽는다는 것은 빚을 갚는 것이다. 이재용과 정의선과 신동빈과 김승연과 최태원 등의 한국의 부자들은 진심으로 국가와 민족 앞에 사죄를 하고 전재산을 사회에 환원하고 죽어가지 않으면 안 된다. '부의 대물림'은 형무소로 가는 범죄자의 길이며, 이제까지 그대들의 재산은 대한민국의 사법질서를 초토화시킨 범죄의 결과에 지나지 않았던 것이다. 삼성, 현대, 롯데, 에스케이, 한화 등은 5% 내외의 주식을 가진 당신들의 사유재산이 아니고, 수많은 주주들의 공동재산에 지나지 않는다. 삼성, 현대, 롯데, 에스케이, 한화, 엘지 등의 운명은 기존의 자본시장의 법칙에 맡겨두고 그대들의 사적인 재산은 대부분을 현금화하여 교육과 지방과 국가의 발전에 쓰고 갔으면 한다.

삼성은 경남, 엘지는 충북, 현대는 전북, 한화는 충남, 롯데는 전남, 에스케이는 제주도 등으로 옮겨가 그 회사의 본거지를 삼고, 그 지역의 초, 중, 고등학교와 대학교를 세계적인 명문학교로 육성했으면 한다. 국가와 공동체 사회와 기업의 미래의 운명은 자원의 유무나 지정학적인 조건이 아닌 최고급의 인재의 육성에 달려있다고 해도 과언이 아니다. '나는 대한민국을 일등국가로 인도하기 위해 태어났다'라는 정치인, '나는 우리 회사를 세계최고의 기업으로 육성하기 위해 태어났다'라는 기업인, '나는 전 인류의 스승이 되기 위해 태어났다'라는 학자들을 배출해낸다면, 미국과 일본과 중국과 유럽도 식민지배할 수가 있는 것이다. 이것이야말로 "내를 건너서 숲으로/ 고개를 넘어서 마을로// 어제도 가고 오늘도 갈/ 나의 길 새로운 길"인 것이며, 우리 대한민국의 미래의 꿈과 희망의 길인 것이다.

새로운 길은 어제의 길이고, 오늘의 길이다. 새로운 길은 너의 길이고, 나의 길이며, 우리 모두의 길이다. 「새로운 길」은 "민들레가 피고 까치가" 나는 길이고, 새로운 길은 "아가씨가 지나고 바람이" 이는 길이다. 새로운 길은 옛 길로 가는 것이고, 옛길로 가는 것은 새로운 길로 가는 것이다. 꽃을 피우는 것은 채무를 지는 것이고, 열매를 맺는 것은 채무를 상환하는 것이다. '부의 대물림'은 부의 흐름을 끊는 범죄행위이고, '부의 사회적 환원'은 그가 소속된 국가와 공동체 사회의 행복을 위한 길이다.

부자는 정의를 위해 모범시민의 길을 가고, 졸부는 '눈앞의 이익'을 위해 형무소로 간다.

윤동주 시인의 「새로운 길」은 한국인의 길이고, 한국인의 길은 과거와 현재와 미래로 이어지며, 새 시대의 새로운 주인공들을 기다린다.

박 방 희

동백꽃
― 絶命詩

참수된

붉은 꽃들이

모가지 채

뎅겅뎅겅 떨어진다

송이송이

절창이다!

* 박방희 선생님이 2022년 12월 6일 하늘 나라로 돌아가셨다. 향년 76
세. 선생님, 이 세상에서 이루지 못한 꿈 다 이루시고, 늘 즐겁고 행복
하시기를 기원하겠습니다.

만일, 전지전능한 신이 있고, 전지전능한 신이 만물의 창조주라면 그러나 우리 인간들을 창조한 것은 전지전능한 신의 최악의 실수라고 할 수가 있다. 첫 번째는 호랑이와 원숭이와 곰처럼 자연 그대로 살지 못하고 옷을 입게 한 것이고, 두 번째는 두 손으로 도구를 사용하게 한 것이고, 마지막으로 세 번째는 '사유하는 동물'로서 자기 스스로 '만물의 영장'이라는 왕관을 쓰게 한 것이다. 우리 인간들이 호랑이와 원숭이와 곰처럼 털투성이 그대로 살았더라면 옷을 만들고 집을 짓고 살 이유가 없었을 것이고, 말과 문자를 창출해내지 못했다면 우리 인간들의 사유를 기록하고 문명과 문화를 창출해내지도 못했을 것이다. 자연의 입장, 즉, 전지전능한 신의 입장에서 우리 인간들을 바라보면 우리 인간들은 '악마 중의 악마'이며, 끝끝내는 수많은 동식물들을 다 멸종시키고 '지구라는 우주별'을 '대폭발'시키는 것이 그 임무라고 생각하게 될는지도 모른다.

자연에는 전지전능한 신도 없고, 만물의 영장도 없다. 모든 동식물들은 저마다의 타고난 천성과 그 습성만큼 모두가 똑같은 권리를 가졌고, 이 자연의 법칙, 이 만물평등의 법칙이 파괴되면 자연이 복수를 하게 된다. 하늘과 땅과 바다도 만물의 공동터전이고, 눈과 바람과 볕과 향기도 만물의 공동재화이다. 이 자연의 법칙, 이 만물평등의 법칙에 반발하여 그 모든 것을 재화로 분류하고 '네것과 내것의 소유권'을 따지는 동물이 있으니, 이 세상에서 가장 못났고 어리석은 인간들이라고 할 수가 있다.

　이 자연의 법칙, 이 만물평등의 법칙 앞에서 바라보면, 모든 동식물들은 '시한부 생명체'이고, 참수당한 동백꽃의 운명과도 같다. 탄생은 빚을 지는 것이고, 죽음은 빚은 갚는 것이다. 이 세상에 태어나 꽃 피우고 열매를 맺었으면 그 모든 삶의 차용물들을 다 반환하고 빈손으로 돌아가야 하는 것이다. 모든 생명체는 물, 불, 공기, 흙으로 구성되어 있고, 이 4대 근본물질은 우리 인간들의 사적인 소유물질이 될 수가 없는 것이다.

　박방희 시인의 「동백꽃」처럼, "모가지 채/ 뎅겅뎅겅 떨어"지지 않으면 안 된다.

　이 세상의 임무가 다 끝났으면 모두가 다같이 "송이송

이/ 절창"으로 죽어가지 않으면 안 된다.

    지구촌은 만원이고, 지구촌은 자연파괴와 인구과잉으로 대폭발의 위기를 맞이하고 있다.

    '인간 70, 인간수명제'를 최고급의 축제로 연출해낼 국가와 국제기구는 없는가?

    이 세상에서 가장 아름답고 멋진 지구별을 위해 가장 아름답고 멋진 절창, 즉, 우주적인 대합창이 필요한 것이다.

홍 영 택

바닥

바닥은 틈이다
만물은 바닥에서 시작하고
바닥에서 이루어진다

바닥은 바탕이다
생각, 소망, 주식, 꿈…
바닥은 단골 메뉴다
바닥이라야 만물이 자란다

바닥은 기회다
음양의 변곡점이다
음양이 변신하여 순환하는 곳
생존의 본질이다

바닥은 절망이다

짚고 일어설 지팡이 없다

바닥까지 가면 더 잃을 게 없다

절망에서 희망으로

바닥은

절망과 희망의

틈

바닥이란 무엇인가? 국어사전을 찾아보니, 첫 번째는 욕실 바닥같은 평평하게 넓이를 이룬 면을 말하고, 두 번째는 양말 바닥같은 물체의 평평한 면을 말한다. 세 번째는 '서울 바닥'이나 '부산 바닥'처럼 일정한 지역이나 장소를 말하고, 네 번째는 '주식이 바닥을 쳤다'라는 경제학의 용어처럼 주가가 크게 내려앉는 상황을 말한다. 다섯 번째는 '바닥이 고운 옷감이 필요하다'라는 말처럼 피륙의 짜임새를 말하고, 여섯 번째는 지질학에서처럼 '감흙층 밑에 깔려 있는 굳은 층'을 말한다. 요컨대 '바닥'이란 정치, 경제, 문화, 예술, 학문 등의 근본 토대를 이루고 있는 말이며, 우리 인간들의 삶의 활동무대가 되는 지구와 우주 전체를 지시하는 말이라고 할 수가 있다.

홍영택 시인의 「바닥」은 그의 삶의 체험이 육화된 시이며, 그 평범하고 일상적인 체험을 '바닥의 철학'으로 승화시킨 시라고 할 수가 있다. "바닥은 틈이다." 왜냐하면 "만

물은 바닥에서 시작하고/ 바닥에서 이루어"지기 때문이
다. "바닥은 바탕"이고, 이 바탕에서 "생각, 소망, 주식, 꿈"
이 자란다. "바닥은 기회"이고, 이 바닥을 통하여 "음양"이
순화하며, 그 모든 조화를 연출해낸다. "바닥은/ 절망과 희
망의/ 틈"인데, 왜냐하면 바닥은 절망의 밑바닥이지만, 그
러나 바닥까지 내려가면 더 이상 잃을 것이 없기 때문이
다. 바닥은 꼭 막힌 벽이나 감옥이 아니고, 언제, 어느 때나
생존의 숨구멍이 지구로, 우주로 통하는 틈이라고 할 수가
있다. 음양오행론에 따르면 극과 극은 통한다. 절망의 밑
바닥에서 희망의 새싹이 자라고, 희망의 최정점에서 절망
의 새싹이 움튼다.

　'군자는 근본에 힘써야 한다'는 공자의 바닥, '나는 잉글
란드를 응징하기 위해 태어났다'는 잔 다르크의 바닥, '에
너지는 물질이고, 물질은 에너지다'라던 아인시타인의 바
닥, 반 고흐의 「나부」와 뭉크의 「절규」의 바닥, 모든 것을
다 잃었으니 더 이상 잃을 것이 없다라는 홍영택 시인의
바닥 ─. 요컨대 바닥은 이 세상의 만물들의 삶의 토대이
고 우주이며, 우리 인간들의 정치, 경제, 문화, 예술, 학문
의 무대라고 할 수가 있다. 바닥은 틈이고 기회이고, 바닥
은 벽이고 절망이다. 바닥은 꿈이고 행복이고, 바닥은 자

기 체념이고 불행 중의 불행이다. 하지만, 그러나 모든 생성과 변화와 소멸이 이 바닥에서 이루어지고, 이 바닥을 잘 가꾸어야 고귀하고 위대한 삶과 그 역사가 이루어진다.

홍영택 시인의 '바닥의 철학'은 그 유명한 동양철학의 '오행론五行論'으로 이어지고, 이 '오행론'은 '젊어서 고생은 돈 주고 사서 한다'라는 그의 '바닥의 철학'으로 이어진다. 아는 자만이 바닥을 꿰뚫어 보고, 아는 자만이 '바닥의 철학'을 통하여 이 세상의 삶의 찬가를 노래할 수가 있다. "아버님, 저를 명예롭게 죽게 해주세요. 더 이상 치욕을 짊어지고 살아가기는 싫습니다"라고, 그 꽃다운 나이에 장렬하게 전사를 선택했던 천하무적의 용사 탤버트의 아들을 생각해보고, "바닥까지 가면 더 이상 잃을 게 없다"라고 절망에서 희망의 싹을 틔운 홍영택 시인의 잠언적인 경구를 생각해보라! 더 이상 잃을 것이 없을 때 '사즉생死卽生의 용기'가 생기고, 생존의 밑바닥에서 절망의 똥구멍을 핥을 때, 문득문득 바닥의 틈이 보이고 희망의 샛별이 떠오른다. 바닥은 절망이 아니고, 반드시 절망을 뚫고 희망이 자란다.

장 석 원

절골折骨

버려져 부서졌네

허공에 들어차는

흘리는 눈물 흐르는 피

30년 동안 어루만졌는데
무엇을 잘못했을까

사랑한다는 말 한 마디

마디 마디

꺾이고 부러지고

절뚝이다가 멈춰

돌아본다

내가 타들어간다

자야子夜 김영한金英韓 여사는 기생으로서 백석 시인의
옛 연인이었지만, 백석 시인을 너무나도 사랑한 나머지 그
와의 동거를 끝내고 그를 그의 집으로 돌려보냈다고 한다.
하지만, 그러나 그녀의 몸과 마음 속에는 '내 사랑 백석'만
이 살고 있었으며, 그녀의 사재를 털어 '백석문학상'을 제
정하고, 자야 김영한 여사가 한평생 일군 1,000억 원대의
대원각 요정(오늘날의 길상사吉祥寺)을 1990년대에 조계종
에 희사를 하며, "이까짓 재산이야 백석의 시 한 줄만도 못
하다"라는 명언을 남겼다고 한다.

　　사랑은 종교가 되고, 종교는 믿음이 된다. 이 믿음은 질
투와 시기와 분노와 그 모든 적대적 감정들을 초월해 있으
며, 이 사랑의 종교를 믿는 사람들은 이 세상에서 가장 어
리석고 행복한 사람이 된다. 사랑하는 사람들은 서로가 서
로를 끊임없이 미화하고 찬양하며, 자기 자신마저도 높이
높이 끌어올린다. 모든 순수함과 순결한 힘은 맹신에 기

초해 있으며, 이 맹신에 빠져 있는 한 그는 더없이 고귀하고 우아한 존재가 된다. 남녀 간의 사랑은 종의 건강에 기여하고, 지적인 사랑은 종의 행복에 기여하며, 궁극적으로 우리 인간들의 문명과 문화는 이 사랑의 힘에 기초해 있게 된다.

하지만, 그러나 이 천사적 사랑의 힘이 약화되고 그 균열이 생기게 되면 그때부터는 상대방의 장점이 약점이 되고, 우리 인간들의 이성의 간계와 그 배신감 때문에 치를 떨게 된다. 끊임없는 분노와 중상모략과 '너 죽고 나 살자'라는 식의 원한 맺힌 복수감정은 이 배반당한 애정에 그 기원을 두고 있다고 해도 과언이 아니다. 사랑은 부러진 뼈가 되고, 이 부러진 뼈는 "허공에 들어차는/ 흘리는 눈물 흐르는 피"가 된다.

사랑이란 참으로 거룩하고 위대한 말이고, 사랑이란 참으로 따뜻하고 다정다감한 말이다. 사랑이란 부모형제가 되고, 사랑이란 영원한 반려가 된다. 사랑이란 영원한 친구가 되고, 사랑이란 귀한 손님이 된다. 사랑이란 천의 얼굴을 가진 신이 되고, 우리 인간들의 삶과 생명을 주재한다. 사랑을 하게 되면 무한히 너그럽고 친절하게 되고, 또한 그만큼 어리석게 된다. 그는 선과 악, 진리와 허위, 낮과 밤, 인자함과 교활함이 한 얼굴의 양면이라는 것을 모르고, 그 모든 경계심을 풀어버리고 방심을 하게 된다. 사랑은 더없이 인자하고 친절한 것이고, 그 모든 것을, 심지어는 자기 자신의 몸과 영혼까지도 다 주는 것이다. 우리 인간들은 사랑 앞에서는 무조건 무릎을 꿇는 존재이며, 사랑 때문에 울고 웃으면서 살아간다.

이 세상에서 가장 어렵고 힘든 것은 '사랑'을 잃었을 때이고, 대부분의 자살은 이 사랑과 관련이 있는 것이다. 젊은 베르테르의 슬픔이나 로미오와 줄리에트의 비극이 아니더라도 모든 신화와 소설의 주인공은 '사랑'이라고 할 수가 있다. "30년 동안 어루만졌는데/ 무엇을 잘못했을까"라는 회한은 비명횡사의 아픔처럼 크고, "마디 마디/ 꺾이고 부러"진 사랑은 한 점의 먼지나 티끌처럼 흩어져 간다. 오늘도, 내일도, 모레도 사랑을 잃고 "절뚝이다가 멈춰" 돌아보면 붉디 붉은 서산의 핏빛 노을처럼 내가 타들어간다.

참된 사랑, 고귀한 사랑은 온데간데 없고, 장석원 시인의 「절골折骨」의 주체자의 생명의 에너지가 마지막 불꽃처럼 타오른다.

이 상 국

과분過分

알지도 못하는데
커피콩을 외상으로 주는 동네 가게

어떻게 시 한 편 있는 줄 알고 용케 도착한 청탁서

괜히 마음이 언짢은 날 내리는 비

연립주택 화단의 애 머리통만 한 수국

점심은 먹고 왔는지
남해에서 하루 만에 달려온 택배

어디선가 사람을 낳는 사람들이 있고
마음 깊이 감춰둔 사람이 있다는 것

아무리 두꺼운 어둠을 만나더라도
어떡해서든지 오고야 마는 아침아

부모가 있다는 것
나무들이 있다는 것

통장에 찍힌 손톱만 한 원고료

해지면 기다리는 식구들

'과분過分'이란 '분수에 맞지 않게 넘치는 데가 있다'라는 뜻을 지니고 있고, 경우에 따라서는 사치와 허영으로 해석할 수도 있다. 지나치면 모자람만도 못하다라는 말이 있듯이, 자기 자신의 처지와 경제적 능력에 맞지 않게 행동을 하게 되면 반드시 혹독한 대가를 치르게 되어 있다. 사치는 쓸데없는 낭비에 지나지 않으며, 허영은 대부분이 자기 자신의 양심을 짓밟는 행위에 지나지 않는다. 이에 반하여, '과분하다'는 대단히 만족하다라는 뜻으로 읽힐 수도 있는데, 왜냐하면 그의 처지와 능력에 반하여, 너무나도 좋은 사회적 대접을 받고 있는 것을 말하기 때문이다. '그의 아내는 그에게 과분한 여자지'라는 말은 그가 아내를 아주 잘 얻었다는 것을 뜻하고, '장관직은 그에게는 과분한 자리지'라는 말은 그가 그의 능력 이상으로 출세를 했다는 것을 뜻하고, '그의 노벨상 수상은 참으로 그 작품에 비해 과분한 것이지'라는 말은 그가 그의 업적에 비해 하늘의 은

총과도 같은 행운을 얻었다는 것을 뜻한다.

이처럼 '과분하다'의 긍정적 의미는 '크게 만족한다'라는 뜻을 지니고 있지만, 이상국 시인의 「과분過分」은 모든 꿈과 욕망을 다 비우고 더 이상 기대할 것이 없는 일상생활에서 우연히 만나게 되는 자그만 기쁨과 행운 같은 것을 노래한 시라고 할 수가 있다. 잘 "알지도 못하는데/ 커피콩을 외상으로 주는 동네 가게"도 있고, "어떻게 시 한 편 있는 줄 알고 용케 도착한 청탁서"도 있다. 공연히 마음이 언짢고 우울한 날 내 마음처럼 내려주는 비도 있고, 너무나도 뜻밖의 행운처럼 "연립주택의 화단"에서 "애 머리통만한 수국"을 볼 때도 있다. "점심은 먹고 왔는지/ 남해에서 하루 만에 달려온 택배"를 받을 때도 있고, "아무리 두꺼운 어둠을 만나더라도/ 어떡해서든지 오고야 마는 아침"을 만날 때도 있다.

사랑하는 사람도 가까이 있고, 미워하는 사람도 가까이 있다. 행복도 가까이 있고, 불행도 가까이 있다. 이 사랑과 미움 사이에서, 혹은 이 행복과 불행 사이에서 어떻게 자기 자신의 행복을 연주하고 노래를 할 것인가라는 문제는 전적으로 그 주체자의 자유와 선택의 문제라고 할 수가 있다. 그대 인생의 주인공은 그대이듯이, 그대가 이상국 시인의 「과분」에서처럼 그대의 행복을 연주하면 되는 것이다. 어디선가 아이를 낳는 사람이 있다는 것도 즐겁고 기쁜 일이고, 마음 깊이 감춰둔 사람이 있다는 것도 즐겁고 기쁜 일이다. 부모님이 살아있다는 것도 즐겁고 기쁜 일이고, 나무들이 있다는 것도 즐겁고 기쁜 일이다. 통장에 찍힌 손톱만 한 원고료가 있다는 것도 즐겁고 기쁜 일이고, 해가 지면 기다리는 식구들이 있다는 것도 즐겁고 기쁜 일이다. 일체유심조一切唯心造, 모든 것은 마음이 지어낸 것이고, 모든 것이 가능한 이 세계가 가장 좋은 세계인 것이다.

히로시마와 나가사키의 잿더미 속에서도 풀과 나무들이 살아났고, 이글이글 타오르고 있는 활화산 근처에도 사람들이 살고 있다. 허리케인과 쓰나미와도 같은 재앙이 예고되어 있는데도 사람이 살고 있고, 오 미터, 십 미터의 눈폭탄 속의 오지마을에도 사람들이 살고 있다. 모든 삶은 대부분의 불행한 자들의 삶에 비하면 과분한 것이며, 우리 인간들의 불행은 이 「과분」한 삶을 향유하지 못하는 데 있다고 하지 않을 수가 없다.

행복은 살아 있다는 것이고, 진짜 불행이 찾아오면 우리 인간들은 존재하지 않는다. 무지몽매와 불행은 어리석음의 젖형제이며, 어리석음을 퇴치하면 우리 인간들의 불행도 소멸하고 만다.

이 종 민

야생의 마음

담장 앞에 늑대가 찾아왔다

우유를 데워 먹이고 밤에는 이불을 깔아주었다 무럭무럭 자라난 늑대 나를 보면 다가와 얼굴을 핥았다 웃자란 송곳니에 작은 생채기가 나기도 했다

낯선 사람을 보면 이빨을 드러내고 경계했지만 그들은 보이지 않는다고 했다

여기 있잖아 은빛 털이 아주 보드랍지 않니

사람들은 집 안에 무슨 늑대냐며 뜬구름 잡는 소리 하지 말라고 했다

담장 앞에서 집을 지키는 늠름한 나의 늑대

고깃덩이를 들고 있으면 꼬리를 흔드는 나의 늑대

가끔 나를 물어서 작지 않은 상처가 났다 상처가 어디서

났냐고 물으면 기르는 늑대에게 물렸다고 대답한다
　　정말 큰 개를 기르시나 봐요
　　상처를 볼 수 있으면서도 늑대는 믿지 않는 사람들

　　손하면 발톱을 주는
　　밤이면 대신 울어주는 나의 늑대

　　어느 날 늑대가 떠났다
　　담장 앞에 남은 이불과 살을 다 발라낸 뼛조각
　　사람들이 물었다 저렇게 큰 늑대가 왜 집 안에 있느냐고
담장 앞을 가리키며 말했다 놀라워하며 말했다
　　상처가 가려웠다 내게는 보이지 않지만

　　장성한 나의 늑대
　　나를 지켜주는 나의 늑대

지구의 대변혁기에는 최상위 포식자인 동물들이 모조리 다 멸종을 해나갔다고 한다. 육식성 공룡이든, 초식성 공룡이든, 하늘을 날아다니던 익룡이든지 간에, 모든 공룡들은 백악기 때 모조리 멸종되었고, 그 화석들의 흔적만을 남기고 있는 것이 그것을 말해준다. 오늘날의 지구의 위기는 최상위 포식자인 우리 인간들 때문에 비롯된 것이고, 이 '야수 중의 야수'인 인간들의 미래는 대단히 불길하고 그 끔찍한 재앙이 약속되어 있다고 할 수가 있다. 최상위 포식자인 우리 인간들은 공격본능과 방어본능을 아주 정교하고 세련되게 발전시켰으며, 그것은 학교의 교육, 즉, 최고급의 인식의 제전을 통해서 이루어지고 있다고 해도 과언이 아니다. 공격본능은 아주 좁게 말하면, 정치, 경제, 문화, 예술 등에서 자기 자신의 영역을 극대화시키는 것을 말하고, 방어본능은 외부의 적이나 상호 경쟁적인 동료들로부터 자기 자신의 영역을 지키는 것을 말한다. 이 공격본능과 방어본능이 적절하게 구비되어 있지 않으면 그는 '생존경쟁'이라는 삶의 장으로부터 탈락을 하게 된다.

투쟁은 만물의 아버지라는 말이 있듯이, 우리는 이 투쟁을 위해 자기 자신의 마음 속에 '늑대' 한 마리씩은 다 기르고 있다고 할 수가 있다. 신용대부업은 고리대금업이라는 늑대가 지키고 있고, 모든 증권거래소는 조지 소로스나 워런 버핏 같은 늑대가 지키고 있다. 트위터나 페이스북같은 플랫폼 기업은 약육강식에 충실한 늑대가 지키고 있고, 대학제도와 실버산업은 휴머니즘의 탈을 쓴 늑대들이 지키고 있다. 이종민 시인의 「야생의 마음」은 늑대의 마음이며, 내 안의 늑대를 키워나감으로써 공격본능과 방어본능을 배양해 나가고 있다고 할 수가 있다. "담장 앞에 늑대가 찾아왔다"는 것은 어느날 늑대를 키우기로 작정을 했다는 것을 뜻하고, "우유를 데워 먹이고 밤에는 이불을 깔아주었다 무럭무럭 자라난 늑대 나를 보면 다가와 얼굴을 핥았다 웃자란 송곳니에 작은 생채기가 나기도 했다"라는 것은 나를 늑대화시켜, 그 늑대와 함께 살았다는 것을 뜻한다. 이 약육강식의 전쟁터에서 늑대가 되지 않으면 고리대금업자나 워런 버핏이라는 늑대를, 또는 저커버그나 그 외의 다른 늑대들로부터 나를 지키고 방어할 수가 없었던 것이다.

낯선 사람을 보면 이빨을 드러내고 경계를 했지만, 그러나 그들은 보이지 않는다고 했다. 위장의 사활성이라는 말이 있다. 많이 배운 자일수록 자기 자신의 이빨과 발톱을 잘 숨기고, 지능이 낮거나 사회적 천민일수록 자기 자신을 잘 숨기지 못한다. 시인은 웃으며, 그 웃음으로 자비롭고 친절한 가면을 쓰고, 그 사납고 무서운 야수성을 감춘다. 그 결과, "여기 있잖아 은빛 털이 아주 보드랍지 않니"라고 사실 그대로의 진담을 말해도 "사람들은 집 안에 무슨 늑대냐며 뜬구름 잡는 소리 하지 말라고 했다"라는 시구에서처럼 아주 제대로 감쪽같이 속아 넘어간 것이다. 타인들을 잘 속이는 것은 즐겁고 기쁜 일이고, 타인들과 이 세계와 천하를 아주 잘 속이는 것은 더없이 즐겁고 기쁜 영웅의 일이다. "담장 앞에서 집을 지키는 늠름한 나의 늑대"도 나의 분신이고, "고깃덩이를 들고 있으면 꼬리를 흔드는 나의 늑대"도 나의 분신이다. 나는 최상위 포식자인 '늑대 인간'이 된 것이고, 나는 심리학의 대가이자 분장술의 대가가 된 것이다. 늑대의 생리와 활동영역은 나의 심리학적 지식이 담당을 하고, 내가 '늑대 인간'이라는 것을 어느 누구도 모르게 한 것은 나의 분장술이 담당을 한 것이다. "가끔 나를 물어서 작지 않은 상처가 났다 상처가 어디서 났냐고 물으면 기르는 늑대에게 물렸다고 대답한다." 내가 '늑대 인간'으로서 나 자신을 물어뜯었다는 것은 자기 자책의 일종이었지만, 그러나 대부분의 사람들은 '늑대 인간의 야수성'을 이해하지 못하고, "정말 큰 개를 기르시나 봐요"라고 아주 제대로 감쪽같이 속아 넘어간다. "상처를 볼 수 있으면서도 늑대는 믿지 않는 사람들"이 바로 그것을 말해주고, 또한 "손 하면 발톱을 주는/ 밤이면 대신 울어주는 나의 늑대"가 바로 그것을 말해준다.

하지만, 그러나 어느날 늑대가 떠나갔고, 담장 앞에는 늑대의 이불과 살을 다 발라낸 뼛조각만이 남아 있었다. "사람들이 물었다 저렇게 큰 늑대가 왜 집 안에 있느냐고 담장 앞을 가리키며 말했다 놀라워하며 말했다." 늑대가 떠나가자 비로소 그 큰 개가 늑대라는 사실을 알아차린 사람들—, 그 이웃사람들은 앎의 뿌리가 얕은 사회적 천민들이며, 그들이 그 큰 개를 늑대라고 알아차렸을 때에는 이미 그 늑대는 자취를 감춘 뒤였던 것이다. 늑대의 무리들이 사슴이나 들소의 고기를 다 먹고 떠나면 독수리와 까마귀들이 몰려들 듯이, 또는 이른바 큰손들이 한바탕 돈잔치를 하고 떠나가 버리면 그 텅 빈 막장을 수많은 개미들이 바글바글 모여 울부짖고 있듯이—.

나의 앎의 늑대는 그 정체를 숨겨야 하고, 그 정체가 드러나더라도 '큰 개'이어야 하고, 그리고 그가 한바탕 큰 잔치를 벌이고 떠나면 그 큰 개는 최상위 포식자인 늑대라는 사실이 밝혀져야만 한다.

　장성한 나의 늑대, 나를 지켜주는 나의 늑대—.

　이종민 시인의 「야생의 마음」은 그의 야수성이 분출된 시이며, 이제는 세계평화와 인간평등의 시대가 지나고, 우리 인간들의 멸종의 시간이 다가오고 있다는 것을 뜻한다.

　가장 훌륭하고 뛰어난 연기자가 '바보연기'를 가장 잘하고, 가장 잔인하고 무서운 늑대 인간이 가장 자비롭고 친절한 현자의 역할을 가장 잘한다. 「야생의 마음」은 늑대 인간의 마음이며, 늑대 인간의 마음은 어진 현자의 마음이라고 할 수가 있다.

　만성적인 소화불량증과 우울증 환자인 어진 현자—.

　어진 현자와 인간 늑대가 함께 살 수 있는 곳은 없다.

장 옥 관
메밀냉면

겨울을 먹는 일이다
한여름에 한겨울을 불러와 막무가내 날뛰는
더위를 주저 앉히는 일
팔팔 끓인 고기 국물에 얼음 띄워
입안 얼얼한 겨자까지 곁들이는 일

실은 겨울에 여름을 먹는 일이다
창밖에 흰 눈이 펄펄 날리는 날 절절 끓는 온돌방에 앉아
동치미 국물에 메밀국수 말아 먹으니 이야말로
겨울이 여름을 먹는 일

겨울과 여름 바뀌고 또 바뀐
아득한 시간에서 묵은 맛은 탄생하느니
아버지의 아버지의 아버지, 그 깊은 샘에서 솟아난
담담하고 슴슴한 이 맛

핏물 걸러낸 곰국처럼 눈 맑은 메밀맛

그래서일까 내 단골집 안면옥은
노른자위 땅에 동굴 파고 해마다 겨울잠 드는데
냉면은 메밀이 아니라
간장독 속 진하고 깊은 빛깔처럼
그윽하고 미묘한 시간으로 빚는 거라는 뜻 아닐는지

아름다움은 가장 이상적이고 순수한 형태이며, 우리는 아름다움을 만날 때마다 곧 자기 자신을 잃어버린다. 꿈과 희망, 사랑과 미움, 선과 악, 진리와 허위, 질투와 시기 등을 다 잊어버리고 아름다움 속으로 들어가 그 아름다움과 함께 산다. 아름다움은 쓸모없음의 쓸모있음이며, 모든 상업적-경제학적인 잣대를 퇴출시킨 '순수미 자체'라고 할 수가 있다.

장옥관 시인의 「메일냉면」은 '메밀냉면'의 가장 이상적인 형태이며, '순수미 자체'라고 할 수가 있다. '메밀냉면'을 한여름에 먹는 것은 "한겨울을 불러와 막무가내 날뛰는/ 더위를 주저 앉히는 일"이며, "팔팔 끓인 고기 국물에 얼음 띄워/ 입안 얼얼한 겨자까지 곁들이는" 한겨울을 먹는 일이다. 하지만, 그러나, 한겨울에 '메밀냉면'을 먹는 것은 "창밖에 흰 눈이 펄펄 날리는 날 절절 끓는 온돌방에 앉아/ 동치미 국물에 메밀국수 말아 먹으니 이야말로/ 겨울이 여름을 먹는 일"이라는 시구에서처럼, 겨울이 여름을 먹는 일인 것이다. 한여름에 메밀냉면을 먹는 것은 한겨울을 먹으며 무더위를 쫓아내는 것이고, 한겨울에 메밀냉면을 먹는 것은 펄펄 끓는 온돌방에서 한여름을 먹으며 겨울 추위를 쫓아내는 것이다.

한여름의 더위와 한겨울의 추위, 메밀냉면은 단순한 메밀냉면이 아니라, 폭염과 혹한을 퇴치시키는 음식이자 삶의 철학의 진미라고 할 수가 있다. "겨울과 여름 바뀌고 또 바뀐/ 아득한 시간에서" 탄생한 메밀냉면, "아버지의 아버지의 아버지, 그 깊은 샘에서 솟아난/ 담하고 슴슴한 이 맛/ 핏물 걸러낸 곰국처럼 눈 맑은 메밀맛", "냉면은 메밀이 아니라/ 간장독 속 진하고 깊은 빛깔처럼/ 그윽하고 미묘한 시간으로 빚는" 메밀냉면―. 장옥관 시인의 「메밀냉면」은 단순한 '안면옥의 메밀냉면'이 아니라, 장옥관 시인이 온몸으로, 온몸으로 쓴 '메밀냉면의 시'라고 하지 않을 수가 없다. "노른자위 땅에 동굴 파고 해마다 겨울잠"에 들 듯이, 그는 그 메밀냉면의 아름다움과 그 맛을 살고 있는 것이다. 장옥관 시인의 「메밀냉면」은 '순수미 자체'이자 '최고급의 행복 자체'라고 할 수가 있다.

명인이나 명장이 되려면 그 무엇보다도 자기 자신의 목

숨을 걸고 이 세상이 아닌 저 세상부터 다녀오지 않으면 안 된다. 가장 어렵고 힘들고 그 어느 누구도 할 수 없는 일을 가장 손쉽고 군더더기 하나도 없이 해내기 위해서는 자기 자신의 한계를 돌파하고 수없이 기존의 허물을 벗지 않으면 안 된다. 강원도의 명인이라는 한계, 서울의 명인이라는 한계, 뉴욕의 명인이라는 한계, 런던의 명인이라는 한계, 대구의 명인이라는 한계를 돌파하고, 자기 자신만의 앎과 그 비법(철학)으로 전 인류의 명인과 명장이 되는 것이다.

천재란 하늘이 빚어낸 사람이며, 그의 고귀하고 위대한 업적은 신의 능력과도 비견할 수가 있을 정도이다. 어느 누가 호머를, 셰익스피어를, 괴테를 함부로 폄하하고, 어느 누가 베토벤을, 모차르트를, 니체를 함부로 폄하하고 깎아내릴 수가 있단 말인가? 한겨울에 한여름을 먹고 한여름에 한겨울을 먹는 전 인류의 명인과 명장이 되기 위해서는 '고통의 지옥훈련과정'을 거치지 않으면 안 되고, 이 '고통의 지옥훈련과정' 끝에서만이 전 인류의 명인과 명장이 탄생하게 된다.

한겨울에 한여름을 먹고 한여름에 한겨울을 먹는 수사학적인 과장과 허풍을 동원하여 한여름의 더위와 한겨울

의 추위를 퇴치시키는 장옥관 시인의 「메밀냉면」 앞에서
어느 누가 존경과 경의를 표하지 않을 수가 있단 말인가!

　장옥관 시인의 「메밀냉면」, 아버지의 아버지의 아버지,
그 깊고 그윽한 한국어의 역사와 전통 속에서 그가 온몸으
로, 온몸으로 써낸 천하제일의 별미(명시)!

김 기 택

낫

안쪽으로

날이 휘어지고 있다

찌르지 못하는

뭉툭한 등을 너에게 보이면서

심장이 있는

안쪽으로 구부러지고 있다

팔처럼

날은 뭔가를 껴안으려는 것 같다

푸르고 둥근 줄기

핏줄 다발이 올라가는 목이

그 앞에 있다

뜨겁고

물렁한 것이 와락 안겨올 것 같아

날은 몸을 둥글게 말아

웅크리고 있다

낫이란 무엇일까? 낫이란 풀과 나무와 곡식을 벨 때 쓰는 'ㄱ'자 모양의 도구이며, 농경민인 우리 한국인들이 가장 많이 사용했던 도구라고 할 수가 있다. 낫이란 칼의 한 종류이며, 농업용으로 쓰일 때는 매우 유익하지만, 그러나 그것은 타인들과 동물들을 대량으로 살상할 수 있는 아주 위험한 흉기가 될 수도 있는 것이다.

김기택 시인은 인간을 사물화시키거나 사물을 인간화시키는 제일급의 대가이며, 그는 극사실적인 시선으로 어떤 인간과 사물의 전모를 꿰뚫어 보고, 그 대상의 특징을 잡아내 아주 우스꽝스럽게 희화화시킨다. 낫이라는 칼은 천하제일의 명검도 아니고, 날이면 날마다 살생을 일삼는 조직폭력배나 '포정의 칼'도 아니다. 김기택 시인의 '낫이라는 칼'은 "안쪽으로" 휘어져 있고, "찌르지 못하는/ 뭉툭한 등을 너에게 보이면서/ 심장이 있는/ 안쪽으로 구부러"져 있는 것이다. 요컨대 낫이라는 칼은 매우 소심하고 우스꽝스러운 바보와도 같으며, 따라서 그 공격성을 무화시킨 채, 자기 자신을 향해 움츠러들고 있는 것이다. "팔처럼/ 날은 뭔가를 껴안으려는 것 같다/ 푸르고 둥근 줄기/ 핏줄 다발이 올라가는 목이/ 그 앞에 있다"라는 시구가 그것이 며, 낫은 낫이라는 사실에 공포를 느끼며, 무언가 "뜨겁고/ 물렁한 것이 와락 안겨올 것 같아/ 날은 몸을 둥글게 말아/ 웅크리고" 있는 것이다.

낫은 칼이고, 칼이란 그 무엇인가를 단번에 베어버리지 않으면 안 된다. 임전무퇴이며, 더 이상 머뭇거리거나 움 츠러들어서는 안 되며, 낫의 가치와 사명을 완수하고 낫의 명예를 위해서 죽어가지 않으면 안 된다. 낫이 낫이기를 멈추고 그 공격성을 무화시킨다면 도대체 이 세상에 그 무 슨 영웅과 그 문화가 필요하단 말인가? 최선의 공격은 최 선의 방어가 아니라 수많은 타인과 적들의 목을 베어버리 고 세계를 정복하는 것이다.

나는 낫이라는 칼을 들고 일제식 암기교육과 수많은 입 시학원과 사교육비의 목을 베고, 모든 족집게 과외와 맞춤 형 교사의 목을 단칼에 베어버릴 것이다. 첫 번째도 고전 을 읽고 글을 쓰는 것이고, 두 번째도 고전을 읽고 글을 쓰는 것이다. 유치원생부터 대학원생까지, 회사원에서부터 우리 학자들과 늙은 노인들까지 전 인류의 스승들과 자기 자신을 동일시하며, 자기 자신을 높이 높이 끌어올릴 수 있는 일등국가의 일등국민의 삶을 살게 할 것이다.

일제청산을 외치지 않아도 일등국가가 될 것이고, 남북통일을 외치지 않아도 남북통일을 이룩해낼 것이다. 낫이라는 칼로 모든 잡초와 독초들을 다 베어버리고, 우리 한국정신과 우리 한국문화의 힘으로 전세계인들의 끊임없는 존경과 찬양을 이끌어낼 것이다.

낫이라는 칼, 대범하고 천하무적의 상승장군의 낫이라는 칼, 늦가을 황금들판에서 쌀을 수확하듯이 '지혜라는 쌀'을 수확할 수 있는 낫이라는 칼—.

낫이여, 낫이여!

천하제일의 최고급의 사상가의 칼이여!

반 칠 환
삶

벙어리의 웅변처럼
장님의 무지개처럼
귀머거리의 천둥처럼

반칠환 시인의 「삶」은 그의 상상력과 최고급의 인식의 혁명으로 모든 가치를 부정하고 새로운 가치를 창출해낸 천하제일의 명시라고 할 수가 있다. 삶이란 벙어리의 웅변처럼 달콤하고, 삶이란 장님의 무지개처럼 아름다우며, 삶이란 귀머거리의 천둥처럼 장중하고 울림이 크다. 전대미문의 반어법과 역설—, 벙어리의 웅변처럼, 장님의 무지개처럼, 귀머거리의 천둥처럼 도저히 불가능하고 이루어질 수 없는 기적을 이처럼 아름답고 달콤하고, 장중하고 울림이 큰 시로 변주시킬 수 있는 힘은 천지창조의 대폭발의 소리와도 같다. 시인의 언어는 수많은 원자가 되고, 이 원자와 원자들이 부딪치면 대폭발이 일어난다. 삶이란 늘, 어렵고 힘들고 이 세상의 최하천민의 삶을 벗어날 수가 없는 것이지만, 그러나 우리 인간들은 이 도로아미타불과도 같은 허무함을 "벙어리의 웅변처럼/ 장님의 무지개처럼/ 귀머거리의 천둥처럼" 즐겁고 기쁘게 살아가지 않으면 안 된다.

'너 자신을 알라'의 소크라테스도, '인간은 사회적 동물이다'의 아리스토텔레스도, '투쟁은 만물의 아버지이다'의 헤라클레이토스도 삼중고三重苦에 시달리던 불구자에 지나지 않았고, '최초의 대서사시인이자 최후의 대서사시인'이었던 호머도, '명예와 생명은 하나다'라던 셰익스피어도, '나는 천하에 제일가는 학자'라던 몽테뉴도 삼중고에 시달리던 불구자에 지나지 않았다. 공자도, 맹자도, 노자도 마찬가지였고, 데카르트도, 칸트도, 니체도 마찬가지였다. 꿈이 크면 고통이 크고, 고통이 크면 천길 벼랑 끝의 절경이 될 수밖에 없다. 소크라테스, 아리스토텔레스, 헤라클레이토스, 호머, 셰익스피어, 몽테뉴, 공자, 맹자, 노자, 데카르트, 칸트, 니체는 그 어렵고 힘든 인식론적 장애물들과 싸우며, 벙어리의 웅변같은 시, 장님의 무지개같은 시, 귀머거리의 천둥과도 같은 시를 쓰며, 천지창조와도 같은 새로운 세계를 창출해냈던 것이다.

언어가 시인의 충복忠僕이 되어야 하지, 시인이 언어의 충복이 되어서는 안 된다. 대부분의 시인들은 아름다운 언어와 그 운율을 쫓아가는 어중이떠중이들에 불과하지만, 진정한 시인은 언어의 날개를 달고 언어가 연주하는 음악

(운율)에 맞춰 노래를 부르기만 하면 된다. 언어는 시인의 눈빛과 표정과 몸짓만을 보아도 그가 어떤 언어를 필요로 하는지 알고 있으며, 꿈과 현실, 진리와 허위, 천국과 지옥, 가상의 세계와 실제의 세계, 즉, 전형적인 상황에서의 전형적인 인물을 창출해낼 수 있도록 최선의 노력을 다하게 된다. 시인은 언어의 창조자이자 모든 사물의 주인이고, 한 걸음 더 나아가 그 모든 것을 지배할 수 있도록 최선의 노력을 다하게 된다. 한 편의 시는 대우주이고, 소우주이며, 우리 인간들의 이상적인 공화국이라고 할 수가 있다. 왜냐하면 한 편의 시 속에는 수많은 반대와 이견들을 다 제압한 최고의 가치평가가 들어 있으며, 유럽과 아시아, 남미와 북미, 오세아니아와 아프리카 등의 수많은 사람들의 열화와도 같은 찬양과 찬사가 들어 있기 때문이다. 요컨대 진정한 시인 속에는 수많은 시인들과 비평가들과 수천만 명의 독자들이 살고 있고, 언제, 어느 때나 "벙어리의 웅변처럼/ 장님의 무지개처럼/ 귀머거리의 천둥처럼" 가장 아름답고 찬란한 기적과 그 기적의 아름다움 속에서 살아간다. 경제적인 자산은 한순간이지만 시인의 자산은 영원하고, 아주 잠시 잠깐 동안의 유명세는 물거품과도 같지만, 수천 년의 역사와 시간을 간직한 시인의 이름은 영원하다.

시인의 이름은 청동보다도 더 오래 가는 명예 위에 새겨져 있고, 그는 시간과 공간을 초월하여 그의 언어의 날개를 타고, 그 모든 곳, 즉, 우주와 우주, 이승과 저승을 자유자재롭게 날아다닌다.

벙어리의 웅변처럼
장님의 무지개처럼
귀머거리의 천둥처럼

우리 한국인들 역시도 하루바삐 전 인류의 스승들의 책을 읽고, 전 인류의 스승들과 함께, 늘, 호흡하고 배우며, 자기 자신을 높이 높이 끌어올리지 않으면 안 된다.

천 양 희

생의 한가운데

바람속의 영혼처럼

눈이 날린다

홀로 걷다 돌아보니

나홀로 청년들이 실업에 울고 있다

한결같은 것은

아무것도 없는 것 같아

머리맡에 씨앗을 두고

잠을 청한다 청해도 잠은 안 오고

짙어진 나뭇잎 속에

아슬하게 줄을 치는

거미를 바라보다 중얼거린다

저 줄에도
한 생이 걸려 있구나

나도 그것으로 한 생을 견뎠다

가진 것에 만족하면
행복하다는 말을 믿으면서

행복을 돌돌 말아
너에게 던져줄게

깨어진 뒤에야 완성되는 것
그 거룩을
한 줄로 써서 보내줄게

생의 한가운데는
움푹 패였다는 사실을
사실 그대로

오늘도

어느 곳에선가

뜬구름 잡는 일이 일어나고

다리에 쥐가 난 사람들이 걸어가고

어느날

기러기가 V자를 그리며

낮달을 뚫고 날아간다

그래도

모두가 사라진 것은 아니겠지?

바람속에 얼굴을 묻고

생의 한가운데를 생각한다

아무튼

성자聖者는

시계를 가지지 않는다

오늘날의 실업은 컴퓨터 실업이고, 컴퓨터 실업은 '고용 없는 성장'을 외친 부자들의 끊임없는 탐욕과 간계의 산물이다. 부자들이 모든 자원과 일자리를 다 움켜쥐고 있고, 그 자원과 일자리의 분배는 상류사회의 금수저들에게만 돌아갈 뿐, 소위 흙수저 출신의 사회적 천민들에게는 사하라사막에서 오아시스를 발견하는 것만큼이나 힘들게 되어 있다. 산업혁명과 과학혁명은 자본주의 사회의 좌우의 양 날개이고, 최하천민인 흙수저들에게는 금융업과 부동산업, 생명공학과 전자산업 분야 등의 최고급의 일자리는 커녕, '육체노동의 행복'조차도 악마가 만든 컴퓨터에게 다 빼앗기고 만다. 산업현장마다의 전산화는 인간 대신 기계가 일을 하고, 대부분의 인간들은 어렵고 힘든 육체노동조차도 마음놓고 할 수가 없게 된다. 가난한 자의 탐욕은 기껏해야 먹고 사는 것에 그치지만, 부자들의 탐욕은 지구촌이 소멸할 때까지 끝이 없다. 가난한 자들의 기대수명은

6-70세에 지나지 않지만, 부자들의 기대수명은 500세, 즉, 자연의 법칙을 부자들의 법칙으로 바꾸는 것이라고 할 수가 있다.

인간은 본래 쇠사슬이 아닌 밥줄(탯줄)에 묶여 태어났고, 자유는 다만 자본가들의 헛소리에 지나지 않았다. 모든 밥줄은 의식주와 생존의 일터와 연결되어 있고, 이 밥줄의 여유가 없으면 그는 마치 강제수용소의 노예처럼 쇠사슬을 끌고 다니게 된다. "바람속의 영혼처럼/ 눈이 날"리고, "홀로 걷다 돌아보니/ 나홀로 청년들이 실업에 울고 있다"라는 시구가 그것이고, 따라서 밥줄은 더욱더 그를 옭아매 꼼짝달싹 못하게 만든다. 밥줄이 여유가 있고, 이 밥줄을 나누어 줄 수 있을 때 그는 최상위 포식자가 되어 행복을 향유할 수가 있지만, 밥줄을 쇠사슬처럼 차고 있을 때 그는 상명하복의 질서 속에서 최저생활을 하다가 굶어죽게 된다. 대저택과 고급사치품과 여가선용은 부자들의 행복이 되고, 가난과 질병과 어렵고 힘든 육체노동은 최하천민들의 불행이 된다.

천양희 시인의 「생의 한가운데」는 '밥줄-거미줄'에 대한 성찰을 통해서 대자대비한 '성자의 철학'으로 이 세상의 어렵고 힘든 모든 청년들을 어루만져주고 있는 시라고 할 수가 있다. "짙어진 나뭇잎 속에/ 아슬하게 줄을 치는/ 거미를 바라보다 중얼거린다// 저 줄에도/ 한 생이 걸려 있구나." 그렇다. 밥줄은 거미줄이 되고, 거미줄은 타인의 생명을 빼앗는 올가미가 된다. 자유시장경제체제는 무한경쟁의 체제이고, 무한경쟁의 체제는 약육강식의 체제이다. 부와 빈곤의 양극 체제 속에 내몰리게 되면 소수의 1%, 또는 소수의 10%가 모든 부를 독식하게 되고, 대부분의 사회적 천민들의 밥줄은 그의 생명선을 끊는 절명의 밥줄이 된다. "한결같은 것은/ 아무것도 없는 것 같"지만, 그러나 문화 이전의 야만의 시대나 문화 이후의 풍부한 사회나 오직 변하지 않는 것은 부와 빈곤을 둘러싼 약육강식의 법칙이라고 할 수가 있다.

밥줄, 혹은 거미줄에 매달려, 자유와 평등과 사랑을 믿어 의심하지 않으며, "행복을 돌돌 말아"도 보았지만, 그러나 우리가 얻을 수 있는 것은 아무것도 없었다. 희망은 절망이 되고, 성실은 맹목이 된다. 믿음은 광기가 되고, 사랑은 증오가 된다. 날이면 날마다 "기러기가 V자를 그리며/ 낮달을 뚫고 날아"가지만, 오직 "뜬구름 잡는 일이 일어나고/ 다리에 쥐가 난 사람들이 걸어"가게 된다. 희망도 없고 성실도 필요 없다. 믿음도 소용이 없고 사랑도 필요가 없다. 하지만, 그러나, "그래도/ 모두가 사라진 것은 아니겠지?"라는 희망과 믿음 하나로 천양희 시인은 "행복을 돌돌 말아" 이 세상의 모든 청년들에게 다 나누어 준다. 사랑하는 남편과 자식도 없고, 오직 가진 것이라고는 몇 권의 시집과 '시인이라는 이름'의 재산밖에 없는 원로 시인—천양희 시인의 대자대비한 '성자의 시선'이 더욱더 아름답고 풍요로운 삶을 가르쳐 준다.

바람 속에 얼굴을 묻고 생의 한가운데를 성찰하면서 "행복을 돌돌 말아" 선사해주는 이 크나큰 선물은 이 세상의 그 어느 선물보다도 더욱더 고귀하고 소중하다고 하지 않을 수가 없다.

"아무튼/ 성자聖者는/ 시계를 가지지 않는다."

인간은 유한하지만, 성자의 시계는 영원하다.

현대 자본주의 사회는 컴퓨터가 전지전능한 신이 되었고, 우리 인간들은 컴퓨터를 무조건 찬양하고 신봉하는 광신도가 되었다. 인간은 하나의 금융상품이나 자동차의 부품처럼 컴퓨터의 지시에 따라 작동하게 되었고, 그 어느 누구의 말도, 그 어느 누구의 노래도 믿지 못하는 유령인간이 되고 말았다.

오늘날 컴퓨터의 시대에는 인간은 없고, 컴퓨터가 조종하는 유령인간만이 있다.

엄 재 국

구토-우주

캔버스는 회화의 우주다
나는
구상 또는 색채의 현상적 표현의 한계성에 대하여 절망
한다

유와 무, 현상과 실체, 물질과 암흑, 존재와 무,
그 경계에 펄럭이는 깃발,

점과 선, 시간과 공간, 면과 입체의,

그
한계성과 절대성에 대한 구토

나의 구토는
회화의 실체적 우주를 드러내기 위한

전복적 배설,

열락의 고통,

그 쥐상스jouissance의 구토다

그러므로

캔버스에 대한 물감의 구토는

그 우주에 대한 유한성의 내가 가지는

절대적 허무를 거부하는 행위다

그러므로

나는

구토하고 또·구토한다

구토란 위장 속의 내용물이 식도를 거쳐 입 밖으로 나오는 증상을 말하고, 구토는 여러 질환에 동반하여 나타나는 증상이라고 할 수가 있다. 위장이나 십이지장 등 소화기계의 이상으로 나타날 수도 있고, 뇌출혈, 뇌경색, 뇌수막염 등의 신경계 이상으로 나타날 수도 있다. 호흡곤란을 일으키는 폐와 심장의 질환으로 나타날 수도 있고, 암과 정신질환과 약물 등에 의해서 나타날 수도 있다.

　엄재국 시인의 「구토-우주」는 '나는 구토한다, 고로 존재한다'라는 시적 존재론의 소산이며, 그의 구토는 "구상 또는 색채의 현상적 표현의 한계성에" 대한 "절망"의 몸짓이라고 할 수가 있다. 왜냐하면 "캔버스는 회화의 우주"이며, 그는 그의 그림으로써 너무나도 아름답고 너무나도 완벽한 "회화의 우주"를 완성해내야 하기 때문이다. "유와 무, 현상과 실체, 물질과 암흑, 존재와 무" 등의 상호 모순적인 대립과 갈등을 조정하고 그 이상적인 회화의 우주를 창출해내야 하지만, 그러나 그는 그 어떤 것도 창출해내지 못한다. 따라서 엄재국 시인의 '구토'는 단순한 육체적, 정신적 증상이 아니라 지양되어야 할 모순이며, 반드시 극복되어야 할 대립과 갈등이라고 할 수가 있다. "유와 무, 현상과 실체, 물질과 암흑, 존재와 무"의 "그 경계에 펄럭이는 깃발"을 접고 새로운 우주로서의 '캔버스-회화의 우주'를 창출해내야 하지만, 그러나 "그/ 한계성과 절대성에 대한 구토"만을 하게 된다.

엄재국 시인의 구토는 세 가지 차원에 걸쳐져 있다고 할 수가 있다. 첫 번째는 하나의 환영처럼 회화의 우주, 즉, 이데아의 세계를 본 자의 구토이고, 두 번째는 그 이데아의 세계를 창출해낼 수 없는 화가로서의 구토이며, 마지막으로 세 번째는 구토를 함으로써 구토를 자기 자신의 존재론적 근거로 삼을 수밖에 없는 "쥐상스jouissance", 즉, "전복적 배설/ 열락의 고통"으로서의 구토라고 할 수가 있다. 회화의 우주, 즉, 이데아의 세계를 본 자는 현실을 참을 수가 없고, 또한, 현실에서 그 이데아의 세계로 갈 수 없는 자는 자기 자신의 못남과 한계에 대한 구토를 할 수밖에 없다. "캔버스는 회화의 우주다/ 나는/ 구상 또는 색채의 현상적 표현의 한계성에 대하여 절망한다"가 그것을 말해주고, 또한, "나의 구토는/ 회화의 실체적 우주를 드러내기 위한/ 전복적 배설/ 열락의 고통/ 그 쥐상스jouissance의 구토다" 가 그것을 말해준다. 의식주, 즉, 먹고 살기 위해 일을 하는 것은 노동이고, 먹고 사는 것이 아닌 이데아의 세계, 즉, 아름다운 세상을 창출해내기 위해 일을 하는 것은 예술이다. 노동은 필요를 위한 생산이기 때문에 노동자의 시간과 육체를 구속하지만, 예술은 이데아의 세계, 즉, 아름다운 세상을 창출해내기 때문에 그의 시간과 육체에 자유와 자발성을 부여하게 된다. 이 자유와 자발성의 소산이기 때문에 엄재국 시인은 구토를 하면서도 그 구토 속에서 쾌락을 느끼며, "그러므로/ 나는/ 구토하고 또 구토한다"는 구토의 존재론을 역설하게 된다.

구토는 열락의 고통이며, 이 열락의 고통은 그가 시인으로, 또는 화가로서 최고의 행복을 향유하는 순간을 제공해준다. 구토의 생산성과 구토의 불꽃으로 「구토-우주」가 타오르고, 이 「구토-우주」가 만인들의 마음을 사로잡으며, 이데아의 세계로서 그 생명력을 발휘하게 된다. 「구토-우주」는 미완의 작품이라는 점에는 불완전하고, 불완전하기 때문에 더욱더 처절하고 고통스럽다는 점에서는 오히려, 거꾸로 그 어떤 완전함을 능가한다. 구토를 하지 않은 사람은 예술적으로 미숙하고 둔감한 사람이며, 구토를 하는 사람은 그 구토를 통해서 자기 자신을 보다 더 높이 높이 끌어올리는 예술가라고 할 수가 있다.

시란, 예술이란 인간의 사상의 진수이며, 인간의 사상이란 최고급의 지혜이며, 이 사상의 꽃만이 그 어떤 아름다움보다도 더욱더 아름다운 「구토-우주」의 꽃이 된다.

「구토-우주」의 세계를 구상하지 않은 사람은 진정한 화가가 될 수 없고, 구토를 하지 않고 구토의 역동성을 모르는 사람은 이데아의 세계, 즉, 아름다운 세계의 주인공이 될 수가 없다.

2부

이 선 희

바퀴 달린 가죽가방

온갖 잡동사니들이 들어 있을
무엇을 쑤셔 넣으면 한없이 들어갈
바퀴 달린 가죽가방

비뚤어지게 서 있는 것이
희끗희끗 때 묻은 것이
울퉁불퉁 늘어진 것이
벌써 여러 곳을 거쳐 왔을
바퀴 달린 가죽가방

여행의 경유지나 기착점을 모른 채
속이 열릴 때까지 지퍼를 닫고 굴러갈
바퀴 달린 가죽가방

낡은 바퀴로 끝까지 가 보겠다며

공항 대기실, 의자 옆에 손들고 서 있는

바퀴 달린 가죽가방

인간은 사회적 동물이며, 인간 사회는 그가 지닌 힘의 크기에 따라 계급적인 서열제도를 구축하게 된다. 크나큰 힘을 지닌 자는 지배를 하고, 크나큰 힘을 지니지 못한 자는 복종을 하게 된다. 모든 무리는 '소수지배의 원칙'에 복종하게 되어 있으며, 대부분의 인간들은 자유를 빼앗기고 타인의 명령에 복종을 하게 된다. 명령을 한다는 것은 복종을 하는 것보다 수천 배는 더 어렵고 힘들 수밖에 없는데, 그것은 그의 역사 철학적인 지식과 함께, 타인들의 심리와 행동양식을 꿰뚫어 볼 수 있는 능력이 있어야 하기 때문이다. 내가 나의 마음과 뜻대로 나를 이끌 수가 있다면 이제는 나의 목표와 공동체의 목표를 일치시키고, 그 목표가 이상적인 낙원이든지, 영원한 제국이든지 간에, 만인들을 설득시키고, 만인들의 복종을 이끌어내지 않으면 안 된다.

여행이란 무엇인가? 여행이란 자기가 살고 있는 곳을 떠나 이 세상의 모든 곳을 찾아다니며, 그 고장의 역사와 전통을 익히는 것을 말한다. 그 여행지가 자기가 살고 있는 국가일 때는 국내여행이 되고, 그 여행지가 그가 소속된 국가 밖일 때는 외국여행이 된다. 수많은 국가와 수많은 저자들의 책을 읽으며 떠나는 독서여행도 있을 수가 있고, 영화와 음악을 통한 문화여행도 있을 수가 있다. 자아의 발전사가 세계의 형성사가 되고, 세계의 형성사가 자아의 발전사가 되는 여행이 이 세상에서 가장 이상적인 여행이라고 할 수가 있을 것이다. 아무튼 여행이란 그 주체자가 자유롭고, 타인들과 이 세상의 구속으로부터 벗어나 내가 내 자신을 내 마음대로 이끌고 다닐 수 있는 행동양식이라고 할 수가 있을 것이다. 여행자의 삶은 해방자의 삶이 되고, 해방자의 삶은 자유인의 삶이 된다.

이선희 시인의 「바퀴 달린 가죽가방」은 사물(가죽가방)을 인간화시킨 시이며, 「바퀴 달린 가죽가방」을 인간화시킴으로써 가난한 자유인의 애환과 그 의지를 노래한 시라고 할 수가 있다. 배부른 노예가 더 나을까? 가난한 자유인이 더 나을까? 먹고 사는 생존이 문제일 때는 배부른 노예가 더 나을 수도 있지만, 먹고 사는 생존의 문제가 해결된다면 가난한 자유인이 더 나을 수도 있다. "온갖 잡동사니들이 들어 있을/ 무엇을 쑤셔 넣으면 한없이 들어갈/ 바퀴 달린 가죽가방", "비뚤어지게 서 있는 것이/ 희끗희끗 때 묻은 것이/ 울퉁불퉁 늘어진 것이/ 벌써 여러 곳을 거쳐 왔을/ 바퀴 달린 가죽가방", "여행의 경유지나 기착점을 모른 채/ 속이 열릴 때까지 지퍼를 닫고 굴러갈/ 바퀴 달린 가죽가방"은 '남부여대男負女戴, 유리걸식流離乞食'의 피난민이나 조국을 잃어버린 난민과도 다른데, 왜냐하면 수많은 세월동안 여러 곳을 거쳐왔고, 앞으로도 그 가난한 자유인의 삶을 살겠다는 의지가 너무나도 분명하고 고집스럽게 담겨 있기 때문이다. 모든 탐욕과 정주민의 집착을 버리고, 내가 내 마음대로 "낡은 바퀴로 끝까지 가 보겠다며/ 공항 대기실, 의자 옆에 손들고 서 있는/ 바퀴 달린 가죽가방"의 삶의 철학이 그것을 말해준다.

자유인이란 강한 인간의 가장 이상적인 모델이지만, 그 반사회적인 성격 때문에 그만큼 어렵고 힘든 생활을 하지 않으면 안 된다. 가정과 사회와 단체와 국가의 모든 안전 장치를 거부하고, 자기가 자기 자신의 주권자가 되어 합법과 불법, 정의와 불의, 안전과 불안, 수많은 고통과 기쁨과 위험과 쾌락을 취사선택하겠다는 것은 그만큼 어렵고 힘든 일일 수밖에 없다. "온갖 잡동사니들이 들어" 있는 「바

퀴 달린 가죽가방」은 그의 삶의 축소판과도 같고, "비뚤어
지게 서 있는 것이/ 희끗희끗 때 묻은 것이/ 울퉁불퉁 늘어
진 것이/ 벌써 여러 곳을 거쳐 왔을/ 바퀴 달린 가죽가방"
은 그의 어렵고 힘든 삶의 체위와도 같다. 개인의 자유도
있고, 사회 속의 자유도 있다. 법률 속의 자유도 있고, 국
가 속의 자유도 있다. 개인의 자유로 이 수많은 자유들을
거부하고, 이곳 저곳을 향하여 더없이 낡고 남루한 육체를
끌고 다닌다는 것이 오히려, 거꾸로 그를 피곤하고 지친
자유인으로 구속하고 있는 것인지도 모른다. 여행의 경유
지와 기착지도 모르고, 여행의 목적지와 종착지도 모른다.
잠시 잠깐 동안 "속이 열릴 때까지 지퍼를 닫고 굴러갈/ 바
퀴 달린 가죽가방"은 오히려, 거꾸로 자유로운 여행자의
삶을 추구하다가 그 「바퀴 달린 가죽가방」에 구속되어 있
는 자유인의 삶을 말해준다. 자유인은 자유 속에 구속되어
있고, "낡은 바퀴로 끝까지 가 보겠다"는 그의 시대착오적
인 똥고집과 이데올로기 속에 구속되어 있다.

　하늘은 넓고 하늘은 무한히 높다. 새의 불행은 무한히
넓고 높은 하늘에 있는 것이 아니라, 그 날개를 접고 내릴
곳이 없다는 데 있을 것이다. 자유는 다만 하나의 이상이
자 환영일 뿐, 자유는 이선희 시인의 「바퀴 달린 가죽가방」

속에 잠들어 있다.

시인은 역사 철학자이자 심리학자가 되어야 하고, 또한, 시인은 아주 탁월한 현실주의자이자 초현실주의자가 되지 않으면 안 된다. 「바퀴 달린 가죽가방」을 역사 철학적으로 인간화시키고 극사실적인 기법으로 그 이야기를 구축할 수 있는 능력은 어느 누가 감히 쉽게 도달할 수 있는 경지가 아닌 것이다.

이선희 시인의 「바퀴 달린 가죽가방」: 나는 자유인이고 나는 복종을 모른다.

이 원 형
지우개 너 연필 씨

너의 잦은 실수가 나를 분주하게 한다

너의 오류가 나의 생업이라는 아이러니

너의 헛점으로 생겨난 나는 너의 후사일까

너는 잘못을 감추려 하지 나는 지워버린다

애간장이 탄다구? 나는 똥 쌀 지경이야

너의 허방 앞에서 트위스트 트위스트

춤이라도 추랴

뒷처리는 나의 몫이니

둥싯둥싯 각을 지울테다 향기는

바람에게 던져주고 모난 사람 같은 모과의 등을 닮아갈

테다

누가 닳았다를 닮았다로 읽어버린다면

배 다르고 씨 다른 나는

너와 체위를 바꿔가며 덜커덩거리는 비둘기호 같은 필

통 속에선 한통속이 될 수 있다

　악어와 악어새 같은 동지애를 발휘하겠다

　너보다 한 발 늦게 현장에 도착하지만

　뒷수습은 나의 몫

　손발이 닳도록 싹싹 비비지

　간 쓸개 오장육부까지 내줘야 할지 몰라

　근묵자흑이더군

　닳는 것까지 닮아버렸구나 자꾸

　닮아간다 말하면 닳아 없어질 때까지

　닮음의 끝을 보여주겠다

　이래 봬도 뒤끝 있는 여자야

대부분의 소설이나 영화는 주연배우가 영웅(남자)이고, 조연배우는 어딘가 모자라거나 꼭지가 덜 떨어진 어릿광대일 때가 많다. 돈키호테와 산초판자의 관계가 그렇고, 로빈슨 크루소와 프라이데이의 관계가 그렇다. 또한 헤라클레스와 필로크테테스의 관계가 그렇고, 오딧세우스와 양돈지기의 관계가 그렇다. 이 조연배우들은 주연배우를 더욱더 돋보이고 훌륭하게 만들기 위한 보조적인 인물들이지만, 그러나 때때로 이 조연배우들이 주연배우가 되어 상하계급의 질서와 그 모든 가치관들을 전복시켜 버린다. 가장 극단적인 예가 부처에 의해 브라만계급의 가치관이 전복된 것이고, 예수에 의하여 구약 속의 유대인 귀족들의 가치관이 전복된 것이다. 자본주의 시대는 사농공상의 최하천민인 상인계급이 그 옛날의 귀족계급을 몰아낸 시대이고, 인간평등과 여성해방이란 구호 아래 인류의 역사상 전무후무한 여성상위 현상이 도래한 시대라고 할 수가 있다.

인류의 역사에서 가장 중요한 발명품이 문자라면 연필은 문자를 기록할 수 있는 가장 획기적인 필기도구라고 할 수가 있다. 이제는 연필의 기능은 펜과 만년필, 볼펜과 컴퓨터의 자판에 의하여 매우 작고 부차적인 것이 되고 말았지만, 그러나 한때는 가장 찬란하고 번쩍이던 시대도 있었던 것이다. 연필은 인간의 사유와 상상과 감정을 기록하고, 역사와 전통을 가능케 했던 주연배우이며, 그 사유와 오기誤記를 바로 잡을 수 있었던 매우 유용한 필기도구라고 할 수가 있다. 연필이 필기의 역사의 주연배우라면 지우개는 그 연필의 잘못이나 오기를 바로 잡는 조연배우이자 보조적인 도구라고 할 수가 있다.

이원형 시인의 「지우개 녀와 연필 씨」는 주연배우인 '연필의 역사'를 지우개의 역사로 전도시키고, 조연배우인 지우개(여성, 아내)의 입장에서 연필의 역사(남성, 남편)를 조롱하고 비판하는 '희극의 진실'을 전개시켜 나간다. "너의 잦은 실수가 나를 분주하게 한다/ 너의 오류가 나의 생업이라는 아이러니/ 너의 헛점으로 생겨난 나는 너의 후사일까"라는 저주받은 운명에 대한 한탄이 그것이고, 이 저주받은 운명은 "너는 잘못을 감추려 하지 나는 지워버린다/ 애간장이 탄다구? 나는 똥 쌀 지경이야"라는 어릿광대의 천역으로 그토록 끈질기고 오랜 악연으로 이어진다. 너의 허방 앞에서 나는 트위스트를 추듯 뒤처리를 다 해야 하고, "누가 닳았다를 닮았다로 읽어버린다면" "배 다르고 씨 다른 나는/ 너와 체위를 바꿔가며 덜커덩거리는 비둘기호 같은 필통 속에선 한통속이 될 수"도 있고, 따라서 "악어와 악어새 같은 동지애를 발휘"할 수도 있었던 것이다.

연필은 주인이고, 지우개는 하녀이다. 주인은 남편이고, 하녀는 아내이다. 모든 일심동체의 부부가 배 다르고 씨 다른 남남이듯이, 너와 내가 똑같이 닮은 점은 '닳아간다'(죽어간다)는 점이라고 할 수가 있을 것이다. 필기도구의 역사에서 연필과 지우개는 악어와 악어새의 관계로 기록될 수도 있겠지만, 그토록 끊임없는 자기희생과 학대를 감당해야 하는 지우개의 입장에서는 이제까지의 연필의 역사는 성차별의 역사이자 인간 학대의 잔혹사에 지나지 않는다. "너의 잦은 실수가 나를 분주하게 한다", "너의 헛점으로 생겨난 나는 너의 후사일까", "애간장이 탄다구? 나는 똥 쌀 지경이야", "누가 닳았다를 닮았다로 읽어버린다면/ 배 다르고 씨 다른 나는/ 너와 체위를 바꿔가며 덜커덩거리는 비둘기호 같은 필통 속에선 한통속이 될 수 있다", "악어와 악어새 같은 동지애를 발휘하겠다", "너보다 한 발

늦게 현장에 도착하지만/ 뒷수습은 나의 몫/ 손발이 닳도록 싹싹 비비지/ 간 쓸개 오장육부까지 내줘야할지 몰라/ 근묵자흑이더군/ 닳는 것까지 닳아버렸구나 자꾸/ 닳아간 다 말하면 닳아 없어질 때까지/ 닳음의 끝을 보여주겠다", "이래 봬도 뒤끝 있는 여자야"라는 너무나도 날카롭고 예리하며, 그 아름답고 멋진 시구들은 '지우개의 입장'에서 그 구구절절한 역사성과 현실성을 얻게 된다. 모든 적대자들(반대파들)인 남성마저도 굴복시키고, 전지전능한 하나님이나 악마마저도 설득시킬 시적 표현, 즉, 이원형 시인의 '시적 승리'라고 할 수가 있을 것이다.

희극의 전개 방법에는 N. 프라이의 말대로, 두 가지 방법이 있는데, 첫 번째는 반동적인 인물에게 초점을 맞추는 것이고, 두 번째는 '발견과 화해'에 초점을 맞추는 것이다. 첫 번째의 반동적 인물들에게 초점을 맞추는 방법은 그 주연배우를 최하천민인 인간 망나니로 전락시키는 것이고, 두 번째의 '발견과 화해'에 초점을 맞추는 방법은 반동적 인물들을 개과천선시키고, 그들과 함께, 새로운 시대를 열어 나가게 된다. 이원형 시인의 「지우개 녀와 연필 씨」는 이제는 도저히 화해할 수 없는 부부관계가 되고, 일부종사와 여필종부의 희생물에 지나지 않았던 '지우개 녀'의 원한

맺힌 저주감정에 의해 그 파탄을 맞이하게 된다. '근묵자
흑'은 먹을 가까이 하면 먹물이 묻는 것처럼 그들이 부부관
계의 인연을 맺고 오래 살았다는 것을 뜻하고, "닮는 것까
지 닮아버렸구나 자꾸/ 닮아간다 말하면 닮아 없어질 때까
지/ 닮음의 끝을 보여주겠다/ 이래 봬도 뒤끝 있는 여자야"
라는 시구는 남성중심의 시대에 끝장을 내고, 여성중심의
시대를 열어가겠다는 선전포고이자 그 신호탄이라고 할
수가 있다.

자유는 불평등에 기초해 있고, 민주주의는 소수지배원
칙에 기초해 있다. 여성해방은 인간평등에 기초해 있는 것
같지만, 그러나 여성상위시대라는 불평등을 초래한다.

뒤끝 있는 여자, 즉, 지우개 녀는 고개의 숙인 남자, 즉,
연필의 모든 역사를 지우고 새로운 세상, 이제까지의 전무
후무한 여성시대를 창출해낸다.

김 명 숙

내비게이션, 그녀

그이는 그녀의 착한 정부情夫,
그녀가 뭐라고 하든
무조건 콜!
콜! 이다

한번 올라타면 바뀌지 않는 체위로
그가 그녀 앞에서
변강쇠가 되는 길은 아주 쉽다

마누라완 은밀한 밤을 만족 못해도
그녀와의 드라이브는 마냥 즐겁고

마누라의 잔소리엔 눈살 찌푸려져도
그녀의 재잘대는 목소리는 그저 사랑스럽다

머리끄덩이를 잡고 패대기를 치지 그래

따귀를 얼얼하게 올려붙이지 그래

온갖 추측만 난무할 뿐

실마리는 오리무중

내비게이션, 그녀!

오늘도 그이와 벌건 대낮에 통정을 나눈다

📖

　자동차의 내비게이션은 차의 현재의 위치를 나타내고 운전자의 목적지까지 길을 안내해주는 시스템이다. 자동차의 내비게이션은 첨단기술의 집합체이며, 이 내비게이션으로 자기 자신의 위치와 목적지를 알 수 있는 것은 GPS 덕분이라고 할 수가 있다. GPS란 미군이 군의 위치를 정확하게 파악하기 위한 시스템으로, 스물네 개의 위성이 보내는 전파로 목표나 자기의 위치를 표시해 준다. 이 GPS 시스템의 상업적 활용 덕분에 자동차 운전자는 사막과 도시, 외딴 시골마을이나 머나먼 외국여행 중에서도 그 목적지를 정확하게 찾아갈 수 있고, 이제는 내비게이션 없이는 그 어떤 곳도 찾아갈 수가 없다.

　이 세계를 창조한 것은 내비게이션이지, 우리 인간들이 아니다. 우리 인간들은 내비게이션 앞에서 자기 자신의 이성뿐만이 아니라 그 모든 것을 다 바치고 충성을 맹세하게 된다. 그는 "그녀의 착한 정부情夫"가 되고, "그녀가 뭐라고 하든/ 무조건 콜"을 외치게 된다. 무조건 콜, 무조건 복종―. 내비게이션은 전지전능한 여신이자 어머니가 되고, 내비게이션은 너무나도 아름다운 정부이자 언제, 어느 때나 목숨을 바쳐도 아깝지 않을 섹스 파트너가 된다. "마누라완 은밀한 밤을 만족 못해도/ 그녀와의 드라이브는 마냥 즐겁고" "한번 올라타면 바뀌지 않는 체위로/ 그가 그녀앞에서/ 변강쇠가 되는 길은 아주 쉽다." 「내비게이션, 그녀」는 너무나도 아름답고 뛰어난 미모를 자랑하고, 그녀의 목소리는 언제, 어느 때나 벌꿀처럼 달콤하고, 아카시아꽃처럼 향기롭다. 「내비게이션, 그녀」는 무결점의 여신이자 천사이고, 자동차를 운전하는 동안 그녀의 지시와 목소리에 중독되지 않을 사람이 없다. 물리학의 근본 개념도 힘(에너지)이고, 경제학의 근본개념도 힘(돈)이다. 예술의 근본 개념도 힘(아름다움)이고, 사랑의 근본개념도 힘(성욕)이다. 가스라이팅의 주인은 내비게이션이고, 그는 그녀에게 홀린 사람이 된다. "마누라의 잔소리엔 눈살 찌푸려져도/ 그녀의 재잘대는 목소리는 그저 사랑스럽"고, "머리끄덩이를 잡고 패대기를 치지 그래/ 따귀를 얼얼하게 올려붙이지 그래"의 시구처럼, 가학성 유희욕과 피학성 유희욕을 즐기는 섹스중독자가 된다. 섹스의 절정에서 그녀가 그의 머리끄덩이를 잡고 패대기를 치거나 따귀를 얼얼하게 올려붙일 수도 있고, 이와 반대로, 그가 그녀의 머리끄덩이를 잡고 패대기를 치거나 따귀를 얼얼하게 올려붙일 수도 있다. 김명숙 시인의 「내비게이션, 그녀」는 만인들의 연인이고, 그녀 앞에서 제정신을 차릴 수 있는 사람은 아무도 없다. 내비게이션 안내방송의 주인공은 대부분이 여성이고, 그것은 성을 이용한 판매전략일 수도 있다. 그 옛날에는 운전자가 지도를 보며, 또는 길거리의 사람들에게 물어 물어 목적지를 찾아갔지만, 이 내비게이션이 등장하고부터는 그러한 쓸데없는 시간 낭비의 촌극은 말끔히 대청소되었다. 하지만, 그러나, 그 대신에 우리 인간들은 앞 못 보는 길치가 되어, 「내비게이션, 그녀」의 그 마수의 손길에서 빠져나올 수가 없게 되었다.

내비게이션 그녀는 섹스중독자이며, 우리 남성들의 성을 유린하는 미녀이자 악마라고 하지 않을 수가 없다.

온갖 추측만 난무하고 실마리는 오리무중인 '내비게이션, 그녀!'

오늘도 수많은 사내들과 밤낮으로. 실시간대로 통정을 나누는 '내비게이션, 그녀!'

성性이란 참으로 천변만화하는 요술장이이며, 이 세상의 그 모든 사건을 다 주재한다. 제우스와 브라만과 야훼의 성욕도 주재하고, 예수와 부처와 마호메트의 성욕도 주재한다. 클레오파트라와 비너스와 양귀비의 성욕도 주재하고, 돈주앙과 돈키호테와 테스의 성욕도 주재한다. 모든 아름다움과 추함, 모든 고귀함과 비천함, 인간의 역사와 동물의 역사, 대지의 역사와 바다의 역사도 이 성性이 주재한다.

우주는 성욕의 육체이고, 대지와 바다는 성욕의 두 젖가슴이다. 성욕의 오름과 내림에 따라 살인적 더위와 추위가 오고 가고, 성욕의 몸짓에 따라 꽃이 피고 새가 운다. 김명숙 시인의 「내비게이션, 그녀」는 성욕의 화신이며, 모든 역사는 그처럼 아름답고 역동적인 '성욕의 역사'라고 하지 않을 수가 없다.

백 지

변기

우리 집에 괴물이 산다

놈은 몸을 숨긴 채 둥근 아가리만 벌리고 있다

벌리고 있는 입 크기로 봐서는 몸집이 족히 집채만큼 큰

놈이다

괴물과의 동거는 악어와 악어새의 밀약 같은 공생.

놈은 잡식성이라 세상 모든 치부를 받아먹는다

-임금님 귀는 당나귀 귀~

비밀을 절대 누설하는 일은 없지만

타협의 대가는 언제나 맹물 한 됫박

오늘과 내일이 타협 중인 뉴스는 하루 종일 흐림이다.

피해자는 있는데 가해자가 없는 기사

멈춰버린 영끌족의 롤로코스터

휴일 곳곳에 비가 시작된다는 일기예보

괴물은 아가리를 쩍 벌리며 입맛을 다시고

나는, 또 하루의 치부를 드러내고 지독한 사랑을 타전

중이다

- 끙!

모든 시는 그의 재물욕과 권력욕과 명예욕의 산물이며, 그의 시가 성공을 거두면 그는 모든 가치를 전복시킨 최고급의 인식의 전사가 될 것이다. 악마와 천사가 한 얼굴의 양면이듯이, 이상한 괴물과 최고급의 인식의 전사 역시도 한 얼굴의 양면에 지나지 않는다. 가령, 그가 자유주의자라면 기존의 유교적인 전통과 역사를 파괴시켰을 것이고, 그가 여성해방주의자라면 기존의 가부장제도와 남성중심주의를 파괴시켰을 것이다. 기존의 역사와 전통을 파괴시킬 때 그는 재물욕과 권력욕과 명예욕에 사로잡힌 괴물에 지나지 않지만, 그러나 그가 새로운 역사와 전통—자유주의와 여성해방주의—을 완성하면, 그는 최고급의 인식의 전사, 즉, 어진 현자가 될 것이다. 요컨대 살인마, 식인귀, 무차별적인 약탈자가 전쟁에서 승리를 거두는 순간, 그는 그의 언어와 법으로 새로운 나라를 건설하는 종족의 창시자가 되는 것과도 같다고 하지 않을 수가 없다.

백지 시인의 「변기」는 괴물이며, 이 괴물은 우리 집에서 나와 함께 살고 있다. "놈은 몸을 숨긴 채 둥근 아가리만 벌리고" 있고, "벌리고 있는 입 크기로 봐서는 몸집이 족히 집채만큼 큰 놈"이라고 할 수가 있다. 괴물이란 괴상하게 생겼고, 그 말과 행동을 이해할 수 없는 어떤 놈을 말한다. 얼굴도 없고, 머리도 없다. 팔도 없고, 다리도 없다. 눈도 없고, 코도 없다. 오직 아가리만 집채만큼 크고, "놈은 잡식성이라 세상의 모든 치부를 다 받아먹는다." 변기와의 동거는 악어와 악어새의 관계와도 같지만, 때때로 "임금님 귀는 당나귀 귀"라고 그 놈의 정체를 폭로하고 싶은 마음을 어쩌지 못한다. 놈도 "비밀을 절대 누설하는 일은 없지만", 그 "타협의 대가는 언제나 맹물 한 됫박"에 지나지 않는다. "오늘과 내일이 타협 중인 뉴스는 하루 종일 흐림" 뿐인데, 왜냐하면 이 타협이란 모든 도덕과 역사와 전통을 짓밟는 행위에 지나지 않기 때문이다.

　　이 세상의 삶은 변기라는 괴물과의 동거이고, 세상의 모든 더러운 것을 다 받아먹으며, 더욱더 아가리를 쩍 벌리며 입맛을 다시게 된다. 나와 변기는 언제, 어느 때나 잡식성 동물이고, 서로가 서로의 비밀을 누설하는 일은 없지만, 피해자는 있는데 가해자가 없는 사건과도 같다. 이름도 성도 없는 괴물, 말과 행동을 전혀 이해할 수 없는 괴물, 팔과 다리도 없는 괴물, 피해자는 있는데 가해자가 없는 영원한 범죄의 연출자인 괴물, 이 괴물들에게 영혼까지 끌어모아 다 털린 젊은이들이 죽어가고 있는데도, 더욱더 집채만한 아가리를 쩍 벌리며 "지독한 사랑"을 노래하고 있는 괴물—.

너도 괴물이고, 나도 괴물이고, 우리들 모두가 다같이 백지 시인의 「변기」와도 같은 괴물들에 지나지 않는다.

서로가 서로를 믿지 못하고, 상호 적대적인 감정만이 있는 우리가 우리의 정체를 밝히고 자기 자신의 양심을 일깨우는 날, 이 세상의 그 모든 더럽고 추한 사건들은 다 밝혀지게 될는지도 모른다.

박 용 숙

숨비소리

누구도 가르쳐 준 적 없는

신들린 몸짓

뭍에 나가 살고 싶다던 바람은

파도 소리에 호오이 던져 버리고

해류 따라 떠밀려온 사내 닮은 스티로폼

둥글납작하게 깎고 다듬어져

한 송이 꽃이 되었다

바농질로 이불 천 싸매느라

불턱의 모닥불 밤새 꺼질 줄 몰라도

물질은 더 깊이 더 길게

소라 멍게 전복 해삼 따면서도

사내의 자연산 감정 따고 싶었다

씨알 굵은 별똥별 가득 담긴 테왁에 몸 기대면

든든한 사랑꽃 하나 피어나는 것이어서

감귤보다 탐스러운 젖가슴

갈치보다 빛나는 몸뚱이
파도에 맡겨 춤도 추고 싶었다

제주 앞바다, 사내의 부표 사라지던 날
호오이 호오이 꽃보다 처연하게
갈매기도 숨죽여 울었다.

우리 인간들은 공동체 사회 속에서 태어나 공동체 사회 속에서 죽어간다. 공동체 사회의 법이 혈액이라면 인간과 인간 사이의 혈액은 사랑이라고 할 수가 있다. 공동체 사회의 행복과 불행은 법률에 달려 있고, 인간과 인간 사이의 행복과 불행은 사랑에 달려 있다. 사회적 계약, 즉, 법이 없는 사회는 존재할 수가 없듯이, 사랑이 없는 사회는 동맥경화증에 걸린 사회이며, 서로가 서로를 미워하고 증오하는 관계로 공동체 사회의 행복과 종의 건강이 이루어질 수가 없다.

모든 사랑은 이타적이며, 그 유효기간이 없다. 순수하고 아름다운 사랑도 없고, 더럽고 추한 사랑도 없다. 건강한 사랑과 병든 사랑도 없고, 어느 누구를 차별하거나 배제하는 사랑도 없다. 사랑은 모든 생명체의 붉디 붉은 피이며, 이 사랑의 고귀하고 위대함이나 더럽고 추함 따위는 그 사랑의 주체자들이 자기 자신들의 삶을 어떻게 돌보고 가꾸는가에 달려 있다고 해도 과언이 아니다. 사랑(혈액)은 샘이고 강물이고, 사랑은 불이고 불꽃이다. 사랑은 대지이고 바다이며, 사랑은 공기이고 해이다.

박용숙 시인의 「숨비소리」는 제주 해녀의 어렵고 힘든 삶과 그 연정을 한 폭의 아름다운 수채화처럼 노래한 시라고 할 수가 있다. 누구도 가르쳐 준 적 없는 신들린 몸짓의 소유자인 그녀, 뭍에 나가 살고 싶다던 바람을 파도 소리에 호오이 던져버린 그녀, 해류 따라 떠밀려온 사내 닮은 스티로폼을 둥글납작하게 깎고 다듬어 한 송이 꽃(부표)으로 만든 그녀—. 이 해녀공화국의 「숨비소리」는 '사내의 자연산 감정'을 따고 싶은 동맥경화증의 소산이라고 하지 않을 수가 없다.

국가가 없어도 살 수 없고, 법이 없어도 살 수가 없다. 인간과 인간이 없어도 살 수가 없고, 더군다나 남녀 간의 사랑이 없어도 살 수가 없다. 눈이 녹으면 꽃이 피고, 꽃이 피면 열매를 맺는다. 젖을 떼면 자기 짝을 찾고, 자기 짝을 찾으면 자손을 남긴다. 모든 것은 가고 모든 것은 되돌아와 자기 짝을 찾는다. 이 자연의 법칙, 이 사랑의 법칙에는 예외가 없지만, 그러나 하늘을 감동시켜도 이루어질 수 없는 것이 있다. 모든 자원은 희소하고, 이 자원을 둘러싸고 수많은 중상모략과 질투와 시기와 싸움이 일어나기 때문이다. "물질은 더 깊이 더 길게/ 소라 멍게 전복 해삼을 따면서도" "사내의 자연산 감정"을 딸 수 없는 현실이 그렇고, "감귤보다 탐스러운 젖가슴"과 "갈치보다 빛나는" 아름다운 몸뚱이를 지녔으면서도 자기 짝을 찾을 수 없는 현실이 그렇다. 제주도는 젖과 꿀이 솟아나오는 축복의 땅도 아니고, "소라 멍게 전복 해삼"을 따는 직업은 만인들의 존경과 찬양을 받는 직업도 아니다.

공동체 사회, 즉, 모든 국가는 만인평등과 자원과 가치의 공정한 분배라는 공산주의 이념으로 구축되지만, 그러나 우리 인간들은 무리를 짓는 속성상, 출신성분과 학연과 지연에 따른 서열을 짓게 되고, 따라서 공동체 사회의 이념은 헛된 구호에 지나지 않게 된다. 만인평등은 인간차별 속에 짓밟히고, 한 사람의 자유는 수많은 타인들의 자유를 짓밟고, 소수의 인간들이 그 모든 자원과 가치를 독점하게 된다.

제주 해녀의 「숨비소리」는 제주 해녀의 한이 되고, 이 한은 제주 해녀의 이루지 못한 사랑 노래가 된다. 소라, 멍게, 전복, 해삼을 따면서도 '사내의 자연산 감정'을 따고 싶은 제주 해녀, 감귤보다 더 탐스러운 젖가슴과 갈치보다 빛나는 자연산 몸뚱이를 지녔으면서도 그 이룰 수 없는 사랑으로 호오이 호오이 「숨비소리」를 토해내는 제주 해녀!

제주 앞바다, 사내의 부표 사라지던 날
호오이 호오이 꽃보다 처연하게
갈매기도 숨죽여 울었다.

오오, 국가가 다 무엇이고, 만인평등과 부의 공정한 분배가 다 무엇이란 말인가?

박용숙 시인의 「숨비소리」는 이 세상의 사랑의 바다가 되고, 사랑의 동맥경화증을 앓는 모든 사람들의 심금을 사로잡는다.

정 여 운
시詩 2

시는 누드화다
모두 벗고 거울 앞에 선다

시는 범종이다
종을 치면 강물이 울린다

파문을 일으키게 한다
치유와 위안을 얻게 한다

이 세상에서 가장 무서운 것은 세 치 혀의 험담이듯이, 언어가 타락하면 너무나도 잔인하고 끔찍한 권력투쟁과 함께, 오직 자기 자신의 이익만을 생각하는 소송전이 난무하게 된다. 탐욕은 이기주의의 최종적인 형태이고, 이기주의는 무자비한 떼강도의 칼날과도 같다. 이 무자비한 떼강도들의 칼날을 빼앗고 혼을 내줄 수 있는 사람은 시인뿐이며, 그는 무사무욕한 마음으로 모든 인간들의 탐욕을 다 씻어버린다. 시는 범종과도 같고, 종을 치면 강물이 울린다.

만물의 공동터전인 대자연이 어떻게 너와 나의 친구들, 즉, 우리 인간들의 소유물이 될 수가 있단 말이냐? 수천 억 년의 우주의 역사 속에서 하루살이와도 같은 '시한부 인생'을 살면서, 어떻게 그 누구의 힘으로 네가 만물의 영장이 될 수가 있단 말이냐?

옷을 벗고 또 벗으니 숨길 것이 없다. 만물의 공동터전인 대자연이 아름답고, 무소유의 철학은 '시한부 인생의 삶'을 더욱더 즐겁고 기쁘게 한다.

시는 언어의 누드화이고, 언어의 누드화는 시인의 말씀이다. 시는 언어의 범종 소리이고, 이 사랑의 종소리는 수많은 사람들의 마음을 치료하고, 모든 인간들을 다 언어의 사원으로 인도해준다.

시인은 언어의 사제이자 무소유의 행복을 창출해낸 전 인류의 스승이다.

한 편의 아름다운 시는 대자연의 성당이고, 그곳에서는 이 세상의 자유와 사랑과 평화와 행복이 영원불멸의 삶을 살아간다.

김 석 돈

말꼬리 잡기

대체 며칠이나 굶겼던가

오늘은 뭔 일 있어도
말문이라도 열어 줘야지
말고삐 움켜쥔 할미
작심하고 말 사냥 나선다

발 없이도 천 리를 간다는 말

한때는
말꾼들 틈에 넘치던 말발
혼자 주체하지 못해
고삐 풀린 듯 날뛰기도 했지
말재간 믿고 주인 말도 여물 먹듯 삼키던 말
뒷방에 매여 말이 고프다

산책길, 수변공원 둘러봐도

말 만나 말 풀어놓을

말마당도 말동무도 보이질 않네

벤치 한쪽 비워놓고 기다려보지만,

가랑잎 하나 빈말처럼 내려앉을 뿐

말 사냥은 커녕

말꼬리 한번 잡아보지 못한 할미

체면 말이 아니다

말머리 돌리는 거 보아하니

굶주린 말 다독이며 말풍선이나 불어줄 모양이다

인류의 역사상 가장 위대한 발명품이 말(문자)인 것처럼, 말(문자)이 없는 인간의 삶과 문화는 생각할 수조차도 없다. 말에는 세 가지 기능이 있는데, 사물의 인식기능과 사유의 기능과 의사를 전달하는 기능이 바로 그것이라고 할 수가 있다. 최초의 사물과 사건을 인식하는 것은 감성(직관)이 담당하고, 최초의 사물과 사건의 성격과 특징을 파악하여 이름(개념)을 명명하는 것은 이성이 담당한다. 인상의 수용성은 최초의 사물과 사건을 기억 속에 각인시키는 것을 말하고, 사유의 자발성은 최초의 사물과 사건에 이름을 부여하는 사유의 활동을 말한다. 이러한 인상의 수용성과 사유의 자발성 이외에도 우리 인간들은 말을 통하여 사유와 감정과 지식을 주고 받으며, 서로가 서로를 사랑하고 도우며 이 세상의 삶을 살아가게 된다.

음식물은 인간의 동체성을 보존해 주고, 말은 인간의 정신을 살아 움직이게 해준다. 배가 고프면 밥을 먹어야 하고, 말이 고프면 가족이나 친지, 또는 그 누구라도 붙잡고 말을 해야 한다. 이 세상에서 가장 영양가가 풍부하고, 가장 그 종류가 많은 음식은 말이며, 이 말의 원산지와 그 종류는 전체 인류의 숫자보다도 많다고 할 수가 있다. 미국인과 인디언의 말, 중남미인과 스페인의 말, 프랑스인과 독일인의 말, 영국인과 아일랜드인의 말, 터키인과 아랍인의 말, 인도인과 네팔인의 말, 중국인과 티벳인의 말, 태국인과 베트남인의 말, 한국인과 일본인의 말 등이 있고, 모든 말들에는 지문이 있어, 부모형제와 쌍둥이의 말도 그 소리와 결이 다르다. 사랑과 믿음의 말, 약속과 신뢰의 말, 상호 비난과 험담의 말, 상호 토론과 비판의 말, 정복자와 약탈자의 말, 천사와 악마의 말, 사기꾼과 도둑놈의 말들이 있고, 사과와 배 같은 말, 쌀밥과 보리밥 같은 말, 딸기와 앵두 같은 말, 메주와 콩 같은 말, 똥과 오줌 같은 말, 화가 나서 길길이 날 뛰는 말, 사자와 호랑이 같은 말, 빈대와 벼룩 같은 말, 모기와 파리 같은 말, 조강지처와 애첩 같은 말, 신사와 거지 같은 말, 충신과 간신같은 말들이 있다. 인간은 모두가 다같이 말의 생산공장을 갖고 있지만, 그러나 우리 인간들은 사회적 동물인 만큼 '나 홀로' 먹는 혼잣말(독백)만큼 무미건조하고 맛 없는 음식은 없다.

"대체 며칠이나 굶겼던가"는 독거할미의 한탄이며, '저출산-고령화'로 인한 말들의 소외 현상이라고 할 수가 있다. "오늘은 뭔 일 있어도/ 말문이라도 열어 줘야지/ 말고삐 움켜쥔 할미/ 작심하고 말 사냥"을 나서보지만, "발 없이도 천 리를 간다는 말"은 흔적조차도 찾을 수가 없다. 산책길에도 혼잣말이 살고, 수변공원에도 혼잣말이 산다. 말마당에도 혼잣말이 살고, 말동무도 혼잣말을 따라 사라져 가고 없다. "벤치 한쪽 비워놓고 기다려보지만/ 가랑잎 하나 빈말처럼 내려앉을 뿐", 온천하가 적막강산일 뿐이다. "한때는/ 말꾼들 틈에 넘치던 말발"과 "혼자 주체하지 못해/ 고삐 풀린 듯 날뛰기도" 했던 말들과, "말재간 믿고 주인 말도 여물 먹듯 삼키던 말"들도, 다 혼잣말이 되어 말이 고픈 것이다.

혼자 산다는 것은 말이 고프다는 것이고, 말이 고프다는 것은 말동무를 찾지 못해, 말을 찾아 헤매다가 말고픔으로 죽는다는 것이다. 혼자 산다는 것도 하늘의 형벌이고, 오래 산다는 것도 하늘의 형벌이다. 말이 고프면 우울하고 쓸쓸하고, 우울하고 쓸쓸하면 저절로 죽고 싶어진다. "말 사냥은 커녕/ 말꼬리 한번 잡아보지 못한 할미", "말머리 돌리는 거 보아하니/ 굶주린 말 다독이며 말풍선이나 불어

줄 모양이다."

　김석돈 시인의 「말꼬리 잡기」는 독거할미의 '말 사냥의 노래'이며, 그 처절한 삶의 현장이 너무나도 안타깝고 극적으로 잘 묘사되어 있다. 말 사냥의 과제가 말꼬리는커녕, 굶주린 말 다독이며 말풍선이나 불어준다는 도로아미타불의 수고로 끝난다는 것, 이것은 비극도 아니고 인간의 죽음을 뜻한다.

　혼잣말은 말의 죽음이고, 인간의 죽음이며, 혼잣말은 모든 역사의 종말을 뜻한다.

　자연과학이 인간의 수명을 필요 이상으로 늘리고 '장수만세의 세상'을 연 것도 같지만, 그러나 장수만세의 세상은 '저출산-고령화'와 함께, '인간의 죽음'으로 끝날 수밖에 없는 것이다.

　독거할미의 「말꼬리 잡기」는 실패할 수밖에 없고, 저승길이 가장 행복한 길이다. 김석돈 시인의 「말꼬리 잡기」는 그의 언어학의 승리이자 심리학의 승리이고, 이 언어학과 심리학을 가장 극적인 현실주의로 승화시킨 장인 정신의 승리라고 할 수가 있다.

권 순 학

울음이 사라졌다

새가 보이지 않는다
울음이 사라졌다
참새도 비둘기도 까치 까마귀까지
모두 사라졌다

이제 아침은 자명종 몫이고
새 울음소리는 추억이 되었다

도시는 나무를 버렸다
나뭇잎과 가지 사이사이를 차지한
새를 버렸다
울음을 버렸다

들어선 것은
밤새 꺼지지 않는 붉은 태양들

새에겐 허용된 공간이 허공뿐
그곳을 찾아 새들은 떠났다

울음도 떠났다
가끔씩 화석 같은 메아리만 들린다

긴급회의가 이루어졌다
동물원에 새를 모시고 오고
박물관에 박제를 모셔 두었다
그리고 검은 스피커도 숨겨 두었다

사라진 새들은 그리고 울음은
다시 돌아올 수 있을까

신문과 방송은 난리 법석이지만
떠난 새는 깜깜 무소식이다

빈 칸에는
정중동 로또 당첨번호만 남아 있다

지구의 역사상 다섯 번의 대멸종의 시기가 있었고, 그때마다 거대한 공룡과 맘모스 같은 최상위 포식자들이 모조리 멸종되었다고 한다. 오늘날 지구상의 최상위 포식자는 우리 인간들이고, 우리 인간들도 곧 이 지구상에서 사라져 가고 말 것이다. 만물의 영장이라는 우리 인간들은 우주의 역사상 가장 악질적인 존재이며, 근검절약하고 자급자족하는 생활에 만족하지를 못하고 끊임없는 사치와 허영과 향락생활을 하면서 이 지구촌을 파괴시켜왔다고 하지 않을 수가 없다. 인간이 사유를 하고 그 사유를 실천할 수 있는 두 손을 사용하게 한 것과 수많은 동식물들과는 달리 옷을 입고 생활을 하게 한 것은 전지전능한 신의 최악의 실수라고 할 수가 있다. 과학혁명과 산업혁명은 전지전능한 신의 목을 비틀어 버린 것이고, 그 결과, 지구촌의 열대 우림과 아시아와 유럽, 아프리카와 북미, 중남미와 오세아니아, 그리고 북극과 남극까지 다 파괴되고 말았던 것이다. 수많은 동식물들이 사라졌고, 호랑이와 곰과 코뿔소 등마저도 멸종위기에 처한 것은 물론, 이제는 인구의 폭발적인 증가와 함께, 지구촌의 대폭발이 다가오고 있다고 해도 틀린 말이 아니다.

차가운 공기는 더운 공기를 받아들이고, 더운 공기는 차가운 공기를 받아들인다. 건조한 공기는 습한 공기를 받아들이고, 습한 공기는 건조한 공기를 받아들인다. 초식동물은 육식동물을 불러들이고, 초식동물이 사라지면 육식동물도 사라진다. 꽃이 피면 벌과 나비가 찾아오고, 벌과 나비가 사라지면 그 어떤 꽃도 열매를 맺을 수가 없다. 선은 악과 함께 짝을 이루고, 정의는 불의와 함께 짝을 이룬다. 바다는 육지와 함께 짝을 이루고, 밤은 낮과 함께 짝을 이룬다. 모든 대립적인 것은 동일한 것이며, 어떤 사물과 어떤 사건도 제멋대로 태어나고 제멋대로 살아가는 것이 아니다.

이 세상의 자연의 이치는 가장 정교하며, 어느 것 하나 부족하거나 넘치지 않는 선순환 구조로 짜여져 있다. 권순학 시인은 이러한 자연의 선순환 구조가 깨어진 것을 깨닫고, "새가 보이지 않는다/ 울음이 사라졌다"라고 탄식을 하고, "참새도 비둘기도 까치도 까마귀도" "모두 사라졌다"라고 그 놀라움을 금치 못한다. 이제 아침을 알리는 것은 인위적인 자명종의 몫이 되었고, "새 울음소리는 추억이 되었다." 왜냐하면 도시가 나무를 버렸고, "나뭇잎과 가지 사이사이를 차지한/ 새"들과 함께 "울음을" 버렸기 때문이다.

우리 인간들은 영원한 욕망의 포로이며, 영원한 소화불량증 환자라고 해도 과언이 아니다. 영생불사의 꿈이 오늘날의 폭발적인 인구증가를 가져왔고, 대도시의 탄생이 수많은 천연자원과 함께 수많은 동식물들의 소멸을 연출해냈다. 새를 버렸다는 것은 새소리와 함께 대자연의 합창을 버렸다는 것이고, 울음이 사라졌다는 것은 모든 만물의 탄생과 죽음의 선순환 구조가 파괴되었다는 것을 뜻한다. 그 결과, 대도시에 "들어선 것은/ 밤새 꺼지지 않는 붉은 태양들"이고, "새에겐 허용된 공간이 허공뿐"이었던 것이다.

허공은 텅 빈 무無이며, 새의 종말이고, 허공은 사라진 울음이며 화석같은 메아리뿐이다. 영원한 욕망의 포로인 채로, 아니 영원한 소화불량증 환자로 그 병을 치료하고자 "동물원에 새를 모시고 오고/ 박물관에 박제를 모셔 두었"지만, 그러나 그렇다고 해서 새들과 함께, 새들의 울음 소리가 돌아올 리는 없었다. 날이면 날마다 신문과 방송들이 난리법석이지만, 한번 떠난 새들은 깜깜 무소식이고, 그

새들과 새들의 울음 소리가 돌아온다는 것은 "정중동 로또 당첨번호"만큼이나 어렵고 힘들게 되어 있는 것이다.

권순학 시인의 「울음이 사라졌다」는 종말론이며, 소위 가장 이성적이고 양심 있는 시인의 단말마의 비명 소리라고 할 수가 있다.

서정시도, 서사시도, 비극도 종말을 고하고, 영원한 구원의 빛도, 아니 지옥의 저승사자마저도 찾아올 리 없는 암흑천지─.

울음이 사라진 것은 노래가 사라진 것이고, 노래가 사라진 것은 모든 생명체들이 다 죽었다는 것이다.

김 소 월

엄마야 누나야

엄마야 누나야 강변 살자,
뜰에는 반짝이는 금모래빛,
뒷문 밖에는 갈잎의 노래,
엄마야 누나야 강변 살자.

강은 모든 생명체의 기원이자 젖줄이고, 강은 모든 생명체의 삶의 터전이자 영혼의 안식처라고 할 수가 있다. "엄마야 누나야 강변 살자"라는 시구는 너와 나, 즉, 우리들 모두가 다같이 서로를 믿고 사랑하며 살고 싶다는 소원과도 같고, "뜰에는 반짝이는 금모래빛"은 자연의 궁전의 그 황홀함과도 같다. "뒷문 밖에는" 너무나도 다정하고 아름다운 "갈잎의 노래"가 들려오고, 따라서 김소월 시인은 "엄마야 누나야 강변 살자"라고 다시 한번 그의 소원을 노래한다.

고대 그리스의 철학자 헤라클레이토스는 '투쟁은 만물의 아버지'라고 역설한 바가 있고, 이 철학적 신념에 따라 호머와 아이스킬로스의 목을 베어버려야 한다고 역설한 바가 있다. 왜냐하면 세계적인 대작가들로서 호머와 아이스킬로스는 그 명성과는 달리, 전쟁을 혐오하고 평화만을 사랑한 얼치기들에 지나지 않았기 때문이다.

싸움에는 크게 세 가지의 종류가 있다. 첫 번째는 싸우

지 않고 이기는 것이고, 두 번째는 상호 간에 전략과 전술
이 맞부딪치는 용호상박의 전투를 벌이는 것이고, 마지막
으로 세 번째는 싸움도 하기 전에 항복하는 것이다. 늘, 항
상, 사상과 이론으로 무장을 하고 백전백승의 전술로 어떠
한 적도 용납하지 않는 것이 첫 번째 방법이고, 상호 간에
모든 것이 대등하여 그 승부를 예측하기 힘든 것이 두 번
째 방법이고, 늘, 항상, 부정부패를 사랑하고 사색당쟁과
이전투구를 벌이는 최하천민들의 전쟁은 마지막 세 번째
방법에 해당한다.

　우리 한국인들은 호머와 아이스킬로스의 후예답게 평화
를 사랑하는 것도 아니지만, 상호토론과 상호비판을 가장
싫어하며, 그 결과, 모든 면에서 세계적인 후진성을 벗어
나지 못한다. 우리 정치인들과 우리 학자들과 우리 경제인
들과 우리 법조인들은 '도쿄대첩'을 외쳤다가 '13대 4'라는
대참패를 당한 한국대표의 프로야구선수들과도 같다. 너
무나도 분에 넘치는 고액연봉만을 받을 뿐, 국제경쟁력이
라고는 손톱만큼도 없는 이 사기꾼들의 행태는 언제, 어느
때나 소위 강대국들과 한 번 싸워보기도 전에 '나라를 빼앗
기는 치욕'만을 연출해왔던 것이다.

　임마뉴엘 칸트의 말대로, '비판은 모든 학문의 예비학'이

기 때문에 싸우지 않고 이기는 최고급의 전략과 전술, 즉, 사상과 이론을 정립하기 위하여 상호토론과 상호비판을 활성화해야 하는데도 어느 누구도 이 '논쟁의 장'을 좋아하지 않는다.

"엄마야 누나야 강변 살자"라고 노래한다고 해서 그 소원이 이루어지는 것도 아니다. 맑고 깨끗한 공기, 맑고 깨끗한 강물, "뜰에는 반짝이는 금모래빛/ 뒷문 밖에는 갈잎의 노래"가 들려오는 지상낙원에서 살기 위해서는 사상과 이론으로 무장한 전 인류의 스승들이 끊임없이 배출되지 않으면 안 된다.

엄마야 누나야 강변 살자,
뜰에는 반짝이는 금모래빛,
뒷문 밖에는 갈잎의 노래,
엄마야 누나야 강변 살자.

김 새 하
학림도

조그만 섬이
손을 잡을 수 있다는 공문서 받았다
외롭게 떠 있는 섬이 아니게 되고
바라만 보던 입장을 변경하고

기다림의 끝이 있을 줄 몰랐지만
짐작 못 한 일이 벌어지는 것은
일 년에 두어 번 오는 태풍보다 설렌다

잡히지 않는 물고기를 잡지 못할 거라 생각하면서 잡고
있는 일
　운동화를 걱정하면서 파도 가까이 발을 옮기는 일
　섬에서 차 빼달라는 전화를 받는 일

　바지락이 띄엄띄엄 박혀있다
　하나 또 하나 둘 셋

갈매기의 눈을 뗀 가로등이 빛을 흘릴 때
귀를 막은 이어폰
호주머니에 찌른 손
까딱거리는 머리
흔들리는 어깨

걸음만큼 멀어지는
노래처럼 흩어지는
끊임없이 잊어야 하는 그런 일들

밤바다 사진 속 네 개의 불빛
비슷한 위치에 비슷한 크기지만
둘은 꺼지고 켜지기를 반복하고
둘은 새벽만 기다린다
둘은 배를 기다리고
둘은 길을 비춘다

바다 건너 바다로
기다림에 끝이 있다는 소식이 온다

학림도는 경남 통영시 산양읍 저림리에 있는 자그만 섬이며, 소나무숲이 울창하고 학이 많이 살고 있어서 '학림도鶴林島'라고 부르게 되었다고 한다. 섬은 5개의 낮은 구릉으로 이어져 있고, 해안선의 길이가 길며, 섬주민은 2015년 기준 115명이라고 한다.

"조그만 섬이/ 손을 잡을 수 있다는 공문서를 받았다"는 것은 섬과 섬 사이에 다리가 놓인다는 것을 뜻하고, 따라서 이제는 "바라만 보던 입장을 변경하고" 더 이상 외롭게 떠 있는 섬이 아니게 되었다는 것을 뜻한다. "기다림의 끝이 있을 줄 몰랐지만/ 짐작 못 한 일이 벌어지는 것은/ 일년에 두어 번 오는 태풍보다" 더 설레이게 되었던 것이다.

연목구어緣木求魚의 기적이다. 아무런 할 일도 없이 기다림으로 지치고 망가진 삶을 사는 것보다는 나무 위에 올라가 낚시를 던져보는 것이 더 낫다는 말도 있다. 자연과학과 기술의 진전 없이는 감히 꿈조차도 꿀 수 없는 연육교의 기적이 일어나고, 그것은 경천동지의 태풍의 반대 방향에서 무척이나 가슴이 떨리고 기쁜 희소식이 아닐 수가 없다. "잡히지 않는 물고기를 잡지 못할 거라 생각하면서 잡고 있는 일"과도 같고, "운동화를 걱정하면서 파도 가까이 발을 옮기는 일"이나 "섬에서 차 빼달라는 전화를 받는 일"과도 같다.

"하나, 또 하나, 둘, 셋" "바지락이 띄엄띄엄 박혀" 있고, "갈매기의 눈을 꿴 가로등이 빛을 흘릴 때/ 귀를 막은 이어폰/ 호주머니에 찌른 손/ 까딱거리는 머리/ 흔들리는 어깨"라는 시구에서처럼 어느덧 젊은 청소년들이 들어와 사는 「학림도」가 된다. "걸음만큼 멀어지는/ 노래처럼 흩어지는/ 끊임없이 잊어야 하는 그런 일들"이 있지만, 그러나 그것은 기다림이 현실화될 때 일어나는 외로운 섬주민들의 사소한 일들에 지나지 않는다. 섬과 섬, 또는 섬과 육지를 이어주는 연육교가 놓여진다는 것은 연목구어의 기적과도 같고, 천지창조의 새날과도 같다. "밤바다 사진 속 네개의 불빛/ 비슷한 위치에 비슷한 크기지만", "둘은 꺼지고 켜지기를 반복하고/ 둘은 새벽만 기다린다." "둘은 배를 기다리고/ 둘은 길을 비춘다." 잡히지 않는, 아니, 잡을 수 없는 물고기가 잡히고, 이렇다 할 외부인도 없고 연육교도 없는 섬에서 차를 빼달라는 전화를 받는다. "바다 건너 바다로/ 기다림에 끝이 있다는 소식이 온다."

기다림의 끝은 새로운 희망의 시작이고, 아침 해가 떠오르면 어느덧 지상낙원이 삶이 시작된다.

신과 인간이 하나가 되고, 자연과 인간이 하나가 된다. 영혼과 육체가 하나가 되고, 모든 것이 가능한 김새하 시인의 「학림도」가 이 세상에서 가장 아름다운 지상낙원이 된다.

김 형 식
반도체

꽃은 노래

시詩는 목탁이다

반도체半導體, semiconductor는

도체와 부도체 중간 성질의 물질

요 녀석이

열, 빛, 자장, 전압, 전류를 만나면 꽃이 피고 시가 된다

반도체는

인간이 만든 최고의 예술품

인공지능 시대의 꽃이요 시다

요 녀석이 있어

아름답고 넉넉한 세상

오늘도 목탁소리 산사山寺를 깨운다

반도체란 무엇인가? 반도체란 도체導體와 절연체(부도체不導體)의 중간 정도의 전기 전도성을 갖는 물질을 말한다. 금속과도 같이 전기가 잘 통하는 물질도 아니고, 에보나이트처럼 전기가 전혀 통하지 않는 절연체도 아니다. 반도체는 온도의 변화에 따라 전도성이 크게 달라지는데, 왜냐하면 절대 영도(-273℃) 부근에서는 전기가 통하지 않지만, 온도가 올라갈수록 저항이 감소하여 도체의 성질을 띠게 된다. 이 원리에 따라 만든 것이 '서미스터'라는 '소자'로서 온도 측정 등에 사용되고, 또한, 반도체는 빛을 쬐면 저항이 감소하는 성질이 있으며, 사진기 등의 노출계는 이 원리를 이용한 것이라고 할 수가 있다. 반도체는 전기를 쬐면 기전력이 생기는데 이를 광기전력이라고 하며, 이 원리를 이용하여 태양 전지를 만들고, 시계와 계산기와 인공위성 등의 전원으로 쓰게 된 것이다. 반도체에 전류를 통하면 빛을 내기도 하는데, 이를 발광 다이오드라고 하고, 이것은 시계와 계산기 등의 표시 장치로 널리 쓰인다고 한다.

1839년 패러데이의 황화은 실험에서 반도체의 개발이 시작되었고, 반도체의 재료인 실리콘이 본격적으로 사용된 것은 1939년경부터라고 한다. 1948년 쇼클리가 게르마늄으로 된 트랜지스터를 발명함으로써 현대식 반도체가 본격적으로 개발되기 시작했고, 오늘날에는 한 변의 길이가 수mm에 불과한 실리콘 조각에 집적회로를 수십만 개나 집어넣는 '초고밀도 집적회로'를 만들 정도로 발전하였다. 세계 최초의 트랜지스터나 세계 최초의 컴퓨터는 무척이나 큰 것이었지만, 오늘날은 아주 작은 소형 컴퓨터로도 그 옛날의 대형 컴퓨터보다는 수천 배는 더 좋은 성능을 자랑하게 되었다. 이 모든 것이 반도체 기술의 눈부신 발달의 결과이며, 오늘날 반도체는 TV, 컴퓨터, 로봇, 비행기, 자동차, 인공지능을 비롯하여 모든 가전제품에 쓰인다고 할 수가 있다. 반도체는 '산업용 쌀'이며, 오늘날의 경제전쟁은 이 '반도체의 기술확보'에 달려 있다고 해도 과언이 아니다. ((주)천재교육| BY-NC-ND 참고)

목탁木鐸은 목어木魚에서 비롯되었고, 따라서 목탁의 구멍은 물고기의 눈을 닮았고, 그 손잡이는 물고기의 비늘을 닮았다고 한다. 물고기는 눈을 감지 않기 때문에, 수행자로 하여금 늘, 항상, '깨어있으라'는 의미로 목탁을 만들고, 불공을 드리거나 독경을 할 때 사용하게 되었다고 한다.

김형식 시인의 「반도체」는 "인간이 만든 최고의 예술품"이자 "인공지능 시대의 꽃이요, 시"라고 할 수가 있다. 꽃은 사상의 꽃이고, 목탁(시)은 사상의 열매이다. 사상은 노래가 되고, 노래는 반도체가 된다. 왜냐하면 반도체는 "열, 빛, 자장, 전압, 전류를 만나면 꽃이 되고 시가" 되기 때문이다.

반도체는 태양이요, 밤하늘의 별들이고, 반도체는 모든 생명체들의 대합창이자 대우주의 경전이다. 반도체가 있어 아름답고 넉넉한 세상이 열리고, 반도체가 있어 오늘날의 재가수행자在家修行者인 인묵 김형식 시인의 "목탁소리"가 "산사山寺를 깨운다."

반도체, 반도체, 반도체―. 반도체가 과연 대자연의 원시림이 되고, 모든 생명체들을 살리는 극락의 세계를 창출해낼 수가 있는 것일까?

스마트폰, 컴퓨터, 인공지능, 자동차, 비행기 등 앞에서 우리 인간들은 개성이나 자유는커녕, '인간'이라는 '인간성'마저도 빼앗기고 전면적으로 관리 통제되는 로버트가 되어가고 있는 것인지도 모른다. 기술의 진보와 과학의 발달은 그만큼 중독성이 강하고, 우리 인간들의 영혼과 육체마저도 노예화시키고 있는 것인지도 모른다.

스스로 생각하고, 스스로 일할 줄도 모르고, 컴퓨터와 기계의 명령에 따라 일을 하는 인공지능의 인간, 일차원적 인간, 이 반도체의 인간이 과연 우리 인간들의 이상적인 인간일 수가 있는 것일까?

유 안 나
저 달이

여기는 지리산 골짜기
산나물은 많고 여관은 없다
전화는 되는 곳보다 안 되는 곳이 더 많지만
사랑하기는 좋은 곳

갈 데까지 간 올 데까지 온
남녀가 숨어들어
한 석 달 열흘 불꽃 피워도 좋을 곳

오토바이 경적보다 산새 소리 더 크고
도시의 야경보다 별빛이 더 휘황한 곳

어깨 넓은 바위와 무심히 눈 마주친다

저 바위 같은 사람 하나 알고 있다

슬픔의 무게로 굳어진

바람의 손을 빌린 저 참나무는
마음을 깎고 가는 여자의 뒷모습 어디까지
들춰 보았을까

산새 한 마리 취한 듯 빗금으로 날아가고

이제 외로운 것들은 모두 별 뜨는 곳 어디쯤에
제 그리운 이름 하나씩 걸어놓으리라

언제부터 서 있었나 저기 산마루의 달

저 달에 너와집 한 채 지어놓고
한 열흘 안겨있어 볼까
차마 떠나지 못한 이름 하나 불러 손 비비고 볼 비비고 유안나 시인의 「저 달이」에 따르면, "여기는 지리산 골짜기"이고, "산나물은 많고 여관은 없다"고 한다. "전화도 되는 곳보다 안 되는 곳이 더 많지만/ 사랑하기에는" 딱 좋은 곳이라고 한다. 상처를 입은 자는 산으로 숨어들고, 천하제일의 젊은 청춘은 대도시에서 그의 고귀하고 웅장한 꿈을 펼쳐나간다. "갈 데까지 간, 올 데까지 온/ 남녀가 숨어들어/ 한 석 달 열흘 불꽃 피워도 좋을 곳"이 지리산 골짜기이고, "오토바이 경적보다 산새 소리 더 크고/ 도시의 야경보다 별빛이 더 휘황한 곳"이 지리산 골짜기이다. 갈 데까지 간 사람이나 올 데까지 온 사람은 모두가 다같이 상처를 입고 생존의 위기에 몰린 사람들에 지나지 않지만, 그러나 산은 어질고 인자하며 그 넓고 깊은 가슴으로 모든 사람들을 다 품어준다.

　　남자는 어깨가 넓은 바위와도 같지만 슬픔의 무게로 굳어진 사람이고, 여자는 지리산으로 숨어들어 "마음을 깎고 가는" 외롭고 슬픈 여자에 지나지 않는다. 사랑을 잃고 슬픔으로 굳어진 남자와 사랑을 잃고 "마음을 깎고 가는" 여자가 만나 "이제 외로운 것들은 모두 별 뜨는 곳 어디쯤에/ 제 그리운 이름 하나씩 걸어놓으리라"는 시구에서처럼, 그 '사랑의 힘'으로 "저기 산마루의 달"을 떠오르게 한다. 유안나 시인의 '지리산'은 "저 달에 너와집 한 채 지어놓고/ 한 열흘 안겨있어 볼까/ 차마 떠나지 못한 이름 하나 불러 손 비비고 볼 비비고"라는 시구에서처럼, 남녀가 그 모든 세속적인 욕망을 다 비우고 아들과 딸을 낳고 살아가기에 가장 좋은 곳이라고 할 수가 있다.

장자에 따르면, "자연은 인류를 낳았고, 인류는 자연에 순응하는 소규모 현상에 지나지 않는다." 상처를 입은 남자와 상처를 입은 여자가 만나 사랑의 싹을 틔우면 이 '사랑의 힘'에 의해서 모든 기적이 다 일어난다. 지리산은 달이 되고, 달은 사랑하는 남녀의 너와집이자 희망이 된다. 우리 한국인들의 성산聖山인 지리산은 모든 병이 다 낫는 자연의 병원이자 너무나도 어질고 인자한 사람들이 모여 사는 영원한 안식처가 된다.

상처입은 자는 산을 좋아하고, 산은 어질고 인자하며 모든 사람들을 다 품어준다.

강 익 수
사람과 돌의 간극

눈 깜짝하는 사이
100년이 지나간다
한 걸음 내딛는 사이
1,000년이 지나간다
말 한 마디 건네는 사이에
10,000년이 지나갔다

달팽이 걸음은 광속의 행보
하나의 문장이면 수만 년이 걸리는데
너희는 수 초 만에 완성한다
잠깐의 묵언수행이면
너희는 세상의 도서관을 가득 채우고도 남을
말의 홍수를 쏟아낸다

종이 다른 소통의 부재는

이렇듯 느림과 빠름의 간극인데

너희는 이를 생물과 무생물이라 한다

100년도 무른 너희들이

빠른 것만 쫓아가니

지구가 돈다

새로운 금맥金脈을 찾아나서는 것은 성스러운 일이고, 그 금맥을 찾아 재빠르게 투자를 하는 것은 가장 용기가 있는 일이라고 할 수가 있다. 자기 자신의 충복忠僕들이 배신을 때리지 않게 보살펴 주는 것은 의로운 일이고, 빌 게이츠나 워런 버핏처럼 해마다 수조 원씩 기부를 하고도 수십 조 원씩 사익을 챙기는 것은 가장 어진 성자의 길이라고 할 수가 있다.

돈을 좇아가면 할 일이 많아지고, 시를 쓰면 할 일이 적어진다. 돈과 명예와 권력에 대한 욕망을 버리라는 것이 모든 성자들의 가르침이지만, 그러나 오늘날의 자본주의 사회는 끊임없이 돈과 명예와 권력을 좇아가는 것이 최고의 미덕이라고 할 수가 있다. 아는 것은 보는 것이고, 보는 것은 새로운 금맥을 찾아내는 것이다. 더 많이, 더 빨리, 새로운 금맥을 탐구하고 발견하며, 그 황금의 금맥에 내 소유의 깃발을 꽂는 것이 자본주의 사회의 황금의 법칙인 것이다.

지식도 돈이고, 시간도 돈이다. 인맥도 돈이고, 정의도 돈이다. 합법과 불법을 규정하는 것도 돈이고, 사랑과 불륜을 규정하는 것도 돈이고, 그 모든 것의 최종 목표는 돈이라고 할 수가 있다. 그 옛날의 사람들은 시간 개념도 없었으며, 네것과 내것에 대한 소유개념도 거의 없었다. 아침에 태어나 저녁에 죽는 하루살이나 봄에 태어나 가을에 죽는 풀들 사이에도 아무런 차이가 없었고, 10년을 살다가 죽는 개나 60년을 살다가 죽는 인간들 사이에도 아무런 차이가 없었다. 천년을 살아도 하루를 사는 것과도 같았고, 하루를 살아도 천년을 사는 것과도 같았다. 다리가 짧은 오리와 다리가 긴 학 사이에도 아무런 차이가 없었고, 가난하게 살다가 죽거나 부자로서 살다가 죽는 것 사이에도 아무런 차이가 없었다. 모든 것은 상대적이고, 모든 것이 조화를 이루는 자연의 세계는 그야말로 최선의 세계였던 것이다.

자연의 세계는 무위의 세계이며, 강익수 시인의 「사람과 돌의 간극」에서처럼, "눈 깜짝하는 사이/ 100년이 지나"가고, "한 걸음 내딛는 사이/ 1,000년이 지나간다." "말 한마디 건네는 사이에/ 10,000년이 지나"가고, 아무 말을 하지 않아도 수만 년이 지나간다. 이상한 역설같지만, 이 세상에 최고의 느림보인 "달팽이 걸음은 광속의 행보"였던 것이고, "하나의 문장"을 완성하려면 적어도 "수만 년이" 걸렸던 것이다. 하지만, 그러나 무위가 아닌 인간의 세계에서는 수만 년의 시간의 일을 수 초 만에 완성하고, "잠깐의 묵언수행이면" "세상의 도서관을 가득 채우고도 남을/ 말의 홍수를 쏟아낸다." 달팽이와 인간, 풀과 나무와 인간, 바위와 인간 등, 즉, "종이 다른 소통의 부재는/ 이렇듯 느림과 빠름의 간극인데/ 너희는 이를 생물과 무생물이라 한다."

오늘날의 시간 개념은 만물의 영장인 자본가의 법칙이고, 돈을 벌고 돈을 소유하는 탐욕에 따라 그 시계바늘을 움직여 나간다. 일 분과 일 초도 돈이고, 하루와 이틀도 돈이고, 한 달과 두 달도 돈이다. 일 년 이 년도 돈이고, 십 년 이십 년도 돈이고, 저출산과 고령화 대책도 돈이다. 돈을 쫓아가면 그 모든 것이 빨라지고, 이 빠름 속에서 과거에서 미래로, 미래에서 과거로, 현재에서 백악기로, 백악기에서 챗 GPT의 세계로 자유자재롭게 시간여행을 하게 된다. 이처럼, 이와도 같이 "100년도 무른 너희들이/ 빠른 것만 쫓아가니/ 지구가 돈다."

자본의 시간은 빠름의 시간이고, 빠름의 시간은 탐욕의

시간이다. 탐욕의 시간은 승자독식구조의 시간이며, 승자독식구조의 시간은 너와 나, 즉, 우리 모두가 다같이 공멸하는 시간이라고 할 수가 있다. 탐욕은 배가 크고 입이 크며, 그토록 먹고, 또 먹어도 만족을 하지 못하는 욕구불만으로 가득차 있다. 일분일초, 하루 이틀, 일 년 이 년 십 년, 그의 일생내내 빛보다도 더 빠른 속도로 돈을 쫓아가면 그 탐욕의 소용돌이 속에서 아들과 딸들과 그의 이웃들과 함께, 무차별적인 소송전을 벌이다가 지구촌을 다 파괴시키고 죽어가게 된다.

이에 반하여, 느림의 시간은 자기 만족의 시간이며, 자기 만족의 시간은 모든 탐욕을 버리고 너와 내가 하나가 되는 행복의 시간이라고 할 수가 있다. 시인과 달팽이는 인위적인 것, 사치스러운 것, 탐욕적인 것, 오만과 독선을 다 버리고 자연과 하나가 되기 때문에, 하루를 살아도 오천 년처럼 살고, 오천 년을 살아도 하루처럼 살다가 간다. 이 세상의 만물들은 모두가 다같이 부모형제와도 같고, 저마다의 다름과 차이를 존중하기 때문에 배가 부르면 노래를 부르거나 잠을 잔다.

스마트폰이 인간을 지배하고, 챗 GPT가 인간을 노예로 삼는다. 빠름의 시간은 인간이 인간을 빠름의 노예로 삼는 자기 파괴의 시간이지만, 느림의 시간은 이 빠름의 시간을 정지시키고, 이 자본의 노예들을 구원해주는 시간이라고 할 수가 있다. 이것이 「사람과 돌의 간극」의 시인, 강익수 시인의 전언이라고 할 수가 있는 것이다.

이상기온과 함께 지구가 폭발하면, 다시금 기나긴 침묵의 시간을 거쳐, 느림의 시간이 찾아올 것이다.

만물의 평화와 만물이 공생공존하는 그날과 함께―.

권 혁 재
자리가 비었다

한 차장이 면직되고 자리가 비었지만
계절이 바뀌어도 신입을 뽑지 않았다

그가 키우던 죽은 나무를 내다 버렸다

먼지에 덮인 의자가
눈치 보며 비꼈다

전화가 울려도 받지 못할 빈 자리
지나간 공문이 폐지 더미로 쌓여도

한 차장을 기억하는 직원은 없었다

문상을 마치고 나와
붙여대는 담뱃불처럼

한 사람의 청춘이 연기로 사라졌다

면직免職이란 공무원이나 회사원이 그 일자리에서 물러나게 된 것을 말하지만, 일자리를 잃어버렸다는 것은 생존의 근거 자체를 잃어버렸다는 것을 뜻한다. 이 세상에서 가장 중요한 것은 일자리이고, 일자리가 있고 나서 돈과 명예와 권력이 주어지는 것이며, 자기 자신을 위한 여가선용과 예술과 취미활동이 가능해진다. 자기 자신의 자유와 주체성을 반납하고 타인의 말과 명령에 복종하는 것도 일자리 때문이고, 타인의 자유와 주체성을 짓밟고 언제, 어느 때나 수많은 사람들을 면종복배시킬 수 있는 것도 일자리를 배분할 수 있는 능력 때문이라고 할 수가 있다. 일자리는 밥줄이고, 밥줄을 끊는다는 것은 농부에게는 농토를, 상인에게는 상점을, 배우에게는 그가 설 수 있는 무대를 빼앗는 것과도 같다고 할 수가 있다. 일자리를 빼앗기는 것보다는 차라리 사형을 당하는 것이 더 나을 수도 있는데, 왜냐하면 사형은 이 세상의 생존의 고통으로부터 해방

되는 것을 뜻하기 때문이다. 사람의 목숨이 얼마나 더럽고 추하냐 하면 삼일을 굶으면 쓰레기통을 뒤지고, 열흘을 굶으면 이웃집 담장을 넘거나 그 어떠한 더러운 짓도 다하게 된다. 일자리가 좋으면 도덕군자의 탈을 쓰고 더없이 인자하고 자비로운 웃음을 웃을 수도 있지만, 일자리가 나쁘면 그 모든 명예와 명성은 한낱 뜬구름 속의 환상에 지나지 않게 된다.

한 차장이 면직되고 그의 자리가 비었지만, 계절이 바뀌어도 새로운 신입사원을 뽑지 않았다. 이윽고 그가 키우던 죽은 나무를 내다 버렸고, 먼지에 덮인 의자마저도 여러 동료들의 눈치를 보며 비껴났다. "전화가 울려도 받지 못할 빈자리"에는 "지나간 공문이 폐지 더미로 쌓여도/ 한 차장을 기억하는 직원은 없었다." 면직이란 임용행위의 일종이지만, 본인의 의사에 따른 의원면직과 불미스러운 일에 따른 징계면직이 있다. 한 차장의 면직이 징계면직인지, 본인의 의사에 따른 의원면직인지는 알 수가 없지만, 권혁재 시인의 「자리가 비었다」의 행간에 묻어 있는 의미는 아마도 불미스러운 일에 따른 징계면직이 아닌가 생각된다. 왜냐하면 모든 동료들이 다같이 한 차장과의 추억이나 기억들을 아예 묵살하고, 그에 대한 어떤 동정이나 연민의 감정도 보이지 않고 있기 때문이다. 한 차장이 면직되고 그의 자리가 비었지만, 새로운 신입사원을 뽑지 않았다는 것은 그의 면직을 구조조정의 호기로 삼았다는 것을 뜻하고, "한 차장을 기억하는 직원은 아무도 없었다"는 것은 일종의 심리적인 방어기제로서 그와의 공범관계임을 지우고 싶었기 때문이었는지도 모른다. 한 차장의 면직은 그의 잘못 때문이고, 나와 한 차장의 관계는 아무런 문제도 없는 것이다. 똑같은 상황과 똑같은 처지에서 일자리를 빼앗긴 사람은 있지만, 공범자는 없는 것이다. 요컨대 심리적인 방어기제는 한 차장을 희생양으로 삼고, 그 희생양에게 모든 책임을 다 전가하게 된다. 그렇다. "문상을 마치고 나와/ 붙여대는 담뱃불처럼// 한 사람의 청춘이 연기로 사라졌다."

자본주의 사회에서의 직장이란 가족과 씨족, 또는 농촌 마을과도 같은 공동체 사회가 아니라, 서로가 서로를 견제하고 적대시하는 이익공동체라고 할 수가 있다. 자본주의 사회는 사유재산제도를 신성시 하고 개인의 이익을 최고의 미덕으로 삼는 사회이며, 무리를 짓는 동물, 즉, 공동체 사회에 반하는 사회라고 할 수가 있다. 공동체 사회, 즉, 직장의 목표에 따라서 서로가 분업과 협업을 하되, 동료의 불행은 나의 행운이 되는 이러한 적대적 관계는 타인들을 인간(동료)이 아닌 자기 욕망충족의 수단으로 삼게 되었던 것이다. 그의 이익은 나의 손해가 되고, 나의 이익은 그의 손해가 된다. 그의 명예는 나의 불명예가 되고, 그의 초고속 승진은 나의 탈락을 의미하게 된다. 함께 웃고 일을 할 때에도 이빨과 발톱을 숨기고 있고, 어느 누가 입원을 하거나 휴가를 갈 때에도 이빨과 발톱을 숨기고 있다. 유비무환, 임전무퇴, 초전박살의 산업전사의 정신으로 자기 자신의 마비된 정신과 의식을 일깨우며, 그가 조그만 방심을 보이거나 허점을 드러내면 그 사나운 잔인성으로 재빨리 물어뜯고 씹어 삼킨다.

권혁재 시인의 「일자리가 비었다」는 한 차장의 면직에 대한 후일담이며, 사회 심리학적인 측면에서 생존경쟁, 즉, 자본주의 사회의 잔인성이 가장 적나라하고 싸늘하게 배어있는 시라고 할 수가 있다. 희생양이란 어떤 사건과 사고, 또는 공동체 사회의 위기를 어느 한 사람의 잘못으로 덮어 씌우고, 그 사회적 위기를 수습하는 가장 사악하고 나쁜 전통과 풍습을 말한다. 한 차장은 '만인 대 만인의 싸움' 속의 희생양이 될 수밖에 없었고, 따라서 "문상을 마치고 나와/ 붙여대는 담뱃불처럼// 한 사람의 청춘이 연기"처럼 사라져 갔던 것이다.

자본주의 사회는 사적인 이익공동체 사회이며, '만인 대 만인의 싸움'이 일상화되어 있는 사회라고 할 수가 있다. '만인 대 만인의 싸움'이 그토록 사납고 잔인하게 펼쳐지면서도 그것을 유지시키고 있는 힘은 사회적 동물이라는 특성 이외에도 매 위기마다 어느 특정인을 희생양으로 삼아 만인들의 폭력을 행사할 수가 있기 때문이다. 권혁재 시인의 역사 철학적인 지식은 자본주의 사회를 꿰뚫어 보고, 그의 사회 심리학적인 시선은 한 차장, 혹은 희생양에 대한 깊이 있는 성찰과 함께, 한 차장의 넋을 위로하고 쓰다듬어 준다.

권혁재 시인의 「자리가 비었다」는 자본주의와 자본주의적 인간에 대한 조종弔鐘이자 한 차장의 넋을 위로함으로써 공동체 사회를 복원하려는 그의 시인 정신의 산물이라고 할 수가 있다.

아주 단순하고 평범한 듯하면서도 매우 깊이가 있고, 어느 개인의 비극인 듯하면서도 자본주의 전체를 강타하는 푸르고 푸른 인문주의와 제일급의 시인 정신이 각인되어 있는 것이다.

김 정 원
(화)접도

봄이 왔으니
나비 그림 한 점 보냅니다
꽃은 그리지 않았습니다

나비가 지금 내려앉는
빈 곳이 꽃의 자리입니다
그 자리에 당신이
남국에서 온 여왕처럼 들어서야
비로소 그림이 완성됩니다

화창한 뜨락에서 당신과 함께
완성된 그림을 볼 수 없어서
봄이 서러울 따름입니다

화접도花蝶圖란 동양화에서 꽃과 나비를 그린 그림을 말하고, 따라서 이 꽃과 나비를 가장 아름답고 화려하게 그린 '화접도'가 존재한다. 꽃과 나비는 상호 간에 공생-공존하는 관계이며, 이 세상의 자연의 이치를 가장 웅변적으로 설명해 주고 있다고 할 수가 있다. 꽃이 식물의 결정체이며 종을 보존하는 역할을 하는 생식기라면 나비는 꽃의 수정(수분)을 도와주는 대신, 그 꿀을 얻어다가 종을 유지하고 보호하게 된다. 꽃과 나비의 관계는 가장 긴밀하고 소중한 관계이며, 따라서 이 '공생-공존에 대한 찬양'으로서 우리 화가(시인)들이 '화접도'를 그리게 된 것이라고 할 수가 있다.

아름다움은 가장 이상적인 삶의 형태이며, 아름다움에 대한 숭배가 모든 종교와 학문의 형태로 집대성되어 왔다고 할 수가 있다. 부처와 예수는 인간 성자의 가장 이상적인 모델이 되고, 이태백과 호머는 우리 시인들의 가장 이상적인 모델이 된다. 헤라클레스와 천하장사는 인간 건강의 가장 이상적인 모델이 되고, 공자와 소크라테스는 우리 사상가들의 가장 이상적인 모델이 된다. 아담과 이브는 인간 사랑의 가장 이상적인 모델이라고 할 수가 있고, 반 고호와 폴 고갱은 우리 화가들의 가장 이상적인 모델이라고 할 수가 있다. 아름다움은 종교가 되고, 아름다움은 사상이 된다. 아름다움은 예술이 되고, 아름다움은 건강이 된다. 아름다움은 도덕과 윤리가 되고, 아름다움은 이 세상의 만물의 근원이자 그 목표가 된다. 태어나는 것도 아름다운 것이고, 사는 것도 아름다운 것이며, 죽는다는 것도 아름다운 것이다. 아름다움이 아름다움을 만나 꽃을 피우고, 아름다움이 아름다움을 만나 죽음을 낳으며, 또다른 아름다움을 탄생시킨다.

하지만, 그러나 김정원 시인의 「화접도」는 가장 이상적인 「화접도」가 아닌 데, 왜냐하면 시적 화자의 그리움이 주조를 이루고 있기 때문이다. 당신을 만날 수 있다는 기대로 가득찬 그리움도 있을 수가 있고, 당신을 만날 수 없다는 서러움으로 가득차 있는 그리움도 있을 수가 있다. 김정원 시인의 「화접도」는 "화창한 뜨락에서 당신과 함께/ 완성된 그림을 볼 수 없어서/ 봄이 서러울 따름입니다"라는 시구에서처럼, 춘래불사춘春來不似春의 서러움으로 가득찬 그리움의 산물이라고 할 수가 있다. 당신을 만날 수 있다는 그리움은 희망과 설렘으로 가득차게 되지만, 그러나 당신을 만날 수 없는 그리움은 서러움과 슬픔으로 가득차게 된다. 김정원 시인은 이 서러움과 슬픔으로 가득차 있는 그리움을 품고, 그러나 그 불가능을 가능하게 하기 위하여 이「화접도」를 그리게 된 것이다. "봄이 왔으니/ 나비 그림 한 점"을 보내지만, 그러나 "꽃은 그리지" 않았다는 것은 왜냐하면 당신이 이「화접도」의 꽃이 되어야 하기 때문이다. 당신은 꽃중의 꽃인「화접도」의 꽃이며, 나비가 내려앉는 "빈곳"이 "남국에서 온 여왕" 같은 당신의 자리인 것이다.

나는 나비가 되고, 당신은 꽃이 된다. 나는 나비처럼 당신에게로 날아가지만, 당신이란 꽃은 보이지 않는다. 당신은 보이지 않는, 혹은 이 세상에 존재하지 않는 꽃이지만, 그러나 나의 꿈과 희망 속에 존재하는 꽃중의 꽃이다. 시인은 당신을 여왕처럼 찬양하고, 당신은 시인을 황제처럼 찬양한다. 시와 예술은 이 세상의 고통에 대한 만병통치약이며, 이 예술의 사회적 기능이야말로 모든 미학의 근본원리이기도 한 것이다. 시와 예술이 있기 때문에 모든 고통을 물리치고, 이 예술의 아름다움 속에서 종의 건강과 함

께, 우리 인간들이 살아가야 할 가장 이상적인 낙원을 창
출해내게 되는 것이다.

김정원 시인의 「화접도」는 나와 당신, 아니, 우리 인간들
이 살아가야 할 꿈의 세계이자 가장 이상적인 낙원이다.
이 꿈의 세계와 이상적인 낙원을 현실화시킨 것이 김정원
시인이며, 그의 그리움은 그의 열정과 온몸을 다 태우는
윤활유였던 것이다. 그리움은 불타고, 그 불꽃 속에서 우
리들의 꿈과 희망이 타오른다.

화접도, 화접도, 시인(화가)과 나비와 꽃은 「화접도」의
세 기둥이며, 이 정신문화에 의하여 이 세상에서 가장 아
름다운 봄이 오고, 이상적인 낙원이 펼쳐진다.

최 병 근

문제들

마천루가 피뢰침에게 물었다
너, 내 안에서 무성히 자라나고 있는 음모들을 알아?

피뢰침이 대답했다
하늘의 음모는 알고 있지

마천루의 뿌리는 지하주차장
늘 지상보다 어둡다

모든 음모는 구름 위에 있고
지하주차장에 있다

지상을 살아가는 착한 영혼들은
그걸 모른다 마치
자신의 고향이 하늘인 걸 착각한 듯이

아니면 돌아갈 곳이 지하라는 걸

알고도 모른 체하는 듯

사막화는

보이지 않는 곳에서 시작되었다

자본주의 사회는 사회적 동물, 즉, 국가에 반하는 개인주의 사회이며, 만악의 근원인 탐욕을 신성시 하는 사회라고 할 수가 있다. 티벳인들과 몽고인들은 개인을 위해 기도하지 않고 수많은 이웃들과 공동체 사회를 위해 기도를 한다고 한다. 빵 한 조각이나 한 뼘 담장을 두고 다툴 일도 없고, 무엇을 사고 팔아도 매매계약서를 작성하거나 서로가 서로를 속이고 다툴 일도 없다. 모두가 이웃이고, 한 가족이며, 동포이기 때문에, 서로가 서로를 믿어 의심하지 않는 공동체 사회를 구성할 수가 있었던 것이다. 우리가 있고 내가 있는 것이지, 내가 있고 우리가 있는 것이 아니다. 이제는 어느덧 티벳인과 몽고인들마저도 그 사회 의식이 퇴화되고, 만악의 근원인 탐욕, 즉, 자본가의 마수가 그 자유롭고 행복했던 전통 사회마저도 다 파괴시키고 있는 것인지도 모른다.

　자본주의 사회는 전통적인 가족제도를 파괴시켰고, 공

동체 사회의 마을과 그 역사를 파괴시켰다. 소도시와 대도시를 파괴시켰고, 국가와 민족의 개념마저도 파괴시켰다. 국가와 민족보다도 사적인 개인을 우선시 했고, 공동체 사회로부터 '인간 해방'이라는 기치 아래, 사유재산제도를 신성시 하고, 돈 많은 부자들을 탄생시켰다. 돈이 곧 권력이 되고, 대형은행과 국책은행들마저도 자본가들의 사적 금고가 되고, 군대와 경찰마저도 자본가들의 사조직에 지나지 않게 되었다. 국가의 목표와 정책을 좌우하는 것도 자본가이고, 대통령과 장관과 국회의원들의 목숨을 좌우하는 것도 자본가이고, 모든 국민들이 생산과 소비의 두 축을 담당하는 노예가 되지 않으면 안 되었던 것이다. 첫째도 돈이고, 둘째도 돈이고, 이 '네것'과 '내것'의 싸움으로 인간과 인간의 관계가 다 파괴되고 말았다고 할 수가 있다. 부모형제 사이에도 소송전이 난무하고, 아내와 남편 사이에도 소송전이 난무한다. 친구와 친구 사이에도 소송전이 난무하고, 국가와 국민 사이에도 소송전이 난무한다. 소송이란 민사소송과 형사소송, 그리고 행정소송 등을 통해 개인과 개인, 개인과 집단, 또는 집단과 국가 간의 이익 다툼을 판사의 주재 아래, 법원이 판결해 주는 법률적 행위를 말한다. 소송전은 상호 간에 한 치도 양보할 수 없는

'제로섬 게임'이며, 절대로 패소하면 안 되는 사생결단식의 싸움이라고 할 수가 있다. 돈은 경제적 힘이며, 이 경제적 힘은 군대와 경찰은 물론, 모든 국가 기관을 장악할 수 있는 힘이라고 할 수가 있다. 따라서 자본주의 사회는 무차별적인 소송전으로 공동체 사회를 약화시키고, 이 자본가들의 이익을 위하여 이 세상을 아비규환의 지옥으로 이끌고 나가게 된다.

피뢰침은 마천루의 호위무사가 되고, 마천루는 전제군주와도 같은 자본가가 된다. "마천루가 피뢰침에게 물었다/ 너, 내 안에서 무성히 자라나고 있는 음모들을 알아?" "피뢰침이 대답했다/ 하늘의 음모는 알고 있지." 하지만, 그러나 피뢰침은 하나만 알고 둘은 모르는 판단력의 어릿광대에 불과한데, 왜냐하면 "마천루의 뿌리는 지하주차장"에 있고, 이 "지하주차장"과 "하늘의 음모"는 한통속이기 때문이다. "모든 음모는 구름 위에 있고/ 지하주차장에 있"지만, "지상을 살아가는 착한 영혼들은/ 그것을 모른다." "마치/ 자신의 고향이 하늘인 걸 착각한 듯이", "아니면 돌아갈 곳이 지하라는 걸/ 알고도 모른 체하는 듯"이—.

마천루는 바벨탑이고 자본가가 천사의 탈을 쓰고 있는 곳이고, 지하주차장은 지옥이고 자본가가 천사의 탈을 벗고 악마가 되는 곳이다. 자본가들이 모든 국가기관을 다 장악하고 "식민제도, 국채제도, 조세제도, 보호무역제도"(마르크스)와 군대와 경찰을 동원하여 무차별적으로 인간 사냥을 하고 그 모든 것을 약탈했듯이, 이 자본가들이 천사의 탈을 쓰고 뜬구름 속의 음모를 주재하는 한편, 이제는 악마의 탈을 쓰고 지하주차장의 음모를 주재한다. 만병통치약의 개발은 장수만세의 음모론 — 천사의 음모론 — 이 되고, 만병통치약을 통한 천문학적인 이익은 지하주차장의 음모론 — 악마의 음모론 — 이 된다. 챗 GPT를 통한 문명생활의 편리함은 마천루의 음모론의 되고, 챗 GPT를 통한 천문학적인 이익은 지하주차장의 음모론이 된다.

고전주의, 낭만주의, 현실주의, 공산주의, 낙천주의 등, 모든 사상과 이론은 우리 자본가들의 음모론으로 통합되었으며, 따라서 생명공학과 자연과학, 또는 만병통치약과 챗 GPT를 통해 우리 인간들의 자유와 주체성과 심지어는 인간성까지도 다 박탈당하고 말았다고 하지 않을 수가 없다. 인류의 역사는 돈(경제)의 역사이며, 우리 인간들은 자기 자신의 부모형제와 친구들과 이웃들의 관계마저도 다 파괴시키고, 너무나도 자랑스럽고 기쁘게 돈의 충복이 되었다고 하지 않을 수가 없다. 돈은 천지창조주이며, 모든 인간들은 돈 앞에서 평등하게 되었다. 하지만, 그러나 우리 인간들은 자기 자신의 영혼과 육체까지 다 바쳐 돈을 찬양하고 있지만, 돈의 은총을 받기에는 넓디 넓은 사막 속의 어린 양과도 같다고 하지 않을 수가 없다.

깊이 있게 공부하고 잘 질문한다는 것이 모든 시인들의 근본명제라면, 최병근 시인의 「문제들」은 그의 오랜 성찰과 탐구의 결과라고 할 수가 있다. '문제들'은 인간이 인간을 이용하고 적대시 하는 자본주의 사회의 음모론이며, 이 음모론은 천사의 탈을 쓴 자본가와 악마의 탈을 쓴 자본가들이 그들의 탐욕, 즉, 무한한 자본의 축적을 위해 확대 재생산하고 있는 것이라고 할 수가 있다. 일자리를 창출하여 고용을 확대한다는 것은 가장 골치 아픈 일이 되지만, 그러나 저출산을 통하여 소비시장이 위축되는 것은 자본의 축적에 반하는 가장 사악하고 나쁜 최악의 사태라고 할 수가 있다. 모든 산업현장마다 자동화 시스템을 통하여 일자리를 빼앗으면서도 대량생산의 소비자들을 양산해내야 한다는 이중의 과제 앞에서 가장 극적으로 대두된 것이 '저출산과 고령화 현상'이라고 할 수가 있다. 따라서 인간의 생명은 더없이 소중하며, 이 지구상의 천국과 같은 요양원과 요양병원에서 모든 재산을 다 쓰고 죽어가야 한다는 것이 우리 자본가들의 음모론이라고 할 수가 있다. 그렇다. 이제 실버산업은 자본주의 사회의 최고의 수익사업이 되었고, 모든 젊은이들이 다 죽고 전 인류가 똥오줌을 싸는 늙은이들로 구성된다고 해도 날이면 날마다 자본의 축제가 벌어질 것이다. 꿈도, 희망도 필요가 없고, 오직 오늘에 살고 오늘을 즐기며, 자본만 축적할 수 있으면 된다.

모든 음모론은 구름 위에 있고, 지하주차장에 있다. 최병근 시인은 이러한 자본의 음모론을 꿰뚫어 보고, 모든 사막화는 자본의 음모에서 비롯되었다고 고발하고 있는 것이다. 최병근 시인의 언어는 가장 날카롭고 예리한 칼날이 되고, 이 언어의 칼날은 자본의 음모를 도려내는 철학적 의사의 칼날이 된다. 돈은 모래이고, 모래폭풍이고, 인간과 모든 생명체들을 죽음으로 몰아 넣는다. 최병근 시인의 언어는 자본가의 음모를 파헤칠 만큼 가장 날카롭고 예리하지만, 그러나 인간의 죽음과 모든 생명체들의 죽음을 의미하는 자본가들의 음모와 싸워 이길 수는 없다.

사막화, 사막화 —, 과연 어느 누가 이 최후의 종말과도 같은 자본의 음모론과 싸워 이길 수가 있단 말인가? 최병근 시인은 이 「문제들」 앞에서 가능하지 않기 때문에 불가능하고, 불가능하기 때문에 '당랑거철螳螂拒轍의 사마귀'처럼 그의 목숨을 걸고 그만큼 무모한 싸움을 하고 있는 것인지도 모른다. 사막화, 사막화—, 불의를 보면 목에 칼이 들어와도 할 말은 해야 하는 것이 시인의 사명이듯이, 모든 인간과 생명체의 죽음 앞에서 왜, 무엇 때문에 그 '당랑거철螳螂拒轍의 사마귀'가 될 수 없단 말인가?

장엄하고 섬뜩하고 비장하다. 최병근 시인의 「문제들」, 「문제들」은 문화적 영웅의 최후같은 비장함으로 우리 자본가들의 음모를 겨냥하고 있다고 해도 지나친 말이 아니다.

최 윤 경

가시연꽃

내 몸을 함께 살아줘서 고맙다
내 아픔 견뎌준 내 사랑 고맙다
제 몸의 생살 갈가리 찢고 나서야 고맙다고
비로소 환하게 가슴 여는 가시연꽃

넌 나의 따뜻한 양수야
내 상처를 뿌리째 받쳐주는
뜨거운 눈물이야

우리 절절한 아픔이 있어
살갗 저미는 고통이 있어
같이 건네준 위로가 있어
서로의 몸 안에 삐적삐적 돋친 슬픔들
하나씩 온건히 터져
꽃가시로 가시꽃으로
울음을 꽃 피울 수 있었던 거야

📖

　어느 누가 고귀하고 위대한 인물인지, 아닌지의 가치평
가의 기준은 '고통'이라고 할 수가 있다. 고통이 크면 클수
록 그의 인생은 천하제일의 절경이 되고, '고통'이 작으면
작을수록 그의 인생은 별 볼 일 없는 민둥산이 된다.

　소크라테스의 독배毒盃와 데카르트의 해외망명생활, 조
르다노 브루노의 화형과 톨스토이의 객사, 알렉산더 대왕
의 세계정복과 때 이른 죽음, 보들레르와 랭보의 요절과
반 고호와 폴 고갱의 저주받은 운명, 베토벤과 이상 시인
의 불운과 비명횡사, 마르크스의 가난과 해외망명생활, 프
리드리히 니체의 식물인간의 삶과 헨리 8세에게 사형을
당한 토마스 모어, 첩을 두고 사생아를 낳았던 아우구스투
스와 주지육림酒池肉林 속의 방탕한 생활을 했던 프란체스
코 성자 등, 이 전 인류의 영웅들은 자기 스스로 천형의 가
시밭길을 걸으며, 그토록 아름답고 거룩한 '가시연꽃'을 피
웠다고 할 수가 있다.

고통은 생산의 아버지이자 생산의 어머니라고 할 수가 있다. 이 자웅동체의 힘은 천지창조의 힘이며, 이 천지창조의 힘으로 이 세상의 만물의 탄생과 죽음을 주재한다. 고통은 최윤경 시인의 따뜻한 양수이고, 그의 상처를 뿌리째 받쳐주는 뜨거운 눈물이 된다. 시인과 고통은 암수 한몸과도 같고, "우리 절절한 아픔이 있어/ 살갗 저미는 고통이 있어/ 같이 건네준 위로가 있어/ 서로의 몸 안에 삐적삐적 돋친 슬픔들/ 하나씩 온건히 터져/ 꽃가시로 가시꽃으로/ 울음을 꽃 피울 수 있었던" 것이다.

삶은 고통이고, 고통은 자기가 자기 자신의 생살을 찢고 피어나는 가시연꽃과도 같다. 밥을 먹고 일 하고 돈을 벌어야만 했던 가시연꽃, 남보다 더 잘 살고 돈과 명예와 권력을 얻고 싶었던 가시연꽃, 타인을 질투하고 시기하며 끙끙 앓아 눕던 가시연꽃, 수많은 질투와 시기와 중상모략 앞에서 상처를 받았던 가시연꽃, 진정한 사랑으로부터 배신을 당하고 목놓아 울어야만 했던 가시연꽃, 아버지와 어머니라는 가시연꽃, 아들과 딸이라는 가시연꽃, 도덕과 법률과 전통과 역사라는 가시연꽃, 전 인류의 스승들의 가르침을 받고 가장 아름답고 뛰어난 '애송시'를 쓰고 싶었던 가시연꽃—. 이 세상은 천형의 가시밭길이고, 가시연꽃의

세상이라고 할 수가 있다

어떻게 사느냐가 문제가 아니라, 어떻게 잘 사는가가 문제라고 할 수가 있다. 우리들 모두가 다같이 자기 자신의 행복의 연주자라면 불행의 모든 요소들, 즉, 고통을 어떻게 다스리는가에 따라서 그의 행복이 결정되어 있는 것이라고 할 수가 있다. 최윤경 시인에게 있어서 고통은 그의 충신忠臣이며, 그의 인생은 고통이라는 충신이 있었기 때문에 가장 아름답고 찬란하게 「가시연꽃」을 피울 수가 있었던 것이다. 그의 「가시연꽃」은 "내 몸을 함께 살아줘서 고맙다/ 내 아픔 견뎌준 내 사랑 고맙다/ 제 몸의 생살 갈가리 찢고 나서야 고맙다고/ 비로소 환하게 가슴 여는 가시연꽃"이라는 시구에서처럼, 이 세상의 고통에 대한 헌시獻詩이자 이 세상의 삶의 찬가라고 할 수가 있다.

가장 단순하고 순수한 우리말인 「가시연꽃」, 이 14행의 짧은 단시에, 그러나 고통을 더 크게 끌어안고 그 고통과 함께 살아온 그의 삶의 진실과 그 역사가 담겨 있는 것이다. 단어 하나와 토씨 하나에도 생살을 찢는 듯한 고통과 그 아픔이 배어 있고, 이 '고통의 꽃'이 이처럼 「가시연꽃」으로 가장 찬란하고 화려하게 피어난 것이다.

생산의 아버지이자 생산의 어머니인 고통을 충신으로

삼는다는 것, 바로 이것이 최윤경 시인의 행복론인 것이다.

3부

박은주 박 영 홍영택 김선옥

김소형 손택수 이서빈 이용우

조숙진 이진진 글보라 박분필

유계자 이 옥 김연종 백승자

박 은 주

밀실의 품격

불이 꺼질 때마다 살인이 일어나는 방

머리카락 한 올로 증거를 흘리며

달력 속 납골함으로 숨을 밀어 넣는 방

매일 나를 죽이고 죽은 나에게 묵념 정도 예의를 갖추
는 방

뜯어진 눈들이 쓰다 만 진술을 훔쳐보며 낄낄대는 방

천사는 떠나고 의자만 남아 완전한 포로를 키우는

불이 켜질 때마다 다시 죽을 내가 깨어나는 방

음모론이란 어떤 사회적 사건이나 사고의 원인을 명확히 설명할 수 없을 때, 그 이면에 거대한 배후나 조직이 있다고 여기며 유포되는 소문을 말한다. 어쨌든 음모란 아무도 모르게 추악하고 나쁜 일을 꾸미는 것을 말하고, 그것은 '사회적 혁명'보다는 '사유의 혁명'이 먼저 일어난다는 점에서, 박은주 시인의 「밀실의 품격」과 깊은 관련이 있다고 할 수가 있다.

밀실이란 외부와 단절된 방이고 비밀스러운 방이며, "불이 꺼질 때마다 살인이 일어나는 방"이라고 할 수가 있다. "머리카락 한 올로 증거를 흘리"는 방이고, "달력 속 납골함으로 숨을 밀어 넣는 방"이다. "매일 나를 죽이고 죽은 나에게 묵념 정도 예의를 갖추는 방"이고, "뜯어진 눈들이 쓰다 만 진술을 훔쳐보며 낄낄대는 방"이다. "천사는 떠나고 의자만 남아 완전한 포로를 키우는" 방이고, "불이 켜질 때마다 다시 죽을 내가 깨어나는 방"이다.

모든 유기체에게는 공격본능과 방어본능이 있다. 최선의 공격은 최선의 방어라는 말이 있듯이, 공격본능이 강화되면 그는 만인들 위에 군림을 하며 천하제일의 명령자가 될 수가 있다. 하지만, 그러나 공격본능이 약화되고 방어본능만이 있게 되면, 그는 만인들 위에 군림하기는커녕, 수많은 침략자들에게 모든 것을 다 빼앗기고 목숨만을 구걸하는 삶을 살게 된다. 사는 것이 부끄럽고, 사는 것이 죽는 것만도 못한 삶이 있다. 이때에, 그의 공격본능, 즉, 밖으로 발산하지 못한 공격본능은 안으로 내면화되고, 그것은 수많은 정쟁이나 가정불화 등으로 이어지게 된다. 박은주 시인의 「밀실의 품격」은 자기 학대가 극단화된 시이며, 그것은 '자기살해 의지'로 나타나고 있다고 하지 않을 수가 없다.

꿈도 없고, 희망도 없다. 사는 것이 구차하고 치욕스럽다. 그 어떤 기대나 행운을 바랄 수도 없는 시적 화자가 유일하게 숨을 쉬고 잠을 잘 수 있는 방은 밀실이고, 그는 그 밀실에서 자기 살해의 음모를 꿈꾼다. 매일 매일 납골함같은 달력 속으로 나를 밀어 넣으며, 매일 매일 나를 죽이고 죽은 나에게 묵념 정도의 예의를 갖추며—.

박은주 시인의 「밀실의 품격」: 날이면 날마다 내가 나를

죽이는 밀실의 품격, 그러나 불이 켜질 때마다 다시 죽을
내가 깨어나야 하는 방—.

　아침 해가 떠오른다. 나는 나를 죽이기 위해 산다.

　우리의 소원은 남북통일! 우리가 남북통일을 이룩하려
면 전 인류를 감동시켜야 한다. 더 이상 미국이 남북통일
을 방해하지 못하고, 주한미군을 자진 철수시킬 때까지—.

박 영

멸치

냄비에 육수를 끓이려 멸치를 넣는다
멸치들은 포기한 듯 순종하는 표정으로 입을 다물고 있다
하얀 눈알의 백내장 멸치만
입을 얼굴만큼 벌리고 날카로운 이빨을 드러내고 있다

은빛 날개 휘날리며 하늘로 오른다는 시인의 넋두리에
속았지
어망에 발 담그고 꿈도 꾸기 전
멸치털이에 놀라 날아오르다 꼬꾸라지고

눈알 빠진 멸치는 눈인사 못하고 지나친 멸치
목 댕강 내장 쏙 뺀 멸치는 친근한 멸치
눈알 흰 멸치는 기가 센 멸치

피 말리듯 온몸 물기 말리며

염원은 염장으로

햇빛도 소금도 멸치의 길

고등어 횟집 서비스로 나온 멸치회무침은 잊어

다음 생은 멸치회 전문점에서 만나는 걸로

잡놈들 다 모아놓은

한봉지 싸게 값을 치렀지만

근본 없는 멸치라고 하지 않을 게

기장멸치 외포항멸치 여수멸치 통영은 죽방멸치

맛있다잖아 봄멸치

그래요 그래요

눈알 내리깔게요

백내장 수술로 세상이 달라 보이면

악을 쓰던 입은 다물어질까요

📖

멸치란 경골어강 청어목 멸치과에 속하는 해상어류이며, 그 크기는 약 10~20cm라고 한다. 한국의 전 연안에 골고루 분포하며, "기장멸치 외포항멸치 여수멸치 통영의 죽방멸치"가 아주 유명하다고 할 수가 있다

멸치는 크기에 따라 용도가 다르고, 대부분의 멸치는 잡자마자 소금물에 삶아 건조시킨 다음, 마른 멸치로 유통시킨다. 큰 멸치는 다시마와 함께 육수를 내는 데 쓰이고, 중간 멸치와 작은 멸치는 간장을 넣어 볶음요리를 만들어 먹는다. 이때에 중간 멸치는 꽈리고추와 함께 볶아먹는 것이 보통이고, 작은 멸치는 견과류와 함께 볶아 먹는다. 이밖에도 산지에서는 생멸치를 야채와 함께 버무려 먹고, 멸치에 소금을 넣어 멸치젓갈을 담기도 한다.

멸치는 혈압을 낮추는 데 좋고, 칼슘이 많아 뼈 건강에도 좋다. 비타민 B6이 함유되어 있어 뇌기능을 증진시켜주고, 철분이 많아 빈혈예방에도 도움을 준다. 아연과 비타

민 C가 함유되어 있어 면역체계를 강화시켜주고, 비타민 A가 풍부하게 함유되어 있어 노화로 인한 백내장 등, 눈 건강에도 좋다고 한다. 섬유질이 풍부하게 함유되어 있어 소화기능을 개선시키고, 간 건강과 피로회복에도 좋다고 한다. 멸치는 우리 한국인들이 가장 좋아하는 해산물 중의 하나이며, 따라서 우리 한국인들은 다양한 멸치요리법과 그 식생활 문화를 간직하고 있다고 할 수가 있다.

모든 멸치는 멸치의 미래와 멸치의 행복을 생각하며, 어느 시인의 노래처럼 "은빛 날개 휘날리며 하늘로" 날아오르고 싶은 꿈을 간직하고 태어났을 것이다. 하지만, 그러나 대부분의 멸치는 은빛 날개 휘날리며 하늘로 날아오르기는커녕, "어망에 발 담그고 꿈도 꾸기 전/ 멸치털이에 놀라 날아오르다 꼬꾸라지고" "피 말리듯 온몸 물기 말리며/ 염원은 염장으로/ 햇빛도 소금도"이라는 시구에서처럼, "멸치의 길"을 가게 된다. 이 멸치의 길은 최하위 포식자답게 최상위 포식자인 인간에게 포획된 채, "기장멸치 외포항멸치 여수멸치 통영은 죽방멸치"처럼, "봄멸치"의 길을 가게 된다. "눈알 빠진 멸치는 눈인사 못하고 지나친 멸치"이고, "목 댕강 내장 쏙 뺀 멸치는 친근한 멸치"이며, "눈알 흰 멸치는 기가 센 멸치"이다.

박영 시인의 「멸치」의 시적 화자가 "냄비에 육수를 끓이려 멸치를 넣"을 때, 대부분의 멸치들은 그 모든 꿈을 포기한 듯 입을 다물고 있었지만, 그러나 "하얀 눈알의 백내장 멸치만/ 입을 얼굴만큼 벌리고 날카로운 이빨을 드러내고" 있었던 것이다. 왜냐하면 하얀 눈알의 흰 멸치는 최상위 포식자인 인간에게 반기를 들고, "은빛 날개 휘날리며" 멸치의 미래와 멸치의 행복을 향유하고 싶었기 때문이었을 것이다. 시적 화자는 제국주의자도 같고, 멸치는 피식민지의 원주민과도 같다. 이 최상위 포식자와 최하위 포식자, 또는 제국주의자와 피식민지의 원주민의 관계를 망각하고, "눈알 흰 멸치"가 그 반기를 들었을 때, 시적 화자는 어떤 섬뜩함과 놀라움을 느꼈던 것이다. 막다른 골목에 몰리면 쥐가 고양이를 물어뜯고, 여우 역시도 그의 천적인 독수리의 발을 물어뜯는다.

　　"눈알 흰 멸치는 기가 센 멸치", 이 기가 센 멸치는 피식민지의 불량배와도 같지만, 그러나 멸치의 입장에서는 멸치의 미래와 멸치의 행복을 사수하는 애국자와도 같다고 할 수가 있다. "네가 인간이라면 나는 멸치이고, 인간의 목숨이 소중한 만큼 멸치의 목숨도 소중하다"라는 듯한 기가 센 멸치의 외침에, 시적 화자는 그만, 그의 양심의 가책을 물어뜯겼던 것인지도 모른다. 생명이 생명을 먹는다는 원죄의식에 어떤 섬뜩함과 놀라움(두려움)을 느꼈던 것이고, 그 결과, "잡놈들 다 모아놓은/ 한봉지 싸게 값을 치렀지만/ 근본 없는 멸치라고 하지 않을 게"라고 항복 아닌 항복을 선언하게 된다.

어느 누구도 멸치의 목숨을 함부로 빼앗고, 어느 누구도 멸치의 미래와 멸치의 행복을 짓밟을 권리는 없다. 이 '만물평등사상'이 시인을 시인답게 만들고, 잡놈들이 아닌 근본있는 멸치에게 경의를 표하게 만든다. 인간이 멸치를 그토록 좋아하는 것은 멸치를 무시하는 것이 아니라, 먹이사슬의 순환구조 때문인 것이고, 그 결과, 멸치 역시도 "그래요 그래요/ 눈알 내리깔게요/ 백내장 수술로 세상이 달라보이면/ 악을 쓰던 입은 다물어질까요"라고 마지 못해 순응을 하게 된다.

생명이 생명을 먹는다는 것은 죄의식과 함께 감사함을 동반한다. 꼭 필요한 만큼만 살생을 해야 하고, 그 감사함에 대한 보답으로 자기 자신의 생명을 다른 생명체들의 먹이로 다 주고 떠나가지 않으면 안 된다. 멸치가 인간을 먹여 살리고, 이 인간을 먹여 살리는 힘으로 "기장멸치 외포항멸치 여수멸치 통영은 죽방멸치/ 맛있다잖아 봄멸치"라는 박영 시인의 「멸치」에 대한 찬가를 가능하게 하고 있는 것이다.

오늘도 멸치는 멸치의 미래와 멸치의 행복을 위해서 은빛 날개 휘날리며 하늘로 날아오른다.

박영 시인의 「멸치」는 천하제일의 '멸치에 대한 헌시'이자 그 노래라고 할 수가 있다.

멸치, 멸치, 은빛 날개를 달고 하늘로 날아오르는 멸치 ―.

멸치는 함부로 살생을 하지 않으며, 돈과 명예와 권력을 대물림을 하거나 자연을 파괴하지 않는다.

우리 인간들은 멸치만큼 아름답고 우아하고 행복하게 살지 못한다.

홍 영 택

책

책은 감정이 없으면서

내게 감동을 준다

책은 말이 없으면서

내게 이야기한다

책은 선생이 아니면서

내게 가르친다

책이

나를

만들었다

책은

나를

화나지 않게 하고

병나지 않게 한다

내 마음 기쁘려고
내 마음 편안하려고
내 마음 어루만지려고
책갈피 넘긴다

책을 좋아하는 사람은
사랑을 아는 사람

헌책은 옛 애인
새 책은 새 애인

인류의 역사에 있어서 가장 고귀하고 위대한 발명품이 문자(언어)인 것처럼, 동서고금의 모든 지혜는 이 문자의 저장소인 책 속에 들어 있다. 우리는 책이 있기 때문에 수천 년의 시간과 공간을 초월하여 전 인류의 스승들을 만나고, 그들의 가르침을 받으며, 자기 자신의 사상을 완성해 나간다.

그 옛날의 역사와 전통을 중요시하는 고전주의가 있고, 이 고전주의의 완고함과 엄격성을 벗어나 머나먼 이상세계를 추구하는 낭만주의가 있다. 낭만주의의 덧없음과 공허함을 배격하고 삶의 현장을 중요시 하는 현실주의가 있고, 이 현실주의의 속물성을 벗어나려는 초현실주의가 있다. 인간의 경제적 욕망을 극대화한 자본주의가 있고, 이 자본주의에 반발하여 부의 공정한 분배와 만인평등을 강조하는 공산주의가 있다.

이 세상의 모든 지식인들에게 사상이란 최고의 목적이며, 그 모든 것이다. 세상의 모든 것이 변하고 이 세계의 종말이 온다고 하더라도 자기 자신과 자기 자신의 사상만은 영원하기를 바라는 것은 모든 지식인들의 한결같은 꿈이다. 사상은 새로운 세계의 개진이며, 행복에의 약속이다. 사상은 그 어떤 것보다도 고귀한 명예이며, 삶의 완성이며, 보다 완전한 인간의 표지이다. 우리는 그 사상가의 신전 앞에서 언제, 어느 때나 시를 짓고, 노래를 부르며, 찬양과 찬송을 하게 된다. 또한 우리는 그 신전 앞에서, 우리 인간들의 존엄성을 바치고, 가장 좋은 예물을 바치고, 하늘을 우러러 보며, 항상 자기 자신을 갈고 닦으면서, 그 사상의 위업을 이어나갈 것을 맹세를 하게 된다. 나는 이 『행복의 깊이』를 통해서, '세계는 나의 범죄의 표상이다, 고로 행복하다'와 '나는 신성모독을 범한다, 고로 존재한다'라는 두 개의 명제를 동시에, 밀고 나갈 것이며, 궁극적으로는 한국문학의 역사상, 최초로, '낙천주의 사상'을 정립하게 될 것이다.(『행복의 깊이』제1권)

'아침에 도를 들으면 저녁에 죽어도 좋다'라는 공자의 행복론, '어떻게 사느냐보다 잘 사는 것이 더 중요하다'라는 소크라테스의 행복론, 전쟁이 없는 세계적인 대제국을 건설하고자 했었던 알렉산더 대왕의 행복론, 자기 자신의 법전을 통해서 오늘날의 유럽연방을 건설하고자 했었던 나폴레옹 황제의 행복론, '세계는 진리탐구의 학교이다'라는 몽테뉴의 행복론, '만국의 노동자여, 단결하라'던 마르크스의 행복론, '모든 사상은 낙천주의를 양식화시킨 것이다'라는 반경환의 행복론 등―. 이 모든 행복론은 그들의 책의 진수이며, 그들이 모든 무지와 불의와 맞서 싸우며 이룩해낸 고귀하고 위대한 업적이라고 할 수가 있다.

책은 홍영택 시인의 말대로, 감정이 없는 것 같으면서도 감동을 주고, 책은 말이 없는 것 같으면서도 그 모든 것을 다 말해준다. 책은 선생이 아니면서도 모든 것을 다 가르쳐 주고, 책은 수많은 시대착오적인 관행과 오류투성이의 삶 속에서도 새로운 시인을 배출해낸다. 책은 시인을 화나지 않게 하고 병나지 않게 하며, 책은 시인의 마음을 기쁘게 하고 편안하게 해준다.

"책을 좋아하는 사람은/ 사랑을 아는 사람"이고, 사랑을 아는 사람은 수많은 책을 쓰고, 또 쓰는 사람이다. "헌책은 옛 애인"이 되고, "새 책은 새 애인"이 된다.

홍영택 시인은 책의 종교의 열광적인 신도이자 책의 종

교를 창출해낸 시인이다. 그는 책을 인간화시키고, 그 인간을 전 인류의 스승으로 숭배한다. 나는 책과 함께 살고, 책의 가르침에 따라 지식을 쌓고, 이 책들과 함께 나를 높이높이 끌어올린다. "헌책은 옛 애인"이 되고, "새 책은 새 애인"이 되고, 이 책의 생산성을 통해서 새로운 미래의 종교인 「책」의 창시자가 된다.

맑은 공기와 시원한 물이 되는 책, 시원한 바람이 되고 푸르고 푸른 원시림이 되는 책, 오곡백과가 무르익는 황금 들판이 되고 넓고 넓은 바다가 되는 책, 이 세상에서 가장 고귀하고 위대한 종교는 책의 종교이며, 우리는 이 책의 종교를 통해서 전 인류의 구원의 빛인 '진리'를 얻고 살아간다.

고전古典 중의 고전인 책─. 모든 시대를 초월하여 모든 민족의 마음을 사로잡을 수 있는 책을 쓰는 것, 바로 이것이 전 인류의 스승(시인)이 되는 지름길인 것이다.

김 선 옥

슬픔이 익어가는 밤

가을 깊은 밤은
귀뚜라미 울음소리로 출렁이는 바다 같다

풍랑에 잡혀간 아버지를 기다리며
목놓아 울던 외가 사촌들처럼
귓전이 일렁이도록
우는 귀뚜라미들

이런 울음이 낮일 때보다
밤이 더 슬프다는 걸 저들은 안다

저 지독한 울음소리에
어둠의 절벽은 더 높아지고
묵지 같은 밤을 또 한 장 포개 얹은
벼랑도 아찔한,

하나둘

국화꽃 목이 꺾인다

어둠 깊이 새기는 저들의 울음

살아 있음에 슬픔이 뼛속까지 달콤한,

슬픔이란 이별과 상실과 좌절감의 산물이며, 우리 인간들의 삶에의 의지가 장애를 만난 것을 말한다. 새들이 즐겁고 기쁘게 노래를 부르고, 토끼와 사슴이 뛰어놀고, 남녀노소할 것 없이 모두가 다같이 춤을 출 때에는 우리 인간들의 삶에의 의지가 상승곡선을 그리고 있다고 할 수가 있을 것이다. 배가 부르고 먹고 살 걱정이 없으며, 모든 일들이 오곡백과가 익어가듯이 잘 풀리고 있을 때가 최고의 삶의 기쁨과 행복한 삶을 살고 있을 때라고 할 수가 있을 것이다. 하지만, 그러나, 이에 반하여 부모형제와 생이별을 해야만 했을 때, 천재지변이나 외부의 적에 의하여 전 재산을 잃어버렸거나 빼앗겼을 때, 바로 그때에는 우리는 어쩔 수 없이 「슬픔이 익어가는 밤」을 맞이하게 된다.

슬픔은 천하제일의 야수와도 같지만, 그러나 우리가 그 슬픔에 맞서서 사생결단식의 전투의지를 드러내면 슬픔도 이내 겁을 집어먹고 꼬리를 감추게 된다. 하지만, 그러나,

천하제일의 야수인 슬픔이 두려워 벌벌벌 떨게 되면 사자와 호랑이가 사슴의 숨통을 끊어버리듯이 그 주체자의 삶의 의지를 송두리째 짓밟아 버리게 된다. "가을이 깊은 밤은/ 귀뚜라미 울음소리로 출렁이는 바다"와도 같고, "풍랑에 잡혀간 아버지를 기다리며/ 목놓아 울던 외가 사촌들처럼" "슬픔이 익어가는 밤"이라고 할 수가 있다. 아침해와도 같고 바다의 용왕과도 같았던 아버지, 한 집안의 총사령관이자 우리들의 꿈과 희망을 주재했던 아버지, 더없이 인자하고 자비로우며 삶의 기쁨과 즐거움을 선사했던 아버지—. 그 아버지가 불구대천의 원수와도 같았던 풍랑과 싸우다가 돌아가셨던 것이다.

크나큰 슬픔은 그토록 사납고 무서운 파도와도 같고, 슬픔이 또다른 슬픔을 낳고, 슬픔이 또다른 슬픔을 불러들여 슬픔의 바다를 만든다. 슬픔은 그만큼 전염력이 강하고, 그 옛날의 외가의 사촌들처럼 오늘밤에도 수많은 사람들이 목놓아 우는 진원지가 된다. 가을밤의 귀뚜라미는 비명횡사해간 수많은 사람들의 분신들과도 같고, "저 지독한 울음소리에/ 어둠의 절벽은 더 높아지고" "묵지 같은 밤을 또 한 장 포개 얹은/ 벼랑도 아찔한"이라는 시구들에서처럼, 그 어떠한 희망도 없는 저승사자들의 분신과도 같다.

김선옥 시인의 「슬픔이 익어가는 밤」, 이러한 "울음은 낮일 때보다/ 밤이 더 슬프다는 걸 저들"도 알고 있고, 따라서 "하나둘/ 국화꽃의 목이 꺾인다."

「슬픔이 익어가는 밤」, 그러나 귀뚜라미의 저 지독한 울음소리에, 모든 인간들과 모든 국화꽃들의 목이 하나둘 꺾여나간다고 할지라도 꿈이 있는 자들은 그 슬픔들을 삶의 에너지로 발효시킨다. 꿈이 있으면 행복하고, 꿈이 없으면 불행하다. 제아무리 어렵고 힘든 고통일지라도 꿈은 이 세상의 삶의 목표가 되어주고, 그 어떠한 슬픔마저도 다 잠재우는 만병통치약이라고 할 수가 있다.

「슬픔이 익어가는 밤」은 기쁨이 익어가는 밤이 되고, 이 세상의 귀뚜라미의 울음소리는 삶의 찬가가 된다. 가장 아름답고 예쁜 국화꽃이 피었다고 이 세상의 귀뚜라미들이 저토록 아름다운 노래를 부르고 춤을 추고 있는 것이다. 고통은 달콤하고 기쁨은 영원하다.

나는 고통의 주인이고, 저승사자의 맏형님이다.

김소형

공명

건드리지도 않았는데 빈 병이 혼자 운다
잘록한 허리로 책상 끄트머리에 서서
지잉지잉
무엇이 들어가 너를 울게 할까 생각한다

나는 아무 말도 하지 않았다
다만 시간이 흘렀고 꽃이 시들었고
너는 전화를 끊었고 문이 닫혔다
우리는 서로 다른 주파수로 울었을 뿐이다

닿지 않는 소리들이 문밖에서 살다가 쓸쓸히 죽기도 하고
먼 데 있는 것이 푸르르 날아와 몸을 울게도 하는데

키 작은 소리들이
애써 닿으려 주파수를 높이고 있다

달의 뒷모습도 모르면서 계수나무가 있다고만 믿어

밤마다 물을 준 사람처럼

종이 뎅뎅 울린다

비어야 울 수도 있다지

아무도 듣지 못한 소리가

내 몸속에서 한 세상을 살다 간다

공명共鳴이란 무엇일까? 공명이란 진동계의 진폭이 두드러지게 증가하는 현상을 말하지만, 그것은 두 가지 차원에서 일어난다고 할 수가 있다. 첫 번째는 외부에서 진동계의 고유 진동수와 같은 힘을 주기적으로 받을 때 일어나는 것을 말하고, 두 번째는 남의 생각이나 사상 등에 깊이 있게 감동할 때 일어나는 심리적인 현상을 말한다. 아무도 "건드리지도 않았는데 빈 병이 혼자 운다"라는 시구는 바람이든, 그 무슨 소리이든지 간에, 첫 번째의 자연의 현상에 맞닿아 있고, "우리는 서로 다른 주파수로 울었을 뿐이다"라는 시구는 두 번째의 저마다 외롭고 쓸쓸한 우리 인간들의 심리적인 현상에 맞닿아 있다.

참기름병이나 포도주병이 꽉 차있다면 그 병들이 울 리가 없고, 너와 내가 만나 아름답고 행복한 삶을 만끽하고 있다면 우리가 서로 다른 주파수로 울 리가 없다. "건드리지도 않았는데 빈 병이 혼자" 울고, 너와 내가 전화를 끊고 서로 다른 주파수로 울었다는 것은 빈 병과 우리는 존재의 결핍 때문에 너무나도 외롭고 쓸쓸하게 살아가고 있다는 것을 뜻한다. 울음은 존재의 결핍—가난, 생존경쟁, 외로움, 쓸쓸함 등—의 소산이며, 그 어떠한 대책이나 반격의 힘을 가지지 못한 자의 절망적인 비명 소리라고 할 수가 있다. 울음에는 참기름의 고소한 맛도 없고, 울음에는 포도주의 달콤한 맛도 없다. 너와 내가 만나 즐겁고 기쁘게 노래할 이유도 없고, 그 어떤 어렵고 힘든 일이 있다고 하더라도 함께 해야할 동기부여나 그 가능성조차도 없다. 김소형 시인의 「공명」은 자연적인 울음과 심리적인 울음이 상호 겹쳐져 있는 '공명의 현상학'이라고 할 수가 있다.

자본주의는 악마의 선물이며, 이 자본주의 속에서 우리 인간들은 서로가 서로를 믿지 못하고, 끝끝내는 '인간 소외'를 앓다가 죽게 될 것이다. 컴퓨터, 스마트폰, TV, 인공지능, 빅데이터 등, 수많은 통신기기와 함께 다양한 대화의 출구가 열려 있지만, 서로가 서로의 이기주의의 발톱만을 드러내게 된 결과, 그 어느 누구와도 함께 살지 못하고, 아무도 건드리지 않았는데도 빈 병처럼 혼자서 울다가 죽어가게 되는 것이다. 김소형 시인의 「공명」은 혼자 우는 울음이고, 이 혼자 우는 울음은 우리로서 "서로 다른 주파수로" 울고 있는 불협화음이라고 할 수가 있는 것이다.

나는 아무 말도 하지 않았고, 너는 전화를 끊었고, 우리는 서로 다른 주파수로 울었다. "닿지 않는 소리들이 문밖에서 살다가 쓸쓸히 죽기도 하고", "먼 데 있는 것이 푸르르 날아와 몸을 울게도" 한다. "키 작은 소리들이/ 애써 닿으려 주파수를 높이고" 있는 울음도 있고, 이러한 울음과 울음들 속에서 "달의 뒷모습도 모르면서 계수나무가 있다고만 믿어/ 밤마다 물을 준 사람처럼" 더없이 외롭고 쓸쓸한 세상을 살다가 가게 된다.

김소형 시인의 「공명」은 울음을 우는 자와 울음소리를 듣는 자의 물리적이고도 심리적인 관계의 산물이면서도 그 상호 이질적인 불협화음이라고 할 수가 있다. 울음에도 기쁘고 행복한 울음이 있고, 울음에도 슬프고 불행한 울음이 있다. 기쁘고 행복한 울음은 그 울음을 함께 하는 사람이 있는 울음이지만, 슬프고 불행한 울음은 그 울음을 함께 하고 들어줄 사람이 없는 울음이라고 할 수가 있다. "종이 뎅뎅 울린다"는 것은 인간과 지구촌의 조종弔鐘 소리와도 같고, "비어야 울 수도 있다지/ 아무도 듣지 못한 소리가/ 내 몸속에서 한 세상을 살다 간다"라는 시구는 수많은 인간들 속에서 모두가 다같이 '소외라는 병'을 앓다가 죽어가게 된다는 것을 뜻한다.

컴퓨터는 악마의 수호신이고, 돈은 악마의 꽃이고, 탐욕은 악마의 정신이다. 이 세상에서 가장 무서운 것은 컴퓨터와 돈과 탐욕이며, 이 '삼대 화근'에 의해서 우리 인간들의 삶과 그 모든 사상들이 갈갈이 다 찢겨져 나간다. 인간과 인간 사이에 돈꽃이 피면, 상호 간의 증오와 질투가 양념처럼 배어들고, 끝끝내는 그토록 사납고 추악한 발톱과 이빨을 드러내며 서로 간에 한 치도 양보할 수 없는 소송전을 벌이게 된다. 부모형제도 없고, 친구도 없고, 원군도 없다. 오직 있는 것이라고는 탐욕과 돈뿐이며, 지옥으로 가는 고속열차표뿐이라고 할 수가 있다. 인간이 그리워서 울고, 혼자가 두려워서 운다. 너무나도 쓸쓸하고 비참해서 울고, 끊임없이 자살을 생각하며 울면서도 서로가 서로를 만나면 사생결단식의 싸움만을 하게 된다.

종이 뎅뎅 울린다. 인간과 지구촌의 조종弔鐘 소리가 들려와도, '돈은 주인이 아니고, 우리들의 인생을 지옥으로 만든 악마'라고 생각을 하지 못한다.

종이 뎅뎅 울린다. 아무도 듣지 못한 소리가 우리 인간들의 몸속에서 한 세상을 살다가 간다.

손 택 수

죽음이 준 말

조문을 가서 유족과 인사를 나눌 때면 늘 말문이 막힌다

죽음을 기다리는 병실에 병문안을 갈 때도
입이 떨어지질 않는다

얼마나 상심이 크십니까
쾌유를 빕니다
이런 유창한 관용구는 뭔가 거짓만 같은데
그럴 때 꼭 필요한 말이기도 하다

내게 구박만 받던 관용구는 늙은 아비처럼 나를 안아준다
언제 밥 한번 먹자는 말처럼, 지키지 못할 약속이라도
좋으니
내 것이 아닌 말이라도 좀 흘러나왔으면 싶을 때

어찌해야할 바를 모르겠는, 말이 그치는 그때,

어둠 속 벽을 떠듬거리듯 나는 말의

스위치를 더듬는다

그럴 때 만난 눈빛들은 잘 잊히질 않는다

그 눈빛들이 나의 말이다

탄생은 죽음의 첫걸음이고, 우리는 누구나 다같이 '시한부 인생'을 살고 있지만, 그러나 죽음만큼 낯설고 두려운 것은 없다. 이 죽음 앞에서는 하루를 살다 가거나 천년을 살다 가거나 아무런 차이도 없고, 제아무리 죽음이 고통에 대한 만병통치약이라고 하더라도 자기 스스로, 자발적으로 목숨을 끊는 사람은 극히 드물다. 날이면 날마다 자살자의 숫자와 그들의 비극적인 삶이 보도되고 있지만, 그러나 그것은 대형병원과 요양병원에서 하루하루 연명치료를 하며 식물인간의 삶을 살아가는 사람들에 비하면 '새발의 피'에 지나지 않는다.

　우리 인간들이 가장 싫어하는 세 가지의 증상과 그 질병이 있다. 첫 번째는 가난과도 같은 삶의 고통이고, 두 번째는 건강을 상실하고 병든 것이며, 마지막으로 세 번째는 누구나 언젠가는 죽는다는 것이다. 탄생은 죽음의 첫걸음이 아니라 삶의 첫걸음이고, 우리는 시한부 인생을 사는 것이 아니라 영원불멸의 삶을 살고 있다고 착각하고 있기 때문이다. 삶이 상승곡선을 그릴 때에는 그 어떠한 고통도 생각하지 않지만, 언제, 어느 때나 건강한 몸으로 연애와 축구와 등산을 즐길 때에도 죽음의 그림자조차도 생각하지 않으며, 마치 하늘의 축복이라도 받은 것처럼 영원불멸의 삶을 즐겁고 기쁘게 산다.

하지만, 그러나, 이 삶의 의지, 이 영원불멸의 삶에 반하여, 삶이 고통스럽거나 중병을 앓게 되면 우리는 어쩔 수 없이 죽음을 생각하게 되고, 마치 십자가에 못 박힌 예수처럼 벌벌벌, 떨게 된다. 타인들의 가난이나 비참한 삶의 풍경도 마찬가지이지만, 건강을 상실한 사람들과 이 세상을 떠나간 사람들의 모습도 가능하면 마주치지 않고 외면하고 싶은 것이 우리 인간들의 공통적인 마음일 것이다. 요컨대 죽음의 그림자와 죽음의 풍경은 그 어떤 영웅호걸이나 천하장사조차도 가능하면 마주치지 않고 외면하고 싶은 살풍경일 뿐인 것이다. 호랑이와 마주 친 늑대처럼, 또는 고양이에게 잡힌 들쥐처럼 "조문을 가서 유족과 인사를 나눌 때면 늘 말문이" 막히는 것도 그것 때문이고, "죽음을 기다리는 병실에 병문안을 갈 때도/ 입이 떨어지질 않는" 것도 그것 때문이다. "얼마나 상심이 크십니까", "쾌유를 빕니다", "이런 유창한 관용구"가 있는데도, 두 눈을 부라리고 있는 저승사자 앞에서 그 어떠한 말도 하지 못한다.

우리는 누구나 다같이 죽음 앞에서는 신참배우이며, 저승사자의 먹이와도 같은 수많은 병자와 망자들을 바라볼 때마다 이가 떨리고 살이 떨려서 도망칠 궁리만을 하게 된다. "언제 밥 한번 먹자는 말처럼, 지키지 못할 약속이라도 좋으니/ 내 것이 아닌 말이라도 좀 흘러나왔으면 싶을 때", "어찌해야할 바를 모르겠는, 말이 그치는 그때," "얼마나 상심이 크십니까", "쾌유를 빕니다"라고 수없이 되풀이 반복하여 외웠던 그 대사들조차도 까먹고, 그 '말없음'의 차갑고 싸늘한 "눈빛들"만을 만난다. 우리는 모두가 다같이 죽음 앞에서는 영원한 왕초보이고 겁쟁이이며, 언제, 어느 때나 그 대사를 까먹는 백치들에 지나지 않는다.

산다는 것은 빚을 지는 것이고, 죽는다는 것은 빚을 갚는 것이다. 노자는 어느날 물소를 타고 떠나갔고, 엠페도클레스는 에트나 화산에 몸을 던졌다. 중세의 어느 영웅은 '자, 우리 멋지게 죽는거요'라고 전쟁터에서 싸우다가 죽었고, 아이아스는 불명예를 짊어지고 살 수는 없다고 자살을 했다. 스토아 학파의 창시자인 제논도 즐겁고 기쁜 마음으로 자살을 했고, 부처는 스스로 죽어감으로써 입신의 경지에 올라섰다. 인도의 과부 분사焚死와 한국의 수많은 열녀들과, 모든 순교자와 고행자와, 그리고 고귀하고 위대한 문화적 영웅들의 삶과 그 신전은 이 세상에서 가장 더럽고 추악한 저승사자와 그 죽음의 공포를 극복하기 위한 픽션에 지나지 않는다. 거짓, 과장, 허풍, 너무나도 허황되고 공허한 가공의 드라마가 모든 영웅들의 나약하고 가소롭기 짝이 없는 삶을 미화하고 성화시키고 있는 것이다.

손택수 시인의 「죽음이 준 말」은 입속말이고, 말이 되지 못한 혼잣말이며, 죽음의 공포 앞에서 영원히 대사를 까먹은 신참배우의 잃어버린 말이다. 만년 전이나 천년 전, 또는 10년 전이나 인공지능 AI가 활보하고 있는 오늘날이나 수많은 위장과 내장이 필요없는 로봇 인간이 이 세상을 산다고 하더라도 그 주제는 영원히 변하지 않을 것이다. 인생의 무대가 다르고 삶의 환경이 변하더라도 죽음은 영원히 두렵고 무섭다는 것이다.

죽음은 영원한 악마, 저승사자, 무섭고 두려운 괴물—. 천하장사 헤라클레스도, 삼손도, 부처도, 예수도 피하지 못한—.

탄생은 축복이고, 죽음은 저주와도 같다.

삶의 의지는 거짓에의 의지이고, 거짓에의 의지는 악마의 의지와도 같다. 왜냐하면 돈을 빌릴 때는 공짜와도 같고, 돈을 갚을 때는 생살이 떨어져 나가는 것 같기 때문이다.

이 서 빈

길이의 슬픔

인간 욕망을 재고 있는 자벌레

발끝에서 머리끝까지 둘둘 말린 욕망
몸속 자 다 풀어 재고 또 재고 평생을 잰다

밭고랑 풀보다 수북하게 웃자라는 욕망
자란 평수만큼 그늘은 더 무성무성 짙어진다
우주 몇 바퀴 돌고도 남을
욕망길이 재는 일 자신의 욕망 재는 일인가?

끝을 알 수 없는 욕망터널속에서
욕망 재다가 욕망에 갇혔다

한 치 더 재면 굴러굴러 떨어질 절벽
깨꽃보다 붉게 핀 아찔한 비명

신은 지구별 꽁지에 '멸종' 시치미 달고 욕망은 시치미
뚝 떼고 있다

　그 푸르던 지구눈동자 작살 맞은 물고기처럼 심장 움켜
쥐고 울부짖자
　바다는 핏물 끓이기 시작하고
　동·식물 배 뒤틀며 하혈한다
　경전 목차에도 없는 부고訃告장
　달력에 기록하지 못한 나머지 날짜들 수수수 새떼처럼
날아내린다

　말라서 토막 난 지구 끌고 가는 개미떼 인광燐光을 뿜어
내고
　종들의 울음소리 삭제되었다 마치 영원히 휴가를 떠나듯
　드디어, 마침내, 기어이
　잴 수도 멈출 수도 되돌릴 수도 없는 슬픔의 자벌레

📖

　자벌레는 자벌레나방의 애벌레이고, 몸은 가늘고 긴 원통형이다. 앞쪽에는 세 쌍의 발이 있고, 뒤쪽에는 한 쌍의 발이 있다. 움직일 때는 꼬리를 머리쪽으로 오그려 붙이고 몸을 앞으로 펴면서 기어다닌다. 이때의 모습이 자로 재는 것 같다고 하여 자벌레라는 이름을 갖게 되었고, 풀이나 나뭇잎을 먹고 자란다.

　꿈이란 무엇인가를 실현시키고 싶은 희망과 이상을 뜻하고, 소망이란 그 주체자가 간절하게 바라고 원하는 것을 뜻한다. 욕망이란 무엇을 하고자 간절하게 원하는 것을 말하고, 욕심이라는 어떤 것을 지나치게 탐내고 원하는 것을 말한다. 이 세상의 근본이치가 의식주를 해결하고 아들과 딸들을 낳아 기른 후 그 임무를 마치고 떠나가는 것이라면 꿈이나 소망은 상찬의 대상이며, 우리 인간들 모두가 다같이 그 꿈과 소망에 따라 자기 자신의 행복을 연주해나가고 있다고 할 수가 있다.

하지만, 그러나 욕망과 욕심은 이 세상의 근본이치에 반하여 그 모든 부를 독점하고 인간과 인간, 인간과 동물, 인간과 사물의 질서를 훼손하려는 탐욕을 최고의 미덕으로 삼고 있다고 해도 과언이 아니다. 내가 있고 세계가 있으며, 그 모든 것은 나의 권력에 복종을 해야 하고, 나는 천하의 소유권을 지니고 있다는 망발이 바로 그것이라고 할 수가 있다. 천자, 천황, 대왕, 대재벌, 억만장자 등이 바로 우리 인간들의 오만방자함과 탐욕의 증표라고 할 수가 있다. 우리 인간들은 선한 것을 욕망하지 않고, 자기 자신의 탐욕을 선이라고 부른다. 오직 자기 자신의 행복을 위하여 만물의 터전인 자연을 파괴하고, 수십 억 명의 가난이나 불행 따위에는 관심조차도 없는 것이 오늘날 자본주의의 진면목이기도 한 것이다.

이서빈 시인의 「길이의 슬픔」은 자벌레의 슬픔이자 이서빈 시인의 슬픔이라고 할 수밖에 없다. 자벌레는 시인이 되고, 시인은 자벌레가 된다. 시인과 자벌레가 자연과 교감하듯이 한몸이 되어 우리 인간들의 욕망을 재고 있는 것이다. 그 옛날의 자벌레의 임무는 매우 간단하고 소박했는데, 왜냐하면 우리 인간들의 꿈이 이 세상에서 먹고 사는 것에서 크게 벗어나지 않았기 때문이다. 물론, 그 옛날에도 천자, 천황, 대왕, 군주, 영주, 수전노, 대호색한 등이 있었지만, 그러나 그들의 수명은 기껏해야 5~60년을 넘지 못했기 때문에 자벌레의 임무는 매우 간단하고 소박할 수밖에 없었던 것이다.

하지만, 그러나 오늘날의 우리 인간들의 욕망은 바벨탑을 뛰어넘어 전지전능한 신의 권위를 짓밟았고, 이 세상의 모든 만물들을 인간의 욕망의 포로로 삼게 되었다. 인간의 수명이 100세를 넘어 500세, 혹은 영생불사의 경지에 도달하게 되었고, 그 결과, 온갖 호화사치품을 생산해내기 위하여 지구촌의 모든 곳을 다 파헤치게 되었다고 해도 과언이 아니다. "발끝에서 머리끝까지 둘둘 말린 욕망"은 끝이 없고, "몸속 자 다 풀어 재고 또 재도" 평생 다 잴 수도 없다. 날이면 날마다 우리 인간들의 욕망은 "밭고랑 풀보다 수북하게 웃자라고", "자란 평수만큼 그늘은 더욱더 무성무성"하게 짙어진다. "우주 몇 바퀴 돌고도 남을" "끝을 알 수 없는 욕망의 터널 속에서" 우리 인간들의 욕망을 재다가 그 욕망의 터널 속에 갇힌 것이다.

그 옛날의 자벌레는 신의 대리인이었지만, 그러나 오늘날의 자벌레는 우리 인간들의 욕망의 포로에 지나지 않는다. "한 치 더 재면 굴러굴러 떨어질 아찔한 절벽"에서 "깨

꽃보다 붉게 핀 아찔한 비명"을 듣고, 전지전능한 신은 "지구별 꽁지에 멸종"이라는 "시치미"를 달았지만, 이 세상과 모든 만물들이 다 망하더라도 탐욕에 눈이 먼 인간들은 그 "시치미"를 뚝 떼고 모른 척 한다. "그 푸르던 지구눈동자 작살 맞은 물고기처럼 심장을" 움켜쥐고 울부짖어도 시치미를 뚝 떼고, 모든 동식물들이 배를 뒤틀며 하혈을 해도 시치미를 뚝 뗀다. 욕망, 즉, 탐욕에 눈이 멀면 백치가 되고, 경전에도 없는 부고장이 날아들어도 그것을 모르고, 또한, "달력에 기록하지 못한" 최후의 날이 "수수수 새떼처럼" 날아내려도 그것을 모른다. 바로 이것이 오늘날 교육열 세계 최고가 문맹률 세계 최고로 둔갑하는 백치의 역사라고 할 수가 있는 것이다.

이서빈 시인의 「길이의 슬픔」은 '인문주의의 파산선고'이자 '인간이라는 종의 멸망선고'라고 할 수가 있다. 탐욕의 길은 오솔길도 없고, 쥐구멍도 없고, 그 어떠한 탈출구도 없다. "말라서 토막 난 지구"를 끌고 가는 개미떼가 그 인광燐光을 뿜어내고, 모든 종들의 울음소리는 이미 삭제되었다. "마치 영원히 휴가를 떠나듯/ 드디어, 마침내, 기어이/ 잴 수도 멈출 수도 되돌릴 수도 없는 슬픔의 자벌레" ―.

슬픔의 자벌레는 이서빈 시인이 되고, 이서빈 시인은 슬픔의 자벌레가 되어 대성통곡을 한다. 과연, 탐욕이 최고의 미덕이 되는 시대에 서정시인이 그 무엇을 할 수가 있단 말인가?

  시도 없고, 노래도 없고, 사랑도 없다.

  탐욕의 포로인 자벌레, 「길이의 슬픔」은 서정시인의 슬픔이 되고, 그 어떤 도피처도 없는 최후의 단말마의 비명이라고 하지 않을 수가 없다.

  자본가는 서정시인의 목을 비틀고, 돈은 서정시의 시뻘건 피를 빨아먹는다.

이 용 우
'ㅅ'과 'ㄹ' 읽기

웃음과 울음,
둘 다 끝은 눈물이어니
강물은 푸르리라

둘의 차이는
'ㅅ'과 'ㄹ' 뿐

때로 웃음보 터져 오색지 나부끼고
때로 울음보 터져 도랑길 파헤쳐지나
둘은 한 집에 동거하니
'ㅅ'과 'ㄹ'을 빼면
우음羽音처럼 가벼운 사이

'ㄹ'로 시작된 화통한 인생
'ㅅ'으로 한 세월 살고 싶었지만

울음보 포자처럼 쉬이 터져

눈가 매양 짓물렀다

'ㅅ'과 'ㄹ' 초성만 써놓고 본다면야

삼척동자도 사랑이라 읽지 않겠나

사람 웃고 울리는 게

사랑이라 했지

빠알간 동지 딸기

개똥쑥 버무려진 인생길이어도

'ㅅ'과 'ㄹ'같은 눈송이 펑펑 쏟아지니

좋지 아니한가

◫

　이용우 시인의 「'ㅅ'과 'ㄹ' 읽기」는 언어의 유사성과 차이성에 착안하여 그의 삶의 철학을 노래한 대단히 아름답고 탁월한 시라고 할 수가 있다. 언어는 우리 인간들의 지식의 총체이며, 언어가 없었다면 만물의 영장이기는커녕, 먹이사슬의 최하동물로서의 생존 자체가 문제가 되었을 것이다. 코끼리와 코뿔소처럼 힘이 센 것도 아니고, 사자와 호랑이처럼 사납고 무서운 것도 아니다. 제비와 수많은 철새들처럼 하늘을 자유자재롭게 날아다닐 수 있는 것도 아니고, 백상어와 고래처럼 푸르고 푸른 바다의 제왕이 될 수 있는 것도 아니다. 언어는 이처럼 우리 인간들의 나약성을 극복하고 만물의 영장으로 군림을 하게 했는데, 왜냐하면 모든 사건과 현상들을 기록하고 그 지식을 활용하여 수많은 문명의 이기들을 개발해냈기 때문이다. 산업혁명이나 문화혁명이 일어나기 전에 사상의 혁명이 먼저 일어나고, 사상의 혁명이 일어나기 전에 언어의 혁명이 먼저 일어난다. 새로운 언어의 탄생은 새로운 인간의 탄생이 되고, 새로운 인간의 탄생은 새로운 우주의 탄생이 된다. 모든 사물의 기원도 언어이고, 모든 사상의 기원도 언어이다. 이용우 시인의 「ㅅ과 ㄹ」 읽기는 대단히 역사 철학적이고, 그 언어의 유희를 통하여 이 세상의 삶을 찬양하고 자기 자신의 행복한 삶을 연주하고 있다고 할 수가 있다.

이용우 시인은 "웃음과 울음,/ 둘 다 끝은 눈물이어니" 그 강물은 푸르다고 말한다. 왜냐하면 웃음과 울음의 차이는 "'ㅅ'과 'ㄹ'"의 차이뿐이기 때문이다. 인생이란 푸르고 푸른 강물에서 "때로 웃음보 터져 오색지 나부끼고/ 때로 울음보 터져 도랑길 파헤쳐지나/ 둘은 한 집에 동거하니/ 'ㅅ'과 'ㄹ'을 빼면/ 우음羽音처럼 가벼운 사이"일 뿐이다. 웃음과 울음은 일란성 쌍둥이, 또는 동조동근의 연리지와도 같고, 그 차이는 새의 깃털처럼 가벼운 차이라고 할 수가 있다.

우리는 누구가 다같이 "'ㄹ'로 시작된 화통한 인생"이며, "'ㅅ'으로 한 세월 살고 싶었지만" "울음보 포자처럼 쉬이 터져/ 눈가 매양 짓물렀"던 것이다. 울음은 새로운 생명의 탄생의 신호탄이 되고, 웃음은 그 주체자의 삶의 꽃이 된다. "'ㅅ'과 'ㄹ' 초성만 써놓고 본다면야/ 삼척동자도 사랑이라"고 읽겠지만, 그러나 "사람 웃고 울리는 게/ 사랑"
이라고 하지 않을 수가 없다. 사랑은 가난과 질병과 다툼
이 없는 최고의 선이며, 모든 행복은 이 사랑의 힘에 의해
서 꽃 피어난다. 우리는 사랑 때문에 웃고, 우리는 사랑 때
문에 운다. 웃음과 울음은 사랑에서 솟아나온 쌍둥이이며,
그 차이는 'ㅅ'과 'ㄹ'의 차이에 지나지 않는다. "빠알간 동
지 딸기/ 개똥쑥 버무려진 인생길이어도" "'ㅅ'과 'ㄹ'같은
눈송이 펑펑 쏟아지니/ 좋지 아니한가?"

그렇다. 우리들의 인생은 'ㅅ'과 'ㄹ', 또는 웃음과 울음
사이에 있으며, 때때로 그가 처한 위치와 입장과 환경에
따라서 그 역할을 달리 할 뿐이다. 바보역할이면 어떻고,
울보역할이면 어떤가? 부자역할이면 어떻고, 거지역할이
면 어떤가? 'ㅅ'과 'ㄹ'의 뿌리가 사랑이듯이, 바보와 울보의
차이도 없고, 부자와 거지의 차이도 없다. 우리는 모두가
다같이 '모노 드라마의 주연 배우'이며, 그때, 그때의 처지
와 입장과 환경에 따라서, 온몸으로, 온몸으로 '명품연기'
를 펼쳐보여야 할 역사적 사명과 그 의무가 있는 것이다.

이용우 시인은 이제 마악 출발한 신인으로서 'ㅅ'과 'ㄹ'
의 유사성과 차이성에 주목하여 「'ㅅ'과 'ㄹ' 읽기」의 명품
연기를 펼쳐 보인다. 웃음과 울음은 '한 뿌리-한 조상의 형

제'이고, 사랑을 쟁취하고 그 행복을 연주하기 위하여 그 희비극을 펼쳐나가는 우리 인간들의 초상이라고 할 수가 있다.

참으로 새롭고 탁월한 언어학적 성찰의 결과이며, 그 즐겁고 유쾌한 웃음으로 그 모든 슬픔과 비극적인 사건들마저도 다 녹여버린다.

조 숙 진
문신

건너편 도로에 확 눈에 들어오는 박스 차 한 대

연두색 형광물감을 두르고 과감하게 사선으로 한 획 삐

침했더군

검은색 도도한 어깨띠 위아래로 꼬마 군병들이 절하고

있는 듯했어

자랑하고 싶은 어지러운 문신 같은 거였어

언뜻

하나뿐인 그의 인생에서

숨기고 싶은 문신은 무얼까 묻고 싶었지

봄의 그림자에 덮인 채

웃음 뒤에 가려진 채

저 자동차의 문신 밑에 가려진 상처는 어떤 것일지

잊혀지는 어두운 삶의 궤적은 없거든

계절이 바뀌고 해가 바뀌면

계절에 뿌리를 내리고 꽃을 피우는 산야처럼

새롭게 새롭게 세월을 이어 가지

부러진 가지는 치료받고 긁힌 상처는 아물잖아

누군가의 삶에 박힌 불행의 문신은

맨발을 덮은 군화자국으로

마음에 쏜 말의 총알로

뼈에 새겨진 손가락 총 자국 그대로

옷자락에 가려지고 땅속에 묻혔어도

빛으로 한 발짝 나오고 싶은 간절함이 자라는 건 가봐

계절이 바뀌어도

해가 바뀌어도

결코

지울 수 없는 대물림의 표식이야

이 세상에서 가장 무섭고 두려운 것은 무엇일까? 그것은 두말할 것도 없이 자기 자신의 삶의 터전을 빼앗고 생명 자체를 위협하는 사람일 것이다. 천재지변이나 사납고 무서운 야수를 제외한다면, 인간을 위협하는 가장 무서운 적은 인간일 수밖에 없다. 이 세상에서 가장 무섭고 두려운 적은 외부의 권력자일 수도 있고, 공동체 사회 내의 원수 형제일 수도 있다. 어쨌든 우리 인간들은 상호경쟁하는 사회적 동물이며, 약육강식하는 계급사회를 형성하는 동물일 수밖에 없다. 이 약육강식하는 사회에서 최상위 계급으로 존재하려면 가문과 출신지역과 학벌 등을 잘 갖추어야 하고, 따라서 혈연과 지연과 학연은 소위 출세의 삼대 요소라고 할 수가 있다.

상류 사회의 인사들은 아주 자비롭고 친절한 얼굴을 하고 있는 반면, 하류 사회의 사람들은 매우 사납고 험상궂은 얼굴을 하고 있다고 할 수가 있다. 상류사회의 인사들은 보란 듯이 육체노동을 기피하고 아주 예의 바르고 공손한 말을 사용하는 반면, 하류 사회의 사람들은 어렵고 힘든 일을 도맡아 하며, 아주 거칠고 사나운 말들을 예사로 사용한다. 상류 사회 인사들은 언제, 어느 때나 외부의 적을 물리칠 수 있는 공격본능과 방어본능을 잘 갖추고 있지만, 하류계급의 사람들은 언제, 어느 때나 '집 지키는 개'처럼 사납고 무섭게 으르렁댈 뿐, 그 어떤 것도 지켜내지 못한다. 상류 사회의 인사들은 지배계급의 인사이자 문화인이 되고, 하류계급의 사람들은 피지배계급의 사람이자 야만인이 된다. 이 '문화인 대 야만인의 싸움'은 거의 성립조차도 안 되는데, 왜냐하면 문화인은 이겨놓고 싸우는 백전백승의 전략과 전술을 구사하고 있기 때문이다.

조숙진 시인의 「문신」은 사회적 약자의 문신이며, "계절이 바뀌어도/ 해가 바뀌어도/ 결코/ 지울 수 없는 대물림의 표식"이라고 할 수가 있다. 「문신」은 당랑거철螳螂拒轍의 허세이자 이 세상에서 가장 나약하고 힘없는 사람들의 자기 보호색이라고 할 수가 있다. 제아무리 "검은색 도도한 어깨띠 위아래로 꼬마 군병들이 절하고 있는 듯" "자랑하고 싶은 어지러운 문신"일지라도, 그 문신 뒤에 숨어 있는 "어두운 삶의 궤적은" 잊혀질 리가 없는 것이다.

그렇다. "누군가의 삶에 박힌 불행의 문신은/ 맨발을 덮은 군화자국으로/ 마음에 쏜 말의 총알로/ 뼈에 새겨진 손가락 총 자국 그대로/ 옷자락에 가려지고 땅속에 묻혔어도/ 빛으로 한 발짝 나오고 싶은 간절함"으로 자란다.

사회적 약자의 불행은 영원히 대물림되고, 그들의 문신은 당랑거철의 허세이자 자기 보호색에 지나지 않는다.

이 진 진
물의 혁명

나무 한 포기 품지 못해 가슴 따가운 사막이 되었다

팜주메이라 거리에 야자수는
심청이 아비가 동냥젖 얻어 먹여 키우듯
하루에 두 번씩 물 얻어 먹인다
꿀떡꿀떡 잘도 받아삼키는 소리, 우주가 숨쉬는 소리

두바이 큰 솥에 바닷물 넣고 물을 만든다

무역과 금융 빌딩은 모두 물위에 서있다

쌀은 쌀나무에서 나오고
물은 공짜로 생긴다 생각하는 사람들

수도꼭지 틀면 콸콸 쏟아지고

쌀이 되기까지 모를 기르는 물

인간의 마음대로 쥐락펴락하는 물
물을 물로 보지마라
낭비벽 심한 사람 물 쓰듯 한다는 핀잔은 모독이다

지금 지구촌은 물 전쟁 중이다
물이 혁명을 일으켜 지구에 물 거꾸로 쏟아버리면
거대한 바다도 사막이 된다

신이 인간에게 선사한 물

풀 한 포기도 숨 한 방울도
물이 없으면 끝장이다

우리 인간들이 우주, 즉, 천체물리학을 통하여 가장 큰 관심을 가진 것은 지구 외에 그 어떤 생명체가 살고 있는가라고 할 수가 있다. 요컨대 어떤 행성에 물이 있는가, 아닌가가 가장 중요한 관심사였던 것이고, 물이 없으면 그 어떤 생명체도 살 수가 없기 때문이다.

팜주메이라는 아랍 에미리트 두바이에 있는 야자수 모양의 인공섬이지만, 그 거리에 있는 야자수들은 "심청이 아비가 동냥젖 얻어 먹여 키우듯/ 하루에 두 번씩 물 얻어 먹인다." 왜냐하면 그곳은 열사의 땅, 즉, "나무 한 포기 품지 못해 가슴 따가운 사막"의 나라였기 때문이다. "두바이 큰 솥에 바닷물 넣고" 염분을 걸러내고 물을 만들어 하루에 두 번씩 물을 주면, 너무나도 꿀떡꿀떡 잘 받아먹기 때문에, 바로 그곳에서 이진진 시인은 "우주가 숨쉬는 소리"를 듣는다.

하지만, 그러나 이진진 시인의 말대로, 물을 단순한 물로 보면 바다도 사막이 되고, 풀 한 포기, 나무 한 그루도 살아갈 수가 없다. 비록, "수도꼭지 틀면 콸콸 쏟아지고/ 쌀이 되기까지 모를 기르는 물"이지만, "낭비벽 심한 사람 물 쓰듯 한다는 핀잔은" 물에 대한 모독에 지나지 않는다. 절대로 "인간의 마음대로 쥐락펴락"할 수 있는 물이 아니고, 물을 물로 보면 안 된다. "지금 지구촌은 물 전쟁 중"이고, "물이 혁명을 일으켜 지구에 물 거꾸로 쏟아버리면/ 거대한 바다도 사막이 된다."

물은 신이 인간에게 선사한 선물이고, 인간 생명체의 70%가 물이라고 할 수가 있다. 점점 지구촌은 인구의 증가로 포화상태에 이르게 되었고, 물 부족국가가 늘어나는 한편, 점점 지구촌은 뜨거워지고 있다. 물은 우리 인간들의 생명이고 피이며, 물은 우리 인간들의 양심이자 거울이다. 이 세상의 어느 생명체도 물이 없으면 살 수가 없고, 또한, 물의 오염에 민감하게 반응하지 않을 수가 없다.

이진진 시인의 「물의 혁명」은 그의 분노이자 그 분노한 양심의 소리에 의하여 지구촌의 역사가 종식될 것이라는 경고가 들어 있다고 하지 않을 수가 없다.

글 보 라
목가牧歌

우듬지에 걸터앉은 구름
속눈썹이 파르르 떨린다

소슬소슬 부딪히는 자장가 소리
눈썹에 걸린 자장가 들으며 깜박 잠들고 나면
외롭거나 슬프거나 아픈 그 모든 일이 치유된다

마음에 냉기가 스미면
숲속으로 가 숲을 귀에 꽂고
나무의 노래를 듣는다

노랫가락을 잘라다
솜털구름 포근히 감싸 안고
소슬소슬 불러주는 평온
살그머니 불을 끄는 숲

밤새 꿈속에서 들은 노래는

네이버 메일 앱에서 보낸 목가였다

우리 한국인들에게 아름다운 대자연의 시골에서 살고 싶은가, 아니면 대도시에서 살고 싶은가라고 묻는다면 요즈음은 대부분의 사람들이 대도시에서 살고 싶다고 할 것이다. 왜냐하면 대도시에는 학교와 병원과 백화점과 수많은 영화관과 모든 문화시설이 아주 잘 갖추어져 있기 때문이다.

하지만, 그러나 아주 넓고 푸른 대자연의 주거 환경 속에서 살고 싶은가, 아니면 초고층의 아파트에서 살고 싶은가라고 묻는다면 아마도 대다수의 사람들의 대답이 달라질 수밖에 없을 것이다. 왜냐하면 우리 인간들의 행복은 주거환경에 의해서 결정되고, 따라서 대부분이 매우 쾌적하고 넓은 대자연의 환경 속에서 살아가고 싶어하기 때문이다.

우리 인간들은 온갖 문화시설이 아주 잘 갖추어진 대도시에서 살고 싶어 하면서도, 다른 한편으로는 어느 누구와

도 다투지 않고 아름답고 쾌적한 전원도시에서 살고 싶어
한다. 대한민국은 남북분단에서 보듯이 매우 기형적인 나
라이며, 이것은 도시와 시골의 주거환경에서도 사실 그대
로 나타난다. 아름다운 대자연의 시골 마을은 대부분이 다
텅텅 비어가고, 아주 작은 수도권 지역에만 전체 인구의
50%가 모여사는 것이 바로 그것이라고 할 수가 있다. 대
한민국의 불행은 주거환경에도 나타나고 있는데, 왜냐하
면 대부분의 시골마을은 공동화되어가고 있는 반면에, 수
도권 전체가 마치 개사육장과도 같기 때문이다. 전 국토의
그 좁은 지역에 전체 인구의 50%가 살고 있으니, 자그만
층간 소음과 몸 부딪힘에도 살인이 일어나고, 전, 월세와
주택문제로 날이면 날마다 소송전을 벌이며, 수많은 개들
처럼 으르렁거리며 살아간다.

어느 독일의 시골 마을은 전체 인구가 3만 명 정도에 지
나지 않지만, 이 자그만 시골 마을에 세계적인 독일 연구
소가 3백여 개나 있다고 한다. 그 고장의 사람들에게 베를
린이나 프랑크푸르트와도 같은 대도시에서 살고 싶지 않
느냐고 물었더니, 절대로 그 시골 마을을 떠나서 살고 싶
지 않다고 했다고 한다. 왜냐하면 독서중심의 글쓰기 교육
을 하기 때문에 사교육비가 하나도 들지 않고 주거환경이

너무나도 쾌적하고 즐겁기 때문이었다.

"우듬지에 걸터앉은 구름"처럼 "속눈썹이 파르르 떨"리고, "소슬소슬 부딪히는 자장가 소리"에 "외롭거나 슬프거나 아픈 그 모든 일이 치유된다." "마음에 냉기가 스미면/ 숲속으로 가 숲을 귀에 꽂고/ 나무의 노래를 듣는다." "노랫가락을 잘라다/ 솜털구름 포근히 감싸 안고/ 소슬소슬 불러주는 평온/ 살그머니 불을 끄는" 글보라 시인의 「목가 牧歌」에서처럼 모든 불쾌지수가 사라지고, 전 인류의 소망인 행복지수가 무한대로 상승한다.

호머의 시집을 늘 옆에 두고 살았던 알렉산더 대왕이나 나폴레옹 황제는 그야말로 독서광이었고, 그들이 대한민국의 황제가 되었다면 벌써 미군철수시키고, 중국마저도 식민지배하게 되었을 것이다. 마르크스와 칸트와 헤겔과 니체 등은 전 인류의 스승들이었고, 그들이 우리 대한민국의 학자들이었다면 전 국토를 아주 균형 있게 만들었을 것이고, 독서중심의 글쓰기 교육으로 해마다 노벨상을 타게 만들고, 주택과 땅값 문제로 그 어떤 싸움도 일어나지 않게 만들었을 것이다.

날이면 날마다 공부를 하고, 일을 하고, 숲속에서 산새 소리를 들으며, '너와 내'가 진정한 '우리'로서 살아가게 되었을 것이다.

글보라 시인의 「목가牧歌」는 자연예찬의 시이자 우리 인간들의 영원한 '마음의 고향의 노래'라고 할 수가 있다.

박분필

바다 경마장

바람이 바다에 가면 바다의 비늘처럼
촘촘하게 연이어진 파도가 된다

흥분과 설렘이 가득한 바다 경마장이 된다

모든 파도가 앞발을 번쩍 들고 동일한 움직임으로
박자와 리듬 움직임과 속도 그리고 철썩 철썩
등짝을 치는 말발굽소리까지

멈추는 법을 잊어버린 기마행렬의
숨결과 채찍소리 고스란히 전달되어온다

바람도 가끔은 만질 수 없는 것들을 바라보고
들리지 않는 것들을 듣는 상상을 하지

하늘이 막 피워낸 하얀 눈꽃송이들이
속옷만 걸친 애마부인처럼 쏟아져 내려
앞만 보고 달려가는 거친 말 등에 올라탄다

짜릿한 허공의 냄새
싱싱하고 힘찬 기운

눈 내리는 푸른바다를 푸른 초원처럼
자유롭게 달리는 나는 바람의 노마드다
기수도 고삐도 없는 흰말이고, 푸른 파도다

이 세상에서 가장 큰 힘이 상상력이듯이, 상상력은 천하
의 제일 가는 학자이자 새로운 세계의 창조자라고 할 수가
있다. 우리가 그토록 어렵고 힘들게 공부를 하고 소위 고
귀하고 위대한 사람이 되고 싶어하는 것도 이 상상력의 힘
을 기르기 위해서일 것이다. 만일, 우리가 상상력의 힘을
얻지 못했다면 태양계는 물론, 오리온자리와 큰곰자리와
백조자리 등의 세계도 알지 못했을 것이고, 빛보다 더 빠
른 속도로 우주왕복선을 쏘아올리는 꿈조차도 꾸지 못했
을 것이다. 공자와 맹자와 소크라테스와 칸트와 니체 등도
상상력의 천재들이고, 호머와 셰익스피어와 괴테와 보들
레르와 랭보 등도 상상력의 천재들이다. 뉴턴과 아인시타
인과 막스 플랑크와 스티븐 호킹 등도 상상력의 천재들이
고, 인터넷 세상과 스마트 폰 세상과 빅 데이터 세상과 인
공지능 세상 등도 상상력의 산물이라고 할 수가 있다. 상
상력은 가장 힘이 세고, 상상력을 소유한 자는 천하제일

의 황제가 될 수 있다. 상상력은 가장 빠른 지혜의 날개를 지녔고, 과거와 현재와 미래의 시공간을 초월하여 그 모든 것을 다 할 수가 있다.

우리 인간들과 다른 동물들과의 차이점은 상상할 줄 안다는 것이며, 우리는 상상 속에서 모두가 다같이 낭만주의자가 될 수도 있다. 이상주의자는 그것이 가능하거나 가능하지 않거나 간에, 마치 자연과학자와 공산주의자들처럼 집요하게 그 이상에 대한 집착을 드러내지만, 그러나 낭만주의자는 그 꿈을 집요하게 추구하기보다는 상상의 유희를 통해 이 세상 그 어디에도 없는 환상(상상)의 세계를 살게 된다. 빛보다 더 빠른 속도로 백조자리로 여행을 떠날 수도 있고, 그 어떤 옷도 입지 않고 북극지방의 대빙하 속을 걸어 다닐 수도 있고, 그 어떤 고래보다도 더 큰 몸통으로 태평양을 헤엄쳐 다닐 수도 있다. 수많은 미녀들과 산해진미의 음식을 먹으며 에덴동산과 무릉도원에서 살 수도 있고, 수많은 책들을 다 읽고 영원불멸의 시를 쓸 수도 있고, 전 인류가 지켜보는 가운데 맨주먹으로 코끼리를 때려 눕힐 수도 있다.

박분필 시인의 「바다경마장」은 상상 속의 세계이며, 그 상상 속에서 마치 "속옷만 걸친 애마부인처럼" "푸른바다를 푸른 초원처럼" 내달리고 있는 것이다. 백마를 탄 애마부인이 "바다에 가면 바다의 비늘처럼/ 촘촘하게 연이어진 파도가" 밀려오고, "흥분과 설렘이 가득한 바다"는 "경마장이 된다." "모든 파도가 앞발을 번쩍 들고 동일한 움직임으로" 달려오고, 그 "박자와 리듬, 움직임과 속도, 그리고 철썩 철썩/ 등짝을 치는 말발굽소리까지" "멈추는 법을 잊어버린 기마행렬"이 되어 애마부인을 따른다.

파도와 파도에게는 말의 존재를 부여하고, 푸르고 푸른 바다는 경마장이 되고, 시인은 속옷만 걸친 애마부인이 된다. 시인도 가끔은 만질 수 없는 것들을 바라보고, 들리지 않는 소리들을 듣는다. 상상은 지혜의 날개를 지녔고, 상상은 그 모든 것을 다할 수 있다. 우리는 불가능한 현실을 사는 것이 아니라, 그 모든 것이 가능한 상상 속의 현실을 사는 것이다. 오늘도, 내일도 "하늘이 막 피워낸 하얀 눈꽃송이들이" 쏟아져 내리면, 시인은 너무나도 아름답고 우아하게 "속옷만 걸친 애마부인"이 된다.

박분필 시인의 「바다경마장」을 읽다보면 철학예술가는 백마 탄 기사가 되고, 시인은 속옷만 걸친 애마부인이 된다. "짜릿한 허공의 냄새"와 "싱싱하고 힘찬 기운"에 취해 우리는 「바다경마장」의 주연배우가 된다. 눈 내리는 푸른 바다를 푸른 초원처럼 자유자재롭게 달리는 우리는 바람, 아니, '상상력의 노마드'가 되고, 따라서 "기수도 고삐도" 필요 없는 백마 탄 기사와 속옷만 걸친 애마부인은 「바다 경마장」의 세기의 연인의 삶을 산다.

비평가, 혹은 철학예술가와 시인의 관계는 천하제일의 연인의 관계와도 같고, 이 세기의 사랑노래가 만인들의 심금을 울리고, 인류 전체의 문화유산을 더욱더 아름답고 풍요롭게 가꾸어 나가게 된다. 나는 낭만주의자의 상상력을 최고급의 인식의 제전의 가장 화려한 원동력이라고 생각한다. 멜로 드라마이든, 싸구려 소설이든, 최고급의 대서사시이든, 낭만적인 상상력이 없었다면 너무나도 아름답고 환상적인 「바다경마장」의 애마부인이 될 수가 없었을 것이다.

유 계 자

평행선

흙담을 붙잡고 능소화가

마디마디 벌겋게 온도를 올리면 목이 마르다

우리는 별말 없이 식당 문을 밀고 마주 앉아

그는 습관대로 살얼음이 뜬 물냉면을

나는 멀건 국물 대신 화사한 고명의 비빔냉면을 시켰다

가끔 탈이 나기도 하지만

화끈하고 얼얼한 생의 고명을 포기하지 못했다

겹쳐서는 안 되는 철로처럼 서로 다른 방식을 고수하면서

그는 좋아하는 술을 주문하고 나는 속으로 커피나 마시지 한다

지리산에 가자 하고 서해바다를 다녀왔다 우리는

삼십 년이 지나도 한통속이 되지 않아서 바라는 것이 더

생겼다

품이 넓었으면 했는데

생각이 커서 들어가지 않았다

품을 넓히기에도 생각을 줄이기에도 무리여서

그냥 가까운 역으로 가서 철로를 보기로 했다

하오의 시간이 빠르게 지나가고

절묘하게 이루는 평행선이 더욱 안전했다

우리는 또 별말 없이 살얼음과 고명을 주문했다

부부는 일심동체一心同體라는 말처럼 허망하고 뜬구름과도 같은 말도 없을 것이다. 왜냐하면 '한마음-한몸', 즉, 둘이서 하나가 되는 기적은 있을 수도 없고, 영원한 타인으로 살아가는 것이 부부이기 때문이다. 남편은 남자로서 남편의 꿈과 욕망을 쫓아 살아가고, 아내는 여자로서 아내의 꿈과 욕망을 쫓아 살아간다. 남편은 아내에게 자기 자신의 꿈과 욕망을 따르라고 강요하고, 아내는 남편에게 자기 자신의 꿈과 욕망을 따르라고 강요한다. 남편의 길과 아내의 길은 애초부터 서로 다르고 하나가 될 수 없는 길이지만, 그러나 결혼을 하고, 아이를 낳고, 가정이라는 울타리 안에서 서로가 양보를 하고 타협을 하며 살아간다. 양보를 하면 자존심이 무척 상하게 되고, 타협을 하면 바보같은 짓 때문에 후회를 하게 된다. 부부, 즉, 남편과 아내는 영원한 타인이며, 이 부부들의 싸움은 생리학적인 차이의 싸움이라고 할 수가 있다. 따라서 양보와 타협이 이루어지지 않으면 우리들의 부부 사이는 서로 화해할 수 없는 원수처럼 싸우다가 영원한 이별을 하게 된다.

유계자 시인의 「평행선」은 '부부의 길'을 노래한 시이며, 일심동체의 반대 방향에서 영원히 하나가 될 수 없는 '평행선 이론'을 증명한 아주 탁월한 시라고 할 수가 있다. 부부의 사이란 "흙담을 붙잡고 능소화가/ 마디마디 벌겋게 온도를 올리면 목이 마르다"라는 시구에서처럼, 그 대립과 갈등의 사이에 지나지 않는데, 왜냐하면 그토록 아름다운 능소화처럼 늘 벌겋게 타고 목이 마르기 때문이다. 우리는 법적, 형식적 부부일 뿐, 말도 다르고, 몸도 다르고, 그 성격과 취향도 다르다. "우리는 별말 없이 식당 문을 밀고 마주 앉아/ 그는 습관대로 살얼음이 뜬 물냉면을/ 나는 멀건 국물 대신 화사한 고명의 비빔냉면을 시"킨다. "가끔 탈이 나기도 하지만" 그래도 "화끈하고 얼얼한 생의 고명을" 나는 포기하지 못한다. "겹쳐서는 안 되는 철로처럼 서로 다른 방식을 고수하면서도/ 그는 좋아하는 술을 주문하고 나는 속으로 커피나 마시지 한다." "지리산에 가자 하고 서해 바다를 다녀왔다"라는 것은 "삼십 년이 지나도 한통속이 되지" 않았다는 것을 뜻하고, 그것은 술과 커피, 또는 살얼음과 고명처럼 영원히 이루어지지 않는다는 것을 뜻한다. 술과 커피는 다같이 기호식품이기는 하지만, 술은 무서운 광기를 뜻하고, 커피는 싸늘한 이성을 뜻한다. 살얼음은 차가운 이성을 뜻하고, 화사한 고명은 삶의 화려함을 뜻한다.

남편이 술을 마시면 아내는 커피를 마시고, 아내가 고명을 먹으면 남편은 살얼음을 먹는다. 남편이 아내에게 품이 넓을 것을 요구하면 아내의 생각이 너무 크고, 아내가 남편에게 생각이 클 것을 요구하면 남편의 품이 너무 작다. 부부는 영원한 원수이고, 부부는 영원한 타인이며, 이 원수와 타인들이 '일심동체'라는 '말장난' 속의 영원한 주연배우들로 살아간다. "품이 넓었으면 했는데/ 생각이 커서 들어가지 않았다"가 그것이고, "품을 넓히기에도 생각을 줄이기에도 무리여서/ 그냥 가까운 역으로 가서 철로를 보기로 했다"가 그것이다. 하오의 시간, 즉, 삼십 년 부부의 시간은 빠르게 지나가고, "절묘하게 이루는 평행선이 더욱 안전"했고, "우리는 또 별말 없이 살얼음과 고명을 주문"해서 먹는다.

아내는 아내이고, 남편은 남편이다. 남편은 남편이고, 아내는 아내이다. 아내와 남편의 차이는 생리학적인 차이이며, 이 생리학적인 차이는 역사 철학적인 차이로 확대되며 평행선을 이룬다. 유계자 시인의 '평행선 이론'에 따르면, 모든 부부 관계는 평행선이며, 영원히 하나가 될 수 없는 평행선으로서 조화를 이룬다.

대단히 아름답고 사유의 폭이 큰 유계자 시인의 「평행선」, 생리학적인 차이를 역사 철학적인 차이로 승화시키고, 언어학적이고 심리학적인 차원에서 최고급의 인식의 제전을 펼쳐보인 유계자 시인의 「평행선」—.

부조화 속의 조화, 조화 속의 부조화—. 남편의 하늘에 해가 뜨면 아내의 하늘에 별이 뜨고, 아내의 하늘에 해가 뜨면 남편의 하늘에 별이 뜬다.

이 옥
손바닥

현실을 쥐고 있는 접지선 펴면
어린시절이 뛰어놀고 있는 손바닥

조그만 손안에
금도 있고
바닥도 있고
버릇도
불끈하는 주먹도 있어
5백 명 손을 모은 부처는
천수경이라 이름 짓고
천수경 외면 못 할 것이 없다고 한다

잡으려 하면 달아나버리는 계절
초록경전 읽으며
손바닥 안 운명을 들여다본다

손바닥 안엔 소리도 살아
손바닥을 두드리면 소리가 날아 나와
공중으로 날아간다

손바닥 안에서 항해하는 낮과 밤

손바닥으로 하늘을 가리려 할 때
꼭 잡아주던 아버지
투박한 손바닥엔 이정표가 있었다

방황하는 눈빛
환기시켜 주던 아버지 손바닥엔
바닥을 밟고 일어나는 힘이 있었다

층층나무 층층 밟고 오르면
아버지의 손바닥 힘을
정기구독할 수 있을까?

인간이 태어날 때는 두 주먹은 불끈 쥐고 태어나고, 인간이 죽을 때는 두 손을 활짝 펴고 죽어야 한다. 산다는 것은 그 무엇을 움켜쥐는 것이고, 두 손으로 움켜쥐는 것은 먹이활동 이외에도 자기 자신의 삶의 영역을 확보해나가는 것이다. 죽는다는 것은 이 세상의 임무를 마치고 자연으로 돌아간다는 것이고, 자연으로 돌아간다는 것은 먹이활동 이외에도 모든 욕망을 다 내려놓고 간다는 것이다. 두 손으로 움켜쥔다는 것은 산다는 것이고, 두 손을 활짝 편다는 것은 죽는다는 것이다.

이옥 시인의 「손바닥」에는 모든 것이 다 들어 있다. "금도 있고/ 바닥도 있고", "버릇도" 있고 "불끈하는 주먹도" 있다. 손바닥 안에는 "천수경"도 있고, "사계절도" 있고, 손바닥 안에는 "초록경전"도 있고, "낮과 밤"도 있다. 손바닥은 나무이고 풀이고, 손바닥은 부처이고 아버지이다. 손바닥은 천수경이고 초록경전이고, 손바닥은 대지이고 우주이다. 부처는 "5백 명의 손을" 모아 "천수경"이라 이름을 짓고 대자대비의 은혜를 베풀고 있고, "손바닥으로 하늘을 가리려 할 때"나 "방황하는 눈빛"을 잡아주던 아버지의 "투명한 손바닥"에는 우리들의 삶의 "이정표"가 들어 있다. 천수경을 읽으면 부처처럼 못할 것이 없고, 초록경전을 읽으면 먹고 살 걱정이 없고, 손바닥 경전, 즉, "아버지의 손바닥 힘을/ 정기구독"하면 우리들의 모든 소망을 다 이루어 낼 수가 있다.

이옥 시인의 "아버지의 손바닥 힘을/ 정기구독할 수 있을까?"라는 시구에는 그의 '손바닥 경전'의 꿈이 들어 있고, 그 모든 것이 다 들어 있다. "누가 부처인가? 네가 곧 부처이다." "누가 시인인가? 네가 곧 시인이다." 운명에 대한 사랑은 그 모든 고통을 다 받아들이고, 너무나도 분명한 목표와 그 자부심으로 경전의 꽃을 피우게 된다. 이 세상에서 가장 아름다운 것은 경전들이고, 이 경전들 속에는 우리 인간들의 피와 땀과 노력과 수많은 시간들이 축적되어 있다. 아름다움은 오랜 시간과 그 필연의 쳇바퀴를 돌리지 않으면 안 되는 것이고, 그 운명에 대한 사랑으로 고통을 신성화시킨 것이다. 천수경의 꽃, 초록경전의 꽃, 손바닥 경전의 꽃들은 다만 언어의 꽃이 아니라, 그 언어에 붉디 붉은 피와 생명력을 부여한 창조의 꽃이라고 할 수가 있다.

천수경의 꽃, 초록경전의 꽃, 손바닥 경전의 꽃—. 이 아름답고 행복한 삶의 향연을 펼쳐 보이려면 좋은 습관과 좋은 학습의 태도를 지녀야 하고, 이 '황금의 도덕률'을 통해서 자기 자신의 욕망과 그 모든 나쁜 것들을 다 제거해 나가지 않으면 안 된다. 도덕 이전에, 법 이전에, 자기 스스로 자기 도덕과 법률의 주인공이 되어 그 모든 반대파나 너무나도 사악하고 나쁜 악마의 마음마저도 감동시킬 수 있는 '부처-시인'이 되지 않으면 안 된다.

이옥 시인의 「손바닥」은 대지이고 우주이고, '손바닥 경전의 숲'을 이룬다. 이 세상에서 가장 아름답고 목재가 좋으며, 가장 맛있고 영양가가 풍부한 '지혜의 열매들'을 우리들은 천년, 만년 수확할 수가 있다.

이옥 시인의 '손박닥 경전'은 그가 그의 '황금의 도덕률'로 쓴 경전이며, '부처-시인'의 최고의 업적이라고 할 수가 있다.

"연꽃위에 결가부좌하고/ 매일 세상을 여닫던 연꽃은 성불 감시망이다."(「감시망」)

부처-시인의 '황금의 도덕률'은 연꽃이고, 성불 감시망이다. 앎은 황금의 도덕률이고, 황금의 도덕률은 연꽃이고, 대학교수, 성직자, 자본가, 사기꾼, 이 세상의 모든 어중이 떠중이들은 이 '성불 감시망'을 벗어날 수가 없다.

김 연 종
사각지대

　시집 한 권 보내고 싶었는데 주소를 물어보기는 겸연쩍
고 주소를 알만한 단서는 보이지 않아
　차일피일 미루다가 누구인지 가물거리고

　혼사 소식을 들었는데 모바일 단체 청첩장이라 가기도
쑥스럽고 안 가기도 체면이 아니라
　계좌번호만 확인했는데 날짜가 지나가 버리고

　신문 동정란 보고 병원장 등극한 동창 소식 접했는데 축
하 전화도 축하 난도 어색해서
　우물쭈물하다 보니 어느새 퇴임 소식

　부고를 접하고 망자 대신 장례식장을 확인하는데 주중
에는 시간이 없고 주말에는 거리가 멀어
　핑계 대신 반가운 계좌번호만 하릴없이 바라보고

보조미러를 달고
두 눈 부릅뜨고
귀 활짝 열고

말없이 '좋아요'만 누르고 사라진 지인에게
메신저를 통해 안부나 전할까
전화로 직접 목소릴 확인할까 고민하다가
다시 들어가 보니
이미 페친 삭제

사각지대死角地帶란 무엇인가? 사각지대라는 관심이나 영향이 미치지 못하는 구역을 말할 수도 있고, 어느 위치에 있음으로써 사물이 눈에 보이지 않는 각도를 말할 수도 있다. 군사적으로 무기의 사정거리, 또는 데이터 및 관측자의 관측 범위에 있으면서도 지형 따위의 장애로 인하여 거울이 사물을 비칠 수 없는 구역일 수도 있고, 운동선수의 위치상 슈팅을 하기 어려운 각도일 수도 있다. 김연종 시인의 「사각지대」는 자기 자신의 위치, 입장에서 일상생활의 어떤 일들을 잘 처리하지 못한 반성과 성찰의 산물이며, 이 세상의 삶의 덧없음과 무료함이 사실 그대로 진솔하게 배어 있는 시라고 할 수가 있다.

　　김연종 시인의 「사각지대」는 맹점盲點이고, 가능하면 그런 짓들을 하지 말아야지 하면서도 똑같은 실수와 똑같은 잘못을 범하는 맹점이라고 할 수가 있다. 맹점은 약점이고 과오이며, 크나큰 사건과 잘못은 아니라고 하더라도 자기 자신의 양심에 비추어 매우 부끄럽고 창피한 일이라고 할 수가 있다. 맹점이란 어떤 일에 주의가 미치지 못하여 저지른 실수일 수도 있지만, 사각지대란 그 맹점들이 하나하나 모여 크나큰 사건이 되고, 그의 삶 전체를 덧없음과 무료함으로 이끌게 된다. 덧없음이란 어떤 의미도 없는 허망한 삶을 말하고, 무료함이란 이 세상의 모든 일들이 더없이 따분하고 신선한 충격이 없는 것을 말한다. 김연종 시인의 「사각지대」란 수많은 맹점들의 파노라마이며, 그 주제는 이 세상의 삶의 덧없음과 무료함이라고 할 수가 있다.

시집 한 권을 보내주고 싶었는데 주소를 물어보기도 겸연쩍고 주소를 알만한 단서를 잡지도 못했다. 혼사 소식을 들었지만 모바일 단체 청첩장이라 가기도 쑥스럽고 안 가기도 체면이 서지를 않았다. 차일피일 미루다가 시집을 보내지도 못했고, 계좌번호는 확인했지만 혼사의 축의금마저도 보내지를 못했다. 신문의 동정란을 보고 동창생의 병원장 등극 소식을 접했지만, 우물쭈물하다 보니 어느새 퇴임 소식이 들려왔고, 부고를 접하고 장례식장을 확인했지만, 주중에는 시간이 없고 주말에는 거리가 멀어 가지를 못했다. 병원장으로 등극한 동창생에게는 축하 전화도, 축하 난도 보내지 못했고, 부고를 접하고도 조문은커녕, "계좌번호만 하릴없이" 바라보다가 조의금마저도 보내지를 못했다.

그렇다. 인간은 좀처럼 변하지 않으며, 그의 사유와 행동양식은 어느덧 체질화되고 고착화된다. 예수에 대한 맹신은 반기독교주의자들을 좀처럼 용납하지 않고, 자본주의에 대한 맹신은 공산주의자들을 좀처럼 용납하지 않는다. 사유재산에 대한 과도한 집착은 온갖 불법과 탈법으로 이어지고, '국민의 첫째가는 공복'을 자처하는 관료들은 그러나 좀처럼 그들의 특권과 특전을 포기하지 않는다. 한국전쟁 때 전 국토를 쑥대밭으로 만들고 수많은 양공주들을 양산한 미군은 고마운 미군이고, 일제의 식민지배는 물론, 수많은 강제징용자와 위안부를 양산한 일본놈들은 나쁜 놈들이다. 가능하면 늘, 상냥하고 친절한 마음으로 모든 예의범절을 다 지키고 싶었지만, 눈앞의 이익이나 벼락출세의 희소식이 아니고는 좀처럼 그 사소하고 자그만 일들을 잘 챙기지 못한다. 이러한 사유와 행동양식이 경직되면 그는 도저히 치유할 수 없는 반사회적인 자가 된다. 그는 단 하나의 사상과 이론만을 진리라고 믿는 광신도가 되거나 유아론적인 개인주의자가 되어, 자기가 자기 자신의 발등을 찍는 어리석은 행동을 되풀이 하게 된다. "보조미러를 달고/ 두 눈 부릅뜨고/ 귀 활짝 열"어도 그처럼 어리석고 어처구니 없는 실수와 잘못들은 좀처럼 줄어들지 않는다.

인생이란 무엇이고, 삶이란 무엇일까? 도덕이란 무엇이고 법률이란 무엇일까? 관습이란 무엇이고, 미덕이란 무엇일까? 부모형제란 무엇이고, 친구와 이웃들이란 무엇일까? 국가란 무엇이고, 종교란 무엇일까? 행복이란 무엇이고, 불행이란 무엇일까? 이 세상에서 살아야 할 이유와 삶의 목표를 잃어버린 지식인에게는 그 모든 사상과 이론, 또는 도덕과 법률들이 다 시시하고『악령』의 끼릴로프처럼 자살을 하는 것이 최고의 선일는지도 모른다. 날이면 날마다 일상의 덧없음과 무료함을 참지 못해 "말없이 '좋아요'만 누르고 사라진 지인에게/ 메신저를 통해 안부나 전할까/ 전화로 직접 목소릴 확인할까 고민하다가/ 다시 들어가 보니/ 이미 페친 삭제"라는 나쁜 소식을 접하게 되었던 것이다.

가난할 때는 먹고 사는 일만 해결되면 모든 근심과 걱정이 다 사라질 것 같았지만, 그러나 돈과 명예와 권력을 다 얻었는데도 일상의 덧없음과 무료함은 좀처럼 사라지지 않는다. 스마트폰과 인공지능과 컴퓨터로 지구촌의 모든 곳이 실시간대로 연결되고 모두가 다같이 '한 형제-한 가족'처럼 살 줄 알았지만, 그러나 반사회적인 개인주의의 장벽은 더욱더 완강해지고, 일상의 덧없음과 무료함은 좀처럼 사라지지 않는다. 사회적 하층민들에게 제일 무서운 것이 가난이라면 상류계급의 인사들에게는 권태가 가장 무서운 질병이라고 할 수가 있다. 권태는 일상의 덧없음과 무료함을 낳고, 일상의 덧없음과 무료함은 수많은 맹점, 즉, 똑같은 실수와 똑같은 잘못들을 양산하며 이 세상 전체를 「사각지대」로 만든다.

수많은 맹점들과 맹점들이 모여 「사각지대」의 파노라마를 이루고, 그 사건들의 발생과 연속성이 김연종 시인의 좌절감과 절망의 원인이 된다. 가난보다도 더욱더 무서운 권태와 사각지대, 이 세상의 삶의 목표도 없고 의미도 없으며, 그 무엇을 해도, 그 무엇을 하지 않아도 그 어떠한 신선한 충격과 삶의 활력이 솟아나지 않는다.

이 세상은 거대한 「사각지대」이고, 전쟁과 전쟁영화와, 또는 술과 마약과 도박과 섹스와 그토록 처절한 피비린내가 나는 이종격투기가 없으면 살지 못한다.

이 세상에서 가장 아름답고 행복한 곳은 「사각지대」이

고, 이 「사각지대」에서 가장 아름답고 훌륭한 장면은 폐친
삭제이다.

　'묻지마 살인'은 '폐친 삭제'의 대폭발이고, 김연종 시인
의 「사각지대」의 가장 아름답고 장엄한 비경이라고 할 수
가 있다.

백 승 자

수數, 덫

그녀는 한 번도 고지告知 받지 못한 번호들에 묶여 있다

애초에 선택권을 박탈당한 피사체
지문 번호를 고르는 건
앵글에서의 소멸을 자초하는 일
태어나자마자 거미줄 같은 숫자에 갇혀
반항을 모르는 포로가 되었다
삶의 스텝마다 도사리고 있는 늪의 더듬이들
1등이 아니면 안 된다는
1로 태어나 2로 살면 안 된다는
99보다는 100이어야 한다는

수는 언제나 객관적 흐름이었다

끝없이 숫자를 복사해내는 시간은

뫼비우스띠를 그녀의 발목에 채우고

한사코 채찍질을 하고 있다

봄에 서서

가을 문고리를 붙잡고 있는 그녀

마지막 번호는 꿈꿀 수 있을까

'수數'란 어떤 사물의 숫자나 그 양의 크기를 말하지만, 수학에서는 자연수, 정수, 분수, 유리수, 실수, 허수 등을 가리키는 말이라고 할 수가 있다. 우리 인간들의 문법에서는 하나의 사물을 나타내는 단수일 수도 있고, 둘 이상의 사물을 나타내는 복수일 수도 있다.

인류의 역사상 가장 위대한 발명품이 문자라고 할 수가 있지만, 아라비아숫자와 인도인이 발명해낸 '0'의 숫자는 문자의 역사상 가장 중요하고 위대한 대전환, 즉, '인식의 혁명'을 가져왔다고 할 수가 있다. 아는 것은 계산하는 것이고, 계산하는 것은 세계를 정복하는 것이다. 주판알을 튕기며 덧셈과 뺄셈을 하던 시대와 곱셈과 나눗셈을 하던 시대가 다르고, 인간의 두뇌로 수많은 문제들과 방정식을 풀던 시대와 컴퓨터와 인공지능을 통하여 대수학과 기하학과 미적분학의 수많은 문제들을 풀던 시대가 다르다. 모든 문명은 숫자 위에 세워진 것이며, 이 계산하는 능력에 따라서 고대와 근대와 현대와, 그리고 탈현대를 설명할 수도 있고, 그 순서는 숫자의 역사처럼 단계적이라고 할 수가 있다.

인간은 사유하는, 또는 계산하는 동물인 만큼, 백승자 시인의 말대로, 우리 인간들은 숫자에 묶여 있다고 할 수가 있다. 숫자는 지문이고 덫이고, 숫자는 암흑(늪)이고 운명이다. 누구나 다같이 숫자에 묶여 있는 것이고, 이 숫자의 운명에서 "지문 번호를 고르는 건/ 앵글에서의 소멸을 자초하는 일"일 뿐이라고 할 수가 있다. 애초부터 자유와 선택권을 박탈당한 피사체에 지나지 않았고, "태어나자마자 거미줄 같은 숫자에 갇혀/ 반항을 모르는 포로가 되었"던 것이다. "1등이 아니면 안 된다는" 일등주의의 늪, "1로 태어나 2로 살면 안 된다는" 고정관념과 편견의 늪, "99보다는 100이어야 한다는" 만점주의의 늪, 뉴턴과 아인시타인과도 같은 천재가 되어야 한다는 천재교육의 늪, 지구촌을 벗어나 빛보다 더 빠른 속도로 우주를 정복해야 한다는 탐욕의 늪 등―. 10진법, 2진법, 빅데이터에 의한 인공지능의 판단과 계산법은 늘, 항상 객관적이고 정확했지만, 그러나 "끝없이 숫자를 복사해내는 시간은/ 뫼비우스띠를 그녀의 발목에 채우고/ 한사코 채찍질을" 해대고 있는 고문과도 같았던 것이다.

뫼비우스띠―. 안과 밖이 구분이 안 되고, 출구와 입구가 구분이 안 되는 뫼비우스띠, 선인지 악인지 구분이 안 되고, 잘 사는 것인지 못 사는 것인지 구분이 안 되는 뫼비우스띠―. 백승자 시인의 「수數, 덫」은 뫼비우스띠이고, 암흑 속의 늪이며, 또한, 그녀의 「수數, 덫」은 무한경쟁의 삶이자 엉망진창의 신호탄이라고 할 수가 있다.

인간은 계산하는 동물이고, 수억 만 분의 일과 수천 억 광년까지의 거리와 그 도착시간까지도 계산해내고, 따라서 천문학적인 부를 축적할 수도 있지만, 그러나 가장 중요하고 크나큰 오류는 그 숫자의 늪에 빠져 어디로 가고 있는지도 모른다는 것이다. 숫자는 탐욕을 위한 간계의 산물, 그 모든 것을 적과 동지, 또는 선과 악으로 나누지만, 그러나 어느 누구도 정의의 수호신이 될 수 없는 '악마의 선물'이라고도 할 수가 있을 것이다. 만일, 숫자가 메피스토펠레스와도 같은 악마의 선물이라면, 그렇다면 그것은 '악마'를 '천사'라고 부르지 않은 것에 대한 복수이며, 전체 인류를 멸망시키려는 독극물이라고도 할 수가 있을 것이다. 10진법과 2진법, 또는 컴퓨터와 인공지능으로 숫자를 세고, 또 세도 "봄에 서서/ 가을 문고리를 붙잡고 있는 그녀"에게는 그 어떤 행복도 찾아오지를 않는다.

숫자란 미래의 희망이며 행복을 가져다가 주는 복음과도 같았지만, 그러나 우리 인간들은 태어나자마자 거미줄 같은 숫자에 갇혀 반항을 모르는 포로가 되었던 것이다. '스페이스 X'를 타고 가든, '블루 오리진'을 타고 가든, 큰곰자리이든, 백조자리이든, 그 어느 은하계의 무릉도원이든지간에, 우리 인간들은 숫자라는 덫에 빠져 헤어나올 수가 없다는 것이 백승자 시인의 전언인 것이다. 잘 계산하는 것은 불행에 불행을 더 하는 것이고, 불행에 불행을 더 하는 것은 숫자에 중독되는 것이다. 일등, 만점, 뉴턴, 아인시타인, 억만장자 등도 중독성의 독약에 해당되고, 국민소득, 상류사회, 선진국민, 세계챔피언 등도 중독성의 독약에 해당된다.

숫자는 늪이고 마약(독약)이고, 이 숫자놀음은 백승자 시인의 「수數, 덫」처럼, 역사의 종말이자 인간멸종의 신호탄이라고 할 수가 있다. 백승자 시인의 「수數, 덫」은 대단히 지적이고 뛰어난 시이며, 인문학적 차원에서 '수數'가 '덫'이라는 것을 고발하고 있는 시라고 할 수가 있다.

아는 것은 병이고, 계산하는 것은 숫자의 덫에 빠져드는 것이다.

4부

오 은 조용미 정영선 우재호
이정화 정영선 김명숙 정해영
나태주 이하석 이병연 허이서
조옥엽 탁경자 장정순

오 은

지는 싸움

싸우기도 전에 질 것을 안다
숨을 데도
도망칠 데도 없다

상대는 나를 단번에 쓰러뜨릴 것이다

믿음은 확신으로 뿌리내리고
불안은 공포로 확산된다

질 것을 알면서도
문을 열고
창 앞에 선다
창 안으로
후려치듯 들이치는 것이 있다

흐드러지고

지고

사라지고

눈을 감았다 뜨면 국면이 달라져 있다

불리한 쪽에서 불합리한 쪽으로

불합리한 쪽에서 불가능한 쪽으로

비바람이 불어

창이 없어질 때까지

바람비가 내려

창이 없어졌음을 깨달을 때까지

이미 졌는데도

창밖에서는

싸움이 그치지 않는다

이 세상에서 가장 고귀하고 위대한 꿈을 꾸고 있는 사람은 한 사람의 동지보다도 더욱더 강력한 적이 필요할 것이다. 왜냐하면 동지란 기껏해야 조언자일 뿐, 그의 고귀하고 위대한 꿈에 대한 경쟁자가 될 수 없기 때문이다. 끊임없이 새로운 목표와 반대의견을 제시하고, 그의 치명적인 약점을 후벼파는 것은 물론, 수많은 반칙과 살해음모마저도 그의 발전에 무한한 도움을 주고, 그를 더욱더 고귀하고 위대한 사람으로 만들어 줄 것이다. 만일, 그의 적이 셰익스피어이고 호머라면 그 얼마나 자랑스럽고 신나는 일일 것이고, 또한, 그의 적이 소크라테스이고 칸트라면 그 얼마나 자랑스럽고 신나는 일일 것인가? 니체의 말대로 "자기의 적은 자기 행복의 결과"라면 우리 한국인들은 미국과 중국과 일본과 러시아가 있다는 것만으로도 이 세계를 제패할 수 있는 길이 활짝 열려 있는 것이다. 더욱더 강력한 적을 찾아나설수록 더욱더 고귀하고 위대해지고, 그 모든 것이 가능해진다. 따라서 '불가능은 없다'라는 믿음 하나로 이 세상에서 가장 고귀하고 위대한 사상과 이론을 정립하고, 전 인류의 스승의 힘으로 이 세계를 지배하면 되는 것이다.

고귀하고 위대한 사람은 그의 사상과 이론(전략과 전술)으로 싸우지 않고 이기고, 더없이 비천하고 어리석은 사람은 그 어떠한 전략과 전술도 없이 싸우기도 전에 이미 항복을 선언해버린다. 모든 승자와 패자의 차이는 앎의 크기의 차이이고, 따라서 모든 고등교육은 싸우지 않고 이기는 수많은 전략과 전술을 가르치고 있다고 해도 과언이 아니다. 온 천하를 단 하나의 문화제국으로 통일하고 전쟁이 없는 나라를 꿈꾸었던 알렉산더 대왕과 나폴레옹 법전으로 유럽연방을 꿈꾸었던 나폴레옹 황제는 인류의 역사상 가장 고귀하고 위대한 꿈을 꾸었다고 할 수가 있다.

헤라클레이토스가 '투쟁은 만물의 아버지이다'라고 역설한 바가 있듯이, 승자는 언어의 소유권을 장악하고 모든 말을 다할 수가 있지만, 패자는 언어의 소유권을 다 빼앗기고 그 어떠한 말대답도 할 수가 없게 된다. 오은 시인의 「지는 싸움」은 싸우기도 전에 이미 패배한 자의 넋두리이며, 그 불안한 심리를 묘사한 시라고 할 수가 있다. 패자

는 언어의 소유권을 다 빼앗기고 말할 권리마저도 없다는
점에서 그의 말은 신세한탄의 넋두리이고, 말이 되지 못한
입속말이라고 할 수가 있다. 도덕적으로는 정의롭고 선량
한 입장에 있지만, 그러나 그 입장과는 다르게 불리한 쪽
에 있으면 불합리한 것이 되고, 이론과 논리상으로는 옳지
만 한번 불합리한 쪽으로 몰리게 되면 그는 불가능한 싸움
을 싸울 수밖에 없게 된다. "싸우기도 전에 질 것을 안다"
는 것은 힘과 힘의 싸움에서 싸움 자체가 안 된다는 것을
뜻하고, 이미 패배가 예정된 사람은 "숨을 데도/ 도망칠 데
도 없"게 된다.

　앎의 투쟁에 있어서 전략이란 그 싸움을 전반적으로 이
끌어 나가는 방법을 말하고, 다른 한편, 전술이란 그 싸움
에서 사용되는 기술과 방법을 말한다. 사상과 이론의 정립
을 둘러싼 싸움은 전략에 해당되고, 사상과 이론의 장점과
약점을 파헤치며 싸우는 방법은 전술에 해당된다. 사상과
이론을 정립하지 못하고 전략과 전술이 없는 어중이떠중
이들은 이미 싸우기도 전에 "상대는 나를 단번에 쓰러뜨릴
것"을 알고, 그 "믿음은 확신으로 뿌리내리고/ 불안은 공포
로 확산"되는 '죽을맛'을 경험하게 될 것이다.

　그는 질 것을 알면서도 문을 열고, 사는 것이 죽는 것보

다도 못하다는 생각을 하게 될 것이다. "비바람이 불어/ 창이 없어질 때까지" "흐드러지고/ 지고/ 사라지고" "이미 졌는데도/ 창밖에서는/ 싸움이 그치지 않는다"는 사실을 깨닫게 될 것이다. 모든 싸움은 사생결단식의 싸움이며, 무조건 이겨놓고 그 다음의 문제를 해결해 나가지 않으면 안 된다. 투쟁이 만물의 아버지이듯이, 싸움에서 진 자는 말대답 한번 못하고 그 모든 것을 다 잃고 노예민족의 삶을 살게 될 것이고, 그는 '생명 있는 도구'로서 1회용 소모품 같은 운명을 벗어날 수가 없게 된다.

오은 시인의 「지는 싸움」은 앎의 투쟁에서 패배한 자의 싸움이며, 그 어떤 전략과 전술도 없는 자의 넋두리라고 할 수가 있다. 승리보다는 패배를 선택하고, 명예보다는 굴욕을 선택할 사람은 없겠지만, 그러나 그것은 어디까지나 이론상의 논리이고, 싸우기도 전에 이미 자포자기와 노예의 삶을 선택한 사람들이 있는 것이다.

싸움 중의 싸움은 사상과 이론의 정립, 즉, 전 인류의 스승의 지위를 둘러싼 싸움이고, 이 싸움이 가장 아름답고 장엄하며 전체 인류의 역사를 이끌고 나가게 된다. 세계정복을 둘러싸고 싸우는 강대국의 싸움들이 그렇듯이, 이 전 인류의 스승들의 싸움에는 영원한 승자도 없고, 영원한 패

자도 없으며, 상호 적대적이고 상호 경쟁적인 그 싸움을
통해서 최고급의 명예와 영광을 주고 받게 된다.

이 세상에서 가장 더럽고 추악한 싸움이 있는데, 첫 번
째는 '너 죽고 나 살자'라는 식의 싸움이고, 두 번째는 '너
죽고 나 죽자'라는 식의 싸움이라고 할 수가 있다. 첫 번째
의 싸움은 부모형제와 모두가 다 죽더라도 나 하나만은 살
아 남아야 한다는 유아론적인 승자독식구조의 싸움이고,
두 번째 싸움은 그 어떤 도덕과 윤리를 떠나서 '생사불명의
진흙탕 싸움'이라고 할 수가 있다.

오늘날 디지털 자본주의 싸움은 '승자독식구조의 싸움'
이면서도 '진흙탕 싸움'이라고 할 수가 있다. 너도 없고 나
도 없으며, 모두가 다같이 적이며, 이 '만인 대 만인의 진흙
탕 싸움'은 '너 죽고 나 죽자'라는 식의 싸움이고, 인간이기
를 포기한 자들의 싸움이라고 할 수가 있다.

모든 스포츠(오락) 중에서 바둑이 가장 지적이고 정신
적인 스포츠이며, 바둑판처럼 전략과 전술이 너무나도 즐
겁고 기쁘게 펼쳐지는 곳도 없다. 하지만, 그러나 이제 바
둑판을 지배하는 것은 인공지능이고, 모든 세계챔피언들

은 날이면 날마다 인공지능에게 전략과 전술을 묻고 그 대리전쟁을 수행해 나간다. 인공지능은 바둑판을 지배하는 전제군주가 되었고, 바둑기사나 해설자마저도 아무런 양심의 가책도 없이 인공지능 앞에서 '차렷자세'를 취하고 그 충성경쟁을 해나간다.

돈은 인공지능의 정신이 되었고, 인공지능은 돈의 육체가 되었다. 우리 자본가들마저도 돈(인공지능)을 위해 살고 돈을 위해 죽으며, 돈을 위해 사생결단식의 전투를 벌여 나간다.

우리 자본가들이 하루바삐 인공지능에게 이렇게 물어봤으면 좋겠다.

지구촌의 적정 인구는 얼마이고, 한 60억 명쯤 살처분하면 이 지구촌은 살기 좋은 지상낙원이 될 수 있겠는가?

'인간 70 수명제'를 실시하면 '저출산 고령화 현상'을 극복하고, 지구촌의 가장 더럽고 추한 혐오시설인 요양원과 요양병원을 대청소할 수가 있겠는가?

앞으로 모든 진료와 처방은 인공지능이 맡아하고, 모든 재판과 판결마저도 인공지능이 담당하면 더욱더 공정하고 맑은 사회가 되지 않겠는가?

돈과 인공지능이 우리 인간들의 구세주이지, 예수와 부

처 따위는 돈과 인공지능의 충복에 지나지 않는다.

조 용 미
작약을 보러간다

먼 산 작약
산작약

옆 작약
백작약

저수령 넘어 은풍골로 작약을 보러간다

당신 없이,

백자인을 먹으면 흰 머리가
다시
검어진다

잠을 잘 수 있다

백자인을 먹으면 다시 나의 자리로
돌아간다

측백나무의 씨
운석 같은 열매 속에는

백자인 여섯 알이
가만히
들어있다

저수령 넘어 은풍골로 작약을 보러간다

백자인은 측백나무의 씨앗이고, 이 백자인은 탈모와 불면증 치료는 물론, 변비 등에도 좋다고 한다. 이에 반하여, 작약은 작약과에 속하는 관속식물이며, 어린 잎은 식용으로, 뿌리는 한방 약제로 사용되지만, 그 꽃은 천하제일의 아름다움으로 모든 화원을 장악하고 있다고 할 수가 있다.

조용미 시인의 「작약을 보러간다」는 일종의 언어 유희이며, '꽃놀이' 가는 사람의 콧노래라고 할 수가 있다. 더없이 간결하고 경쾌한 언어와 군더더기가 하나도 없는 시구로, "먼 산 작약/ 산작약// 옆 작약/ 백작약// 저수령 넘어 은풍골로 작약을 보러간다"라고 콧노래를 부르고 있지만, 그러나 시적 주제는 "당신 없이// 백자인을 먹으면 흰 머리가/ 다시/ 검어진다// 잠을 잘 수 있다"라는 시구에서처럼, 백자인을 먹고 불면증을 치료하고 다시 건강해지는 것이라고 할 수가 있다.

조용미 시인의 「작약을 보러간다」의 시적 주인공은 작

약으로 보이지만, 그러나 진정한 주인공은 작약이 아니라 측백나무의 씨앗인 백자인이라고 할 수가 있다. "백자인을 먹으면 다시 나의 자리로/ 돌아간다// 측백나무의 씨/ 운석 같은 열매 속에는// 백자인 여섯 알이/ 가만히/ 들어 있다"라는 시구가 그것을 말해준다. "저수령 넘어 은풍골로 작약을 보러간다"라는 '꽃놀이의 목적'은 어디까지나 표면적인 이유이고, 그 진짜 목적은 백자인을 먹고 불면증을 치료하고 '흰 머리'를 '검은 머리'로 만드는 것이라고 할 수가 있다.

'꽃 중의 꽃'인 작약을 보러간다는 것은 만인들의 부러움과 찬양의 대상이 되지만, 측백나무 씨앗인 백자인을 먹고 불면증을 치료하고 흰 머리를 검은 머리로 만들겠다는 생각은 일종의 측은지심惻隱之心과 노추老醜의 불쾌함을 자아낼 수도 있다. 그러니까 "먼 산 작약/ 산작약// 옆 작약/ 백작약// 저수령 넘어 은풍골로 작약을 보러간다"는 것은 일종의 능청이지만, 그러나 이 능청은 그 의뭉스러움과 속임수보다는 더없이 맑고 환한 웃음을 유발시킨다는 점에서 진정한 언어의 유희에 속한다고 할 수가 있다. 왜냐하면 "저수령 넘어 은풍골로 작약을 보러간다"라고 그처럼 맑고 환하게 콧노래를 부르고 있으면서도, 백자인을 먹고 질병을 치료하겠다는 목적을 숨기지 않고 있기 때문이다.

저수령은 충북 단양에 있는 백두대간의 고갯마루이고, 은풍골은 그 저수령 아래 있는 경북 예천군의 마을 이름일는지도 모른다. 저수령 넘어의 은풍골은 산 작약과 백작약으로 유명한 마을이면서도 측백나무 씨앗인 백자인을 구해 먹을 수 있는 곳인지도 모른다. "당신 없이"의 당신은 시적 화자의 진짜 속앓이의 대상일 수도 있고, 불면증의 원인 제공자일 수도 있다. 하지만, 그러나 당신은 부재 중이고, 당신이 없는데도 백자인을 먹으면 잠을 잘 잘 수도 있고, 그 옛날의 건강한 '나'로 돌아갈 수도 있다.

조용미 시인의 「작약을 보러간다」의 진짜 주인공이 '백자인'이 아니라 '작약'이라면 백자인을 먹고 불면증을 치료하고 흰 머리를 검은 머리로 만들어, '꽃 중의 꽃'인 작약을 보러간다고 이해하고 설명할 수도 있을 것이다. 만일, 그렇다면 그의 콧노래는 진짜 오페라의 주연배우의 노래이며, 조용미 시인은 '꽃 중의 꽃'인 작약으로 새로운 삶을 살게 되는 것이다.

모든 시는 마음의 병이든지, 육체의 병이든지, 질병의 치료가 그 목적이며, 모든 노래는 새로운 삶, 즉, '꽃 중의 꽃의 노래'라고 할 수가 있다.

꽃은 아름답고 화려하고, 그 중독성이 강하다. 이 마약과도 같은 중독성은 힘의 충만함과 그 상승의 느낌으로 모든 시인들을 왕비(왕자)로 만들어준다.

'꽃 중의 꽃인 작약ㅡ. 조용미 시인의 왕관이자 가장 이상적인 꿈의 현실화라고 할 수가 있다.

정 영 선
빨래

슬픔이 탈수된 난닝은
시들시들 마른다 방안 건조대에서
햇빛 없이
바람 없이
꿈 없이

홍콩 뒷골목 아파트
수건, 팬티가 창밖 내민 긴 막대에 매달려
아슬아슬 곡예한다
바람이 흔들고
햇빛이 잡아주고
먼지가 매만지고
에너지가 넘친다

키르키스탄 벌판, 유르트에

둘러진 밧줄에
꽁꽁 찡겨 있는
헌 내복
눈발에 적셔지다
낡은 햇살에 꾸들꾸들 말려지다
문명의 강풍이 데려가지 못하는
문명 무풍지대

조국이 씌운
난민의 운명 같은 거

순수예술, 즉, '예술을 위한 예술'을 주창하는 시인은 자유인이며, 그는 도덕적 실천이나 정치적 목적에 봉사하는 것을 거부하는 반사회적인 인물이라고 할 수가 있다. 그의 삶의 목표는 붓 가는 대로이고, 그의 도덕적 실천도 그의 양심대로이고, 그의 정치적 성향도 그때 그때 판단하고 선택할 사항일 뿐, 그는 그 어느 당파에도 소속되어 있지 않다. 무목표와 무의지와 무책임은 그의 자유의 실천의 '삼대 지주'이며, 그의 시는 자유로운 개인의 아름다운 정신만을 보여주고자 한다.

이에 반하여, 참여예술을 중요시하는 시인은 정치적 목적과 도덕적 실천을 중요시하고, 개인의 자유를 주창하는 시인을 반사회적인 자로 낙인을 찍어버린다. 그는 자기 자신보다는 이웃을, 개인의 자유보다는 동지애를 더욱더 중요시하고, 너무나도 분명한 목표와 그 신념을 향하여 모두가 다 함께 참여할 것을 강요한다. 정치적 목적이든, 경제적 목적이든, 종교적 목적이든지간에, 만인은 평등하다는 믿음 하나로 그 더없이 맑고 성스러운 길을 걸어가고자 한다.

하지만, 그러나 하나의 목표와 하나의 의지와 그 도덕적 실천이 경직되면 '우리와 함께 하지 않으면 모두가 적이다'라는 스탈린과 레닌식의 전체주의를 지향하게 된다. 타인의 자유와 개성을 제멋대로 억압하고, 이미 싸늘하게 죽어버린 그 사상과 이념을 위하여 맹목적인 희생을 강요하게 된다. 지옥으로 가는 길은 선의로 포장되어 있고, 공산주의 국가를 건설하고도 그 혁명의 과업은 좀처럼 이루어지지도 않는다.

예술은 순수예술만을 위한 것도 아니고, 사회적 실천만을 위한 것도 아니다. 예술은 때때로 개인의 자유와 꿈이 마음껏 펼쳐보이는 이상세계를 제시하고, 이 이상세계에 빠져드는 황홀함을 선사한다. 예술은 또한, 너와 내가 손에 손을 맞잡고 독재자와 악덕 자본가와 종교적 성직자들을 타도하며, 우리 모두가 다같이 잘 살 수 있는 이상세계를 사회적 실천의 황홀함으로 선사한다. 아름다움은 무오류성의 순수미이며, 이 무오류성의 순수미에서는 자아를 망각한 황홀함이 샘솟아 나온다. 순수예술이든, 참여예술이든, 그 궁극적인 목표는 이상세계이며, 우리 모두가 다같이 행복하게 살 수 있는 이상세계를 제시할 때만이 시적 아름다움을 획득하게 된다. 브라만, 석가, 마호메트, 예수, 공자, 맹자, 플라톤, 칸트, 이태백, 김소월, 호머, 셰익스피어 등처럼 사상과 이론을 정립한 사람들만이 전 인류의 스승이 될 수가 있듯이, 순수예술을 선호하든, 참여예술을 선호하든지 간에, 그 목적은 다 똑같은 것이다. 모든 시와 모든 예술은 아름다운 세계를 창조하고, 그 아름다운 세계에 빠져들게 하고 있지 않은가? 모든 시인들은 모두가 다같이 몸과 마음을 정결히 하고 그 모든 더럽고 추한 것을 질타하고 끊임없이 새로운 인간으로 태어나기를 가르치고 있지 않은가? 언제, 어느 때나 더없이 거룩하고 성실한 자의 편에 서서 그의 지친 어깨를 두드려주고, 그 어떠한 장애물과 사악한 인간들과도 싸울 수 있도록 무한한 용기와 가르침을 북돋아 주지 않던가? 모든 시인은 전 인류의 스승이며, 그의 지혜는 무오류성의 아름다움이 되고, 이 아름다운 향기가 천리, 만리 퍼져나간다. 시는 사상의 꽃이고, 사상의 꽃은 시의 열매이다. 아름다움은 꽃이고, 꿀이고, 황홀함이며, 이 황홀함만 있으면 모든 고통을 다 잊고, 그 어떤 적과도 싸울 수 있는 천하무적의 용사가 될 수 있다. 진정한 시인은 비겁하게 사는 것을 모르고, 무릎 꿇을 지를 모르고, 명예와 생명을 하나처럼 생각한다.

정영선 시인의 「빨래」는 순수예술과 참여예술, 즉, 칸트적 의미에서 취미판단과 도덕판단의 경계에 걸쳐 있는 것도 아니고, 그 경계를 넘나들며 최종적으로 순수예술의 아름다움을 보여주고 있다고 할 수가 있다. 하지만, 그러나 그의 자유는 무목표와 무의지와 무책임으로 일관하지 않고 있는데, 왜냐하면 동서양을 넘나드는 '빨래의 역사'를 통해서 "조국이 씌운/ 난민의 운명 같은 거"를 아주 자연스럽게 보여주고 있기 때문이다. "조국이 씌운/ 난민의 운명"은 세계적이고 보편적인 사회적 하층민들의 운명이며, 제 아무리 더럽고 추한 때를 깨끗이 씻어도 그 "문명의 무풍지대"에서는 또다시 그 더럽고 추한 슬픔의 때가 끼기 마련인 것이다.

"슬픔이 탈수된 난닝은/ 시들시들 마른다 방안 건조대에서/ 햇빛 없이/ 바람 없이/ 꿈 없이"는 한국의 사회적 하층민들의 빨래에 맞닿아 있고, "홍콩 뒷골목 아파트/ 수건, 팬티가 창밖 내민 긴 막대에 매달려/ 아슬아슬 곡예한다/ 바람이 흔들고/ 햇빛이 잡아주고/ 먼지가 매만지고/ 에너지가 넘친다"는 홍콩의 사회적 하층민들의 빨래에, 그리고, "키르키스탄 벌판, 유르트에/ 둘러진 밧줄에/ 꽁꽁 찡겨 있는/ 헌 내복/ 눈발에 적셔지다/ 낡은 햇살에 꾸들꾸들 말려지다/ 문명의 강풍이 데려가지 못하는/ 문명 무풍지대"는 키르키스탄의 사회적 하층민들의 빨래에 맞닿아 있다. 만일, 그렇다면 정영선 시인은 이 「빨래」를 통해서 무엇을 보여주려고 했단 말인가? 한국, 홍콩, 키르키스탄 등, 사회적 하층민들에게는 국경도 없고, 계급도 없다. 돈도 없고, 명예도 없고, 권력도 없다. 그들의 경제적 토대는 가난이고, 그들은 모두가 똑같이 "문명의 무풍지대"에서 "조국이 씌운/ 난민의 운명"처럼 살아간다. 사회적 하층민들은 모두가 다같이 한 형제이며, 슬픔을 빨고 또 빨아도, 그 마른 빨래에는 오직 슬픔만이 땀과 눈물처럼 배어든다.

  정영선 시인의 「빨래」는 사회적 하층민들의 역사이며, 이 사회적 하층민들의 역사는 세계적이고 보편적인 것이라고 할 수가 있다. 만일, 그렇다면 우리는 이 사회적 하층민들을 문명의 무풍지대에서 구원하고, 그들로 하여금 인간다운 행복을 영위하게 할 수가 있단 말인가? "만국의 노동자여, 단결하라!"고 마르크스처럼 공산주의를 외친다고 해서 문명의 무풍지대, 즉, "조국이 씌운/ 난민의 운명"을 벗어날 수가 있단 말인가? 슬픔이 빠져나간 난닝이 시들시들 마르고, 수건과 팬티가 창밖 긴 막대에 매달려 아슬아슬하게 곡예를 하고, 키르키스탄 벌판, 유르트에 꽁꽁 찡겨있는 헌 내복이 눈발에 적셔지다 낡은 햇살에 꾸들꾸들 말라간다. 자유도 없고, 만인평등도 없다. 이상적인 천국도 없고, 공산국가도 없다. 요컨대 너무나도 터무니없고 공허한 사상과 이념으로 가난하고 헐벗고 굶주린 사회적 하층민들을 선동하기보다는 이처럼 슬픔이 빠져나간 「빨래」를 보여줌으로써 우리들의 마비된 의식을 일깨우고, 그 탐욕을 제거해주는 것이 모든 시학의 근본원리이며, 모든 시인의 사명과 의무라고 할 수가 있는 것이다.

슬픔이 빠져나간 빨래, 더럽고 추한 때를 씻고, 또 씻어도 그들의 땀과 눈물처럼 또다시 슬픔이 배어들 빨래—. 정영선 시인의 이 「빨래」의 아름다움이 우리 인간들의 마음을 사로잡고 영원한 이상세계로 인도해가고 있다고 하지 않을 수가 없다.

정영선 시인은 시를 위해 자기 자신의 온몸의 열정을 불태우고, 그 아름다운 「빨래」를 인간화시켜 모든 인간들을 행복하게 한다.

우 재 호
플라스틱 수프

매년 바다 버려진 1천 3백여만 톤 플라스틱

해류 따라 흘러 태평양 한가운데

한반도 일곱 배 쓰레기 왕국 만들었다

합성수지 플라스틱 발명한 19세기에

세계가 플라스틱 뒤덮일 것

예상했을까?

플라스틱 부서지고 녹아

바다가 플라스틱 수프 되었다

제주 남방큰돌고래 비닐봉지 지느러미에 감고

폐비닐과 놀던 어린 돌고래

쓰레기에 휘감기거나

몸이 껴 움직이지 못하고

그물에 걸린 해양 동물 뱃속엔 플라스틱 쓰레기 잔뜩 쌓

여있다

지난 48년간 해수 온도 오른 한국 바다

세계 평균 두 배 이상 급격하게 뜨거워졌다

플라스틱 만드는 과정 이산화탄소 배출

지구온난화 부채질하고

소비된 플라스틱 바다로 버려지는 악순환 반복

죽은 새끼 대왕고래에서 맹독성 화학물질 검출되었다

플라스틱 쓰레기

지구온난화

맹독성 폐기물

후쿠시마 원전 오염수

모든 생명 직접 위협

세상은 비명 내지르는데

귀 막고 눈 막은 인간들 종말 향해

끝없이 내달리고 있다.

모든 생명체들이 다 죽고 지구촌이 대폭발을 한다면 나는 정장을 입고, 다이아몬드 목걸이와 다이아몬드 팔찌와 다이아몬드 반지를 끼고, 몇몇 화장품들과 세계적인 명품 제품들을 챙겨들고, 일론 머스크의 '스페이스 X'나 제프 베조스의 '블루 오리진'을 타고 우주식민지로 떠나갈 것이다. 나는 호화사치라는 말도 모르고, 나는 탐욕과 탐식이라는 말도 모르며, 나는 단지 더 많은 재산을 좋아하고 하루를 살다가 가더라도 아름답고 우아하게 살다가 가고 싶을 뿐인 것이다. 자본주의 사회의 최고급의 우등생들은 모두가 다같이 대사기꾼이자 호색한이고, 그들은 그 무슨 말을 해도 거짓말밖에는 못한다. 따라서, '나는 호화사치를 즐긴다, 고로 존재한다'가 그들의 존재론이자 행복론이라고 할 수가 있다.

　　지구촌은 곧 침몰할 난파선과도 같고, 그 징후들은 이미 100여 년 전부터 곳곳에 나타나고 있었다고 할 수가 있다.

살인적인 불볕더위와 살인적인 북극한파, 대홍수와 오랜 가뭄, 엘리뇨와 라니냐 등의 이상기후와 인구의 증가, 그리고 조류독감과 광우병과 코로나와도 같은 세계적인 대유행병과 이제까지 전혀 경험해 보지도 못한 고령화로 인한 자연환경의 파괴가 바로 그것을 말해준다. "죽은 새끼 대왕고래에서 맹독성 화학물질 검출되었다/ 플라스틱 쓰레기/ 지구온난화/ 맹독성 폐기물/ 후쿠시마 원전 오염수/ 모든 생명 직접 위협/ 세상은 비명 내지르는데/ 귀 막고 눈막은 인간들 종말 향해/ 끝없이 내달리고 있다"라고 우재호 시인이 그의 「플라스틱 수프」에서 고발을 하고 있을지라도, 우리 자본주의 사회의 우등생들은 조금도 신경을 쓰지 않는다. 왜냐하면 일론 머스크의 '스페이스 X'나 제프 베조스의 '블루 오리진'을 타고 새로운 우주식민지로 갈 수가 있기 때문일 것이다.

자본주의 사회는 공동체 사회와는 전혀 관계가 없는 반사회적인 사회이며, 자본주의 사회의 우등생들은 소수지배원칙의 불평등을 이 세상의 근본법칙으로 삼는다. 지구촌이 대폭발하고 곧 침몰할 난파선과도 같지만, 그들은 하늘이 무너져 내려도 더 많은 재산과 호화사치를 포기하지 못한다. 곧 총살을 당하고 바다에 빠져 죽을지라도 명품

옷과 명품가방을 메고 죽을 것이며, 시베리아 벌판이나 남극의 얼음바다로 유배를 간다고 하더라도 수억 원짜리 비키니와 금장식의 팬티를 몇 벌쯤은 여유 있게 가져갈 것이다. 매년, 해마다 1천 3백여만 톤의 플라스틱 쓰레기가 버려지고 한반도의 일곱 배 '쓰레기 왕국'이 생겨나는 것도 모르는 일이고, 제주 남방큰돌고래와 수많은 해양동물들의 뱃속에서 플라스틱 쓰레기가 나오는 것도 모르는 일이다. 다이아몬드와 온갖 금은보석들이 그 얼마나 자연을 파괴하는 것인지도 모르는 일이고, 석유의 생산과 온갖 화장품과 의약품의 생산이 그 얼마나 자연을 파괴하는 것인지도 모르는 일이다.

우리 인간들은 천하제일의 대악당들이며, '인문주의'라는 이름으로 만물의 터전인 자연을 다 파헤치고 온갖 고문과 악랄한 짓을 다한다. 피고름을 쥐어짜듯 석유와 천연가스를 뽑아 쓰고, 산해진미의 음식을 먹고 태평가를 부르듯이 온갖 천연자원을 다 빨아먹는다. 자동차, 비행기, 우주선, 스마트폰, 인공지능 등은 자연 자체의 삶과는 아무런 관계도 없고, 샤넬, 루이비통, 페레가모, 구찌와 온갖 사치품들은 생활필수품도 아니며, 호랑이와 사자와 곰들조차도 좋아하지를 않는다. 비아그라와 아스피린과 스트렙토

마이신과 알부민과 대마초와 마약과 술 등은 개와 돼지들도 좋아하지 않으며, 온갖 벌과 나비들도 다 싫어한다. 자연의 생필품이 아닌 호화사치품을 좋아하는 대악당들은 우리 인간들밖에는 없으며, 이 세상에서 우리 인간들만큼 크게 어리석고 못난 동물도 없다.

모두가 다 죽는 죽음이 두려워 불로장생을 꿈꾸고, 그 결과, 만물의 터전인 자연을 요양원과 요양병원의 천국으로 만들어 놓는다. 변태성욕을 위하여 비아그라를 만들고, 수많은 애인들과 방탕한 생활을 위해 최고급의 호텔을 건설하고, 지구촌을 대폭발시키고 도망가기 위해 우주선을 만든다.

우재호 시인의 「플라스틱 수프」는 이 세상에서 가장 사악한 우리 인간들이 배설해낸 오물이며, 이처럼 더럽고 추악한 인간들을 위해 곧 최후의 심판이 내려질 것이다. 우리 인간들은 이 세상에서 가장 어리석은 악마이며, 우리 인간들의 인문주의는 만악의 근원인 탐욕의 산물일 뿐인 것이다.

만물의 영장들의 사상과 이론인 인문주의는 자연파괴의 주범이자 지구촌 대폭발의 원동력이라고 할 수가 있다.

오오, 이 못난 바보들아! 과연 만물의 공동터전인 지구

촌을 폭발시키고 머나먼 우주식민지로 도망갈 수 있다고

믿고 있단 말이냐!

이 정 화

물의 집

물의 집이 어디에 있는지 아무도 아는 이가 없다

입에서는 침이라는 이름으로
코에서는 콧물이란 이름으로
눈에서는 눈물이란 이름으로

도깨비처럼 이름 바꿔가며 살아가는
담기는 그릇마다 달라지는 물

물 내리면 숲의 몸부림이 심해지고
물 오르면 푸르름 아우성이 시작되어도
끄떡도 않고
지구를 휘젓고 다니는 물 물 물

지구를 뒤흔들며 괴물도 되었다가 생명수도 되었다가

횡포를 부리는 전지전능한 신神

냄새도 맛도 없이 늘 젖어 있는 물
집앞 골목처럼 낯익지만
시공을 넘나드는 물

뜨거운 여름이나 추운 겨울을 밀어내는 건
미지근한 가을이나 봄이듯
사람이 태어나게 하는 것도 죽게 하는 것도
늘 맛도 냄새도 없는 맹물이다

갈증이 나 물 한 사발 벌컥벌컥 들이킨다

물은 모든 생명이 기원이며, 우리 인간들의 몸의 70%가 물이라고 한다. 이정화 시인의 말대로, "물의 집이 어디에 있는지 아무도 아는 이가 없"지만, 그러나 물은 도처에 있고, 물은 다양한 형태로 존재한다. 안개와 구름의 형태도 있고, 눈과 얼음의 형태도 있다. 수증기와 입김의 형태도 있고, 침과 콧물의 형태도 있다. 눈물과 오줌도 물이고, 젖과 정액도 물이다. 샘과 시냇물도 물이고, 호수와 강도 물이다. 피와 이슬도 물이고, 바다와 석유도 물이다. 물의 형태는 매우 다양하고 물은 영원한 생명수도 되지만, 이 물은 뱀처럼 자기 방어의 독이 될 수도 있고, 이 물의 사용용도에 따라서 치명적인 재앙이 될 수도 있다.

물은 이정화 시인의 표현대로, "도깨비처럼 이름을 바꿔가며" 살고, 그릇에 따라 그 모습이 달라진다. 물이 내리면, 즉, 많은 비가 오면, 숲의 몸부림이 심해지고, 물이 오르면 풀과 나무와 모든 생명들이 꽃을 피우고 열매를 맺게 된다. 이 장엄하고, 이 아름답고, 이 하늘의 재앙과도 같은 기후 변화와 이 세계의 모든 풍경들을 다 연출해내면서도 물은 너무나도 태연하고, 그저 아무 일도 없었다는 듯이 "지구를 휘젓고" 다닌다.

물, 물, 물―. 지구를 뒤흔들며 괴물도 되었다가, 생명수도 되었다가 모든 기적을 창출해내면서도, 단번에, 모든 기적을 도로아미타불의 헛수고처럼 다 파괴해버린다. 물은 창조의 신이자 파괴의 신이고, 이 창조와 파괴, 이 생성과 소멸을 다 움켜쥐고 있는 전지전능한 신이라고 할 수가 있다. "냄새도 맛도 없이 늘 젖어 있는 물", "집앞 골목처럼 낯익지만/ 시공을 넘나드는 물", "뜨거운 여름이나 추운 겨울을 밀어내는 건/ 미지근한 가을이나 봄이듯"이, "사람을 태어나게 하는 것도 죽게 하는 것도" "늘 맛도 냄새도 없는 맹물"이라고 할 수가 있다.

늘, 항상, 변함없이 졸졸졸 솟아나오는 물, 더없이 부드럽고 달콤한 물, 한여름의 불볕 더위를 속 시원하게 식혀주는 물, 수많은 온천지역의 광천수처럼 펄펄펄 끓어오르는 물, 마치 천지창조의 첫날처럼 활화산으로 활활활 타오르는 물, 수많은 바다의 동식물들을 먹여 살려주는 물, 기나긴 가뭄을 해소해주고 젖과 꿀처럼 모든 생명체들을 길러주는 물, 모든 부정부패와 모든 과오들을 다 씻어내듯이 밤낮으로 퍼부어대는 물, 맹물처럼 보이지만 수많은 자양분을 실어 나르며 모든 생명체들을 먹여 살려주는 물─. 이 물은 어디에도 있지만, 그러나 「물의 집」은 아무데도 없다. 아니, 「물의 집」은 아무데도 없지만, 모든 생명체의 몸과 하늘과 땅과 바람과 불속에도 있다고 할 수가 있다.

물은 모든 생명의 기원이며, 지구가 대폭발을 한다고 할지라도 물만은 영원할 것이다. 물은 홍수와 가뭄, 생성과 소멸, 창조와 파괴를 주재하는 신이며, 영원히 그 권능을 잃지 않을 것이다. 물은 끊임없이 솟아나오고, 물은 끊임없이 흘러넘친다. 물은 끊임없이 끓어오르고, 때로는 차가운 공기와 더운 공기로 모든 시간과 날짜와 사계절의 운행마저도 주재한다. 요컨대 물은 눈, 비, 얼음, 서리, 성에, 샘물, 강, 호수, 바다, 안개, 구름, 무지개 등의 천의 얼굴을 가진 변장술의 대가이자 영원한 시인, 또는 천하제일의 명품 주연배우라고 하지 않을 수가 없다. 감히 어느 시인이, 또는 어느 명품배우가 이러한 물의 창조성과 물의 연기력─물의 화장술과 물의 분장술─을 흉내내고 뛰어넘을 수가 있을 것이란 말인가!

사막은 물의 죽음이고, 물이 없으면 어떤 생명체도 살아갈 수가 없다.

영원한 생명수인 물, 우리의 몸, 아니, 모든 생명체는 「물의 집」이고, 이 「물의 집」을 오염시키는 것은 자기 자신을 죽이고, 모든 생명체를 다 죽이는 것이다.

오오, 물이여!

우리들의 몸에 영원히 집을 짓고 사는 물이여!!

정 영 선
활주로

날고 싶어

날 듯이 날 듯이

팔 벌리고 달리던 소년

슈웅 뜬다 뜬다, 못 뜬다 못 뜬다

홈런, 홈런

안타, 안타

탁자를 사이에 두고

글썽이는

깊은 골짜기 새긴 시간의 얼굴

너 만이겠니

새의 기쁨은 날개가 있다는 것이고, 새의 슬픔은 땅에 내려 먹이활동을 하고 둥지를 틀 곳이 없다는 것이다. 우리 인간들은 새의 슬픔을 보지 못하고 무척이나 새를 부러워하지만, 그러나 이 새에 대한 동경이 오늘날의 비행기와 우주왕복선을 만들게 되었다고 할 수가 있다.

꿈은 이루어진다. "날고 싶어// 날 듯이 날 듯이// 팔 벌리고 달리던 소년"—. 하지만, 그러나 소년의 꿈은 결코 이루어지지 않는다. "홈런, 홈런"은 이 세상의 삶의 절정을 뜻하고, "안타, 안타"는 자그만 기쁨과 자그만 기쁨들이 모여 영원한 기쁨으로 흘러넘치는 것을 뜻한다.

정영선 시인의 「활주로」는 꿈을 이루지 못하고 날개가 꺾인 그 옛날의 어린 소년을 더없이 따뜻하고 부드럽게 위로해주고 있는 시라고 할 수가 있다. 그 옛날의 어린 소년은 어느덧 노인이 되었고, 그 옛날의 친구인 시인에게 "탁자를 사이에 두고/ 이류 못한 생을" 눈물로 글썽여 보인다.

인생이란 대부분 다 그런 것이다. 제대로, 이승의 「활주로」를 날아보지도 못하고, "깊은 골짜기 새긴 시간의 얼굴"로 이 세상의 삶을 마감하게 되는 것이다.

김 명 숙

그 여자의 바다

바다가 길을 내어 놓는다.

포구를 떠나간 사내가 돌아오지 않자
바다를 통째로 마시겠다던 그녀
사내를 기다리다 썰물이 되어 나섰다.

바다 끝자락까지 가면 사내가 있을 것 같아
질퍽한 갯벌의 사타구니도 마다하고
수평선을 향해 내닫는다.

바다만 바라보다 섬이 되고팠던 여자
그 사내에게만 치마를 벗고 싶었던 여자,
덕지덕지 바위에 붙어 있는 따개비 같은 상처가
그녀 안에서 구획을 넓혔다.

뚝심 좋은 사내가 미끼를 던져도

아랫입술 질끈 깨물며

애꿎은 손톱만 물어뜯던 날들이

그녀 앞에 쌓여갔다. 깻단에서 깨 쏟아지듯

섬을 떠난 그녀

어부가 된 남자의 바다가 된다.

일찍이 노자는 그의 『도덕경』에서 이렇게 역설한 바가 있다. "상등의 인사는 도를 들으면 힘써서 그것을 실천하고, 중등의 인사는 도를 들으면 반신반의하고, 하등의 인사가 도를 들으면 그것을 크게 조롱한다. 하등의 인사가 조롱하지 않는 도는 도가 아니다."

　　진정한 도(시)의 길은 없지만, 그러나 그 도에 이르는 길은 수천 개도 넘는다. 김명숙 시인의 「그 여자의 바다」는 더없이 순수하고 거룩한 사랑을 통하여 '도의 철학'을 완성한 시이며, "어부가 된 그 남자의 바다가" 됨으로서 만인들의 심금을 울리고 있는 시라고 할 수가 있다.

　　길은 없지만, "포구를 떠나간 사내가 돌아오지 않자" "바다가 길을 내어 놓는다." "바다를 통째로 마시겠다던 그녀"는 그 "사내를 기다리다 썰물이 되어" 나섰고, "바다 끝자락까지 가면 사내가 있을 것 같아/ 질펀한 갯벌의 사타구니도 마다하고/ 수평선을 향해 내닫는다." "바다만 바라보다 섬이 되고팠던 여자/ 그 사내에게만 치마를 벗고 싶었던 여자"는 그 남자에 대한 그 여자의 더없이 순수하고 거룩한 사랑을 뜻하고, "뚝심 좋은 사내가 미끼를 던져도/ 아랫입술 질끈 깨물며/ 애꿎은 손톱만 물어뜯던 날들이/ 그녀 앞에 쌓여갔다. 깻단에서 깨 쏟아지듯"이라는 시구는 그토록 어렵고 힘든 치욕과 인고의 세월을 뜻한다.

뚝심 좋은 사내들의 유혹은 더없이 달콤하고, '도의 길'은 "덕지덕지 바위에 붙어 있는 따개비 같은 상처"처럼 더없이 멀고 험난하다. 하루바삐 자기 짝을 찾고 싶어하는 육체는 뚝심 좋은 사내들의 미끼를 덥석 물고 싶어하지만, '도의 길', 즉, 참된 사랑의 길을 가고 싶은 그녀의 정신은 "아랫입술 질끈 깨물며/ 애꿎은 손톱만 물어뜯"는다. 성욕은 육욕과 자연의 길이고, 참된 사랑은 정신과 '도의 길'이다. 도의 길은 목표가 있는 길이고, 그 목표를 위하여 그 어떤 가시밭길도 마다하지 않을 때, 이 세상에서 가장 아름답고 훌륭한 시가 씌어진다.

대부분의 사람들은 '도의 길'을 헌신짝처럼 내다버리며, "뚝심 좋은 사내들의 미끼를" 덥석 물어버리지만, 그러나 그녀는 만인들의 반대방향에서 그것을 거절한다. 또한, 그녀는 "바다만 바라보다 섬이 되고팠던" 망부석의 한계를 깨닫고, 그 섬을 떠나 "어부가 된 남자의 바다가 된다." "어부가 된 남자의 바다가" 됨으로써 참된 사랑을 이룩한 여자는 '도의 철학'을 완성한 여자이고, "바다만 바라보다 섬이 되고팠던" 여자는 망부석의 한계를 깨닫지 못한 여자이고, 뚝심 좋은 사내들의 미끼를 덥석 물은 여자는 더없이 순수하고 거룩한 사랑을 마음껏 조롱하는 이 세상의 어중이떠중이들에 지나지 않는다.

참된 사랑의 길은 멀고 험하고, 자기 자신의 몸과 마음을 다 바칠 때만이 김명숙 시인의 「그 여자의 바다」는 완성된다. 「그 여자의 바다」는 시의 극치이자 도의 길이고, 예술품 자체가 된 그 여자의 바다라고 할 수가 있다. 그 여자를 떠난 어부를 기다리다 못해 그 남자의 바다가 됨으로써 만인들의 심금을 울리고 하늘을 감동시킨 것이다. 시(도)를 알면 용감해지고, 용감해진 자는 온몸으로, 온몸으로 시를 쓴다.

우리 시인들은 더럽고 때묻은 길을 멀리하고, 기다림으로 지친 망부석(섬)이 되지 말고, 오직 그 사내가 마음껏 살 수 있는 바다가 되지 않으면 안 된다.

참된 사랑의 연인이자 어머니가 되어야 한다는 것, 이것이 김명숙 시인의 '도의 철학', 즉, 「그 여자의 바다」의 시적 승리이기도 한 것이다.

정 해 영

들리지 않는 말

벌어지지 않는
석류처럼
입을 다문 일이 있다

침묵 속에서
하루를 보내본 사람은
안다
열 시와 오후 세 시는
느낌은 비슷하지만
기울어져 있다
해 뜨는 쪽과 해 지는
쪽으로

기다려야 할 것과
서둘러야 할 것을 아는

석류는 아직

입을 벌리질 않는다

천 개의 말을 머금은

속이

붉게 익고 있다

때가 되면

흘러넘칠 말

시간의 표정 따라

소리 없이 색깔이

짙어지고 있다

석류는 키가 5m에서 7m 정도로 자라며, 주홍빛을 띠는 붉은 꽃이 핀다. 석류는 9-10월에 노란색, 또는 노란빛이 도는 붉은색으로 익는데, 열매의 크기는 오렌지만 하고, 부드러운 가죽질의 껍질로 덮여 있다. 열매는 날것으로 먹거나 즙을 만들어 마시며, 열매 껍질에는 수분이 많고 신맛이 있어 갈증을 없애준다. 한방에서는 열매껍질을 말려 구충과 지혈과 수렴 등에 쓰며, 민간에서는 백일해와 천식의 치료제로 사용하기도 한다. 석류에는 많은 씨가 들어 있어 다산의 상징이 되기도 하며, 따라서 혼례용 활옷이나 원삼에는 포도와 함께 석류의 문양이 사용되기도 한다. (다음백과사전 참조)

　'사상의 신전을 짓고 모든 사람을 초대하라'는 나의 「사색인의 십계명」 제4계인데, 왜냐하면 사상은 우리 인간들의 최고급의 지혜이기 때문이다. 소인배는 자나깨나 눈앞의 이익을 생각하지만, 어진 현자, 즉, 사상가는 인류 전체

의 이익을 생각한다. 언제, 어느 때나 인류 전체의 이익을
생각하기 때문에 용감할 수가 있고, 자기 자신의 단 하나
뿐인 목숨을 걸고 '사상의 신전'을 창출해냈기 때문에 모든
사람들을 다 초대할 수가 있다. '나는 신성모독을 범한다,
고로 존재한다'라는 낙천주의자의 제일의 명제처럼, 사상
이란 모든 지식인들의 궁극적인 목표이지만, 그러나 이 '사
상의 신전'은 전체 인류의 것이지, 사적 개인의 소유물이
아니다. 공자와 맹자와 노자와 장자의 사상이 그들의 개인
의 소유물이고, 오직 자본주의적인 방식으로 매번 그 사용
료를 지불해야 한다면 우리들의 마음은 어떠할 것이며, 또
한, 소크라테스와 데카르트와 칸트와 니체의 사상이 그들
의 개인의 소유물이고, 오직 자본주의적인 방식으로 매번
그 사용료를 지불해야 한다면 우리들의 마음은 어떠할 것
일까? 돈은 인간과 인간의 관계를 언제, 어느 때나 적대적
관계로 만들고, 따라서 우리 인간들은 그 사용료를 지불할
때마다 이를 북북 갈며 원한 맺힌 저주감정을 퍼부어댈 것
이다. 사상이란 사상가가 인류 전체에게 바친 최고급의 지
혜인 동시에 천연재화이며, 어느 누가 사용하든지 간에 그
고귀함과 위대한 정신을 생각하며, 전체 인류의 번영과 행
복을 위해 사용하기만 하면 된다.

사상은 말들의 신전이고, 정해영 시인의 「들리지 않는 말」은 '침묵의 말'이며, "천 개의 말을 머금은" 최고급의 석류와도 같다. "열시"는 청운의 푸른 꿈을 안고 고통의 지옥 훈련과정에 참여한 청년과도 같고, "오후 세시"는 모든 것을 다 주고 떠나야 할 초로의 신사와도 같다. 정해영 시인은 붉디 붉은 석류이고, 사상가이며, "기다려야 할 것과/ 서둘러야 할 것을" 알고 있는 것이다. 정해영 시인의 「들리지 않는 말」은 아직도 "천 개의 말을 머금"고 붉게 익고 있는 말이며, 때가 되면 흘러 넘칠 말이다. "시에는 사악한 생각이 하나도 없다"(공자), "도는 가까운 데 있는 그것을 먼 데서 찾는다"(맹자), "철학자는 모든 것을 다 할 수 있다"(탈레스), "국가는 가족이나 개인보다 앞선다"(아리스토텔레스), "내 꿈은 세계 통일이요"(알렉산더 대왕), "모든 역사는 계급투쟁의 역사이다"(마르크스), "인간의 욕망은 성적 욕망이다"(프로이트)라는 최고급의 사상가들의 말처럼—.

만일, 그렇다면 정해영 시인의 「들리지 않는 말」의 침묵을 어떻게 이해하고 해석해야 된단 말인가? 정해영 시인의 「들리지 않는 말」은 열시와 오후 세시, 즉, 청년과 초로의 신사 사이에 있는 시이며, 폭풍전야, 즉, 만개전야의 침묵을 뜻한다. 기다려야 할 것과 서둘러야 할 것을 아는 석류, 아직 꽃을 피우지 않았지만, 때가 되면 천개의 말을 쏟아내고 말들의 꽃을 피워낼 석류—. 따라서 기다려야 할 것은 삶의 정점이고, 서둘러야 할 것은 역사의 무대에서 퇴장하는 것이다. 아름다운 삶과 행복한 삶은 꽃을 피우는 것이고, 아름다운 죽음과 행복한 죽음은 이 세상을 떠나가는 것이다.

시인과 사상가는 함부로 입을 열지 않으며, 그가 입을 열 때에는 만인들의 충고나 기존의 역사와 전통 따위와는 상관없이 자기 자신의 과업과 목적에 따라 너무나도 분명하고 명확하게 말들의 꽃을 피운다. 공자의 꽃 역시도 유교사상의 꽃이었고, 그의 유교사상에는 충효와 인의예지, 이상국가와 학문의 즐거움 등, 모든 말들의 꽃이 다 피어 있고, 플라톤의 꽃 역시도 이상국가의 꽃이었고, 그 이상국가에는 그의 조국애와 민주주의, 철인정치와 천재생산의 교수법 등, 모든 말들의 꽃이 다 피어 있다. 노자의 '무위자연'도 말들의 꽃이고, 니체의 '디오니소스 철학'도 말들의 꽃이다.

정해영 시인의 「들리지 않는 말」은 폭풍전야, 즉, 만개전야의 말들의 꽃이며, "시간의 표정에 따라/ 소리 없이 색깔이/ 짙어지며" 그 꽃들을 피울 준비를 하고 있는 것이다.

　시와 사상은 영양만점의 최고급의 열매이며, 이 시와 사상의 열매처럼 전 인류에게 소중한 양식은 없다. 정해영 시인의 「들리지 않는 말」은 천 개의 말을 머금은 침묵이며, 수많은 벌과 나비들이 찾아올 '말들의 꽃'에 대한 찬가라고 할 수가 있다.

　시는 침묵의 말이고, 이 침묵의 말을 미리부터 듣는 사람은 그 말의 고귀함과 아름다움을 깨닫고, 새로운 말의 꽃밭을 창출해내게 된다.

나 태 주

풀꽃

자세히 보아야 예쁘다

오래 보아야 사랑스럽다

너도 그렇다

나태주 시인의 「풀꽃」은 전 국민의 애송시이며, 우리 한국인들이 가장 좋아하는 시라고 할 수가 있다. "자세히 보아야 예쁘다/ 오래 보아야 사랑스럽다/ 너도 그렇다"라는 단 삼 행의 시에 불과하지만, 나태주 시인의 최고급의 인식의 제전의 성과이며, 특히 마지막 시구인 "너도 그렇다"는 이 「풀꽃」을 「풀꽃」으로 살아 움직이게 하는 원동력이라고 할 수가 있다. '너'는 단순한 '너'가 아니고 무수한 '너'이며, 어느 누구 한 사람도 빠질 수 없는 전체 인류라고 할 수가 있다. 수많은 너는 풀이고, 풀꽃이며, 최고급의 인식의 제전을 통해서, 더욱더 새롭고 새로운 세계를 창출해나갈 '우리들 모두'이기도 한 것이다.

나태주 시인의 「풀꽃」은 너무 흔하디 흔한 존재이지만, 그 흔하디 흔한 만큼 가장 성스러운 존재라고 할 수가 있다. 오랜 가뭄에도 풀은 공부를 하고, 오랜 장마철에도 풀은 공부를 한다. 찬바람이 불고 된서리가 내려도 풀은 공부를 하고, 그 모든 것이 꽁꽁 얼어붙은 한겨울에도 풀은 그 어느 누구보다도 뜨거운 열정으로 공부를 한다.

풀은 공부를 하고, 풀은 꽃을 피운다. 풀은 지혜를 사랑하고, 우리 한국인들도 지혜를 사랑한다. 풀꽃은 지혜의 꽃이고, 이 세상에서 가장 아름답고 성스러운 꽃은 '지혜의 꽃'이라고 할 수가 있다.

나의 영원한 스승인 프리드리히 니체는 그의 『우상의 황혼』에서 이렇게 역설한 바가 있다.

괴테는 내가 존경하는 최후의 독일인이다. (…) 사실 내 글이 내 조국에서보다 더 잘 못 읽히는 곳은 없다. 하지만 따지고 보면 내가 오늘날 읽혀지기만이라도 바라고 있는지 어떻게 아는가? 시간의 이빨에 견뎌내는 것들을 창조해내는 것, 형식과 실질에 있어 하나의 조그만 불멸성을 추구하는 것―, 나는 나 자신에게 그 이하의 것을 요구할 만큼 겸손해 본적은 한 번도 없다. 그 아포리즘과 경구: 그 방면에서 나는 독일인 최초의 대가이거니와 그것들은 영원성의 형식이다. 나의 양심은 다른 사람들이 한 권의 책으로 말하는 것을― 다른 사람들이 한 권의 책으로도 말하지 못하는 것을— 열 개의 문장으로 말하는 것이다. 나는 인류에게 가장 심오한 책인 『짜라투스트라는 이렇게 말했다』를 제공한 바가 있다.

이 하 석
밝은 교신

　하루에도 수백의 나비들 벌들 활주로 뜨고 내리느라 꽃의 관제탑은 쉴 틈이 없지만, 종일 밝게 펴놓은 교신들로 오늘도 단 한 건의 항공사고가 없었다.

현실주의자(사실주의자)들은 모든 사물을 현미경으로 바라보고, 낭만주의자들은 모든 사물을 망원경으로 바라본다. 현실주의자들은 머나먼 하늘과 참되고 밝은 이상세계에는 초점을 맞추지 않고, 끊임없이 고통을 받고 어렵고 힘들게 사는 사람들에게 초점을 맞춘다. 선과 악, 사랑과 증오, 적과 동지, 주인과 노예, 자본가와 노동자 등의 이분법적인 사고방식으로 이 세상의 그 모든 삶의 질서, 즉, 도덕과 역사와 전통을 물어뜯는다. 부유한 자, 힘 있는 자, 지배하는 자는 사악하고, 가난한 자, 힘 없는 자, 지배받는 자는 착하다는 믿음과 신앙으로 그들의 동지들을 불러모으고, 그 거대한 다수의 힘으로 사회변혁을 꿈꾸기 때문이다.

　　하지만, 그러나 그들은 본디 학문이나 예술의 존재론적 토대에는 무지하기 때문에, 그 어떠한 타개책이나 희망과 목표를 제시하지 않으며, 그 모든 잘못의 원인을 남의 탓으로 돌려버린다. 원한 맺힌 저주감정이 그들의 근본정서

이자 존재 이유가 되며, 따라서 원한 맺힌 저주감정의 포
로가 되어 그 비극적인 생애를 마감한다. 이에 반하여, 낭
만주의자들은 그들이 두 발을 딛고 선 현실을 무시하며,
머나먼 하늘과 참되고 밝은 이상세계를 동경하며, 뜬구름
잡는 식으로 그 모든 어렵고 힘든 사람들의 마음을 사로잡
는다. 생떽쥐페리의 『어린 왕자』가 살고 있는 소행성과 달
나라의 토끼 등이 그것을 말해주며, 그들의 망원경은 반사
회적인 현실도피의 수단이 되어 준다. 이 현실주의자와 낭
만주의자들이 다같이 의견일치를 보고 있는 것은 시와 예
술이란 어렵고 힘든 사람들을 위한 구원의 수단, 즉, 이 세
상의 삶의 고통에 대한 치료수단으로서의 사회적 기능이
라고 할 수가 있다. 시와 예술은 꿈과 희망의 산물이며, 낙
천주의를 양식화시킨 것이다.

　　현실주의자들은 인간의 꿈과 낭만을 질식시키고, 낭만
주의자들은 인간이 처한 현실과 사회개혁의 모든 노력들
을 무화시킨다. 이하석 시인은 현실주의자로서 '문명비판
의 칼날'을 내려놓고, 잠시 자연예찬의 시를 쓴 것처럼 보
인다. "하루에도 수백의 나비들 벌들 활주로 뜨고 내리느
라 꽃의 관제탑은 쉴 틈이 없지만, 종일 밝게 펴놓은 교신
들로 오늘도 단 한 건의 항공사고가 없었다"라는 「밝은 교

신」이 그것을 말해준다. 그는 「밝은 교신」의 자연주의자이지만, 그러나 다른 한편으로는 낭만주의자의 망원경으로 꽃밭을 바라보고, 수많은 나비와 벌들을 관찰한다. 높디 높은 관제탑, 즉, 높디 높은 하늘에서 바라보면 달동네의 판잣집들도 아름답고, 무차별적인 총격전도 한 폭의 그림처럼 아름답듯이, 그의 아름다움은 환상이나 착시 속의 아름다움이지, 사실 그대로의 아름다움이 아니다. 현미경은 사물의 실핏줄과 그 찢김만을 바라보고, 망원경은 머나먼 곳의 풍경과 그 아름다움만을 바라본다.

수많은 벌과 나비들도 무리를 짓는 곤충들이며, 그 곤충들의 사회도 약육강식의 사회에 지나지 않는다. 날이면 날마다 수많은 새와 개구리와 포식성의 천적들 앞에서 부들부들 떨기도 하고, 하나의 꽃밭과 하나의 꿀샘을 더 차지하기 위하여 수많은 동종들과 이종들 간의 피눈물 나는 싸움을 벌이기도 한다. 온갖 질병과 독성과 먹이확보의 어려움 때문에 제 수명을 다 살지 못하고 죽어갈 뿐만 아니라, 짝짓기의 어려움 때문에 쓰디쓴 좌절과 절망 속에서 그 비참한 생애를 끝낸다. 수많은 꽃밭은 벌과 나비들의 무덤이며, 벌과 나비들의 시체로 그 꽃밭을 가꾸어 나간다. 이 세상에서 어렵고 힘들지 않은 것은 반자연적이고 반생물학적이며, 이 세상에서 어렵고 힘들지 않은 것은 존재할 수가 없다. 먹이사슬의 구조는 삶의 구조이며, 이 삶의 구조가 아주 단순하고 평화롭고 이상적이라면 그 어떤 종들도 존재할 수가 없다.

아름다움은 자기 자신의 살과 뼈를 깎아내는 듯한 처절한 고통과 자기 자신의 목숨을 걸어야만 얻어질 수 있는 것이지, 그냥 저절로 우연이 얻어지는 것은 아니다. 오천년의 소나무에게도 그 소나무의 고통과 투쟁의 역사가 담겨 있고, 히말라야의 고산영봉들에게도 히말라야 고산영봉의 고통과 투쟁의 역사가 담겨 있고, 모든 벌과 나비들에게도 그 벌과 나비의 고통과 투쟁의 역사가 담겨 있다. 이 세상에서의 고통과의 싸움은 모든 생명체들을 비정하고 잔인하게 만들지만, 그러나 그들의 삶의 절정, 즉, 그들이 피워낸 꽃의 아름다움은 모든 저주와 분노와 슬픔들을 승화시킨 것이다.

현실주의자들의 꽃밭에는 수많은 벌과 나비들의 시체가 즐비하고, 자연주의자(낭만주의자)들의 꽃밭에는 단 한 건의 분쟁사고(항공사고)도 없이 모든 것이 저절로 자라나 이 세상에서 가장 아름답고 향기로운 꽃들이 만발한다. 현실주의자들에게는 거시적인 안목이 필요하고, 낭만주의자들에게는 미시적인 안목이 필요하지만, 그러나 그것보다는 그 모든 것을 종합적으로 바라볼 수 있는 낙천주의적인 사상이 더 필요하다고 할 수가 있다.

이 병 연

다시

외국 가는 일이 생소하던 오래전
동생이 유학길에 올라 공항에서 사라져 갈 때
눈가가 촉촉해졌다, 다시 볼 수 있을까?

잠시 머물던 면천을 떠나려고 차에 오르는 순간
때아닌 눈물이 왈칵 쏟아졌다
다시 올 수 있을까?

다시라는 말은 슬픈 올가미

하늘에 떠다니는 무심한 뭉게구름
한없이 올려다보는 까닭

우리 한국인들이 우리 한국어를 얼마나 잘 알고, 우리 한국어를 얼마나 잘 구사할까를 생각해보다가 나는 그만 아찔한 절망감과 좌절감에 사로잡히지 않을 수가 없었다. 모국어란 우리 한국인들의 생명이자 실핏줄이며, 삼천리 금수강산처럼 아름답고 풍요로운 삶의 텃밭이라고 하지 않을 수가 없다. 모국어란 문전옥답이고, 양식이며, 물이고, 공기인데, 왜냐하면 우리 한국인들은 모국어로 말하고 모국어로 숨을 쉬며 살아가고 있기 때문이다. 나는 『행복의 깊이』 저자이자 '낙천주의 사상가'이지만, 그러나 내가 구사할 수 있는 한국어의 수준은 나의 앎의 깊이와 그 한계에 갇혀 있다고 할 수밖에 없다.

이병연 시인의 「다시」라는 시를 읽다가 나는 '다시'라는 말을 백과사전에서 찾아 보았다. 첫 번째는 어떤 일이나 행동이 그쳤다가 다시 시작되는 것을 말하고, 두 번째는 '그는 다시 무겁게 말을 이었다'처럼 방법이나 방향을 고쳐 새롭게 말하는 것을 뜻한다. 세 번째는 '그는 그 문장을 이해하기 위해 몇 번이나 다시 읽었다'라는 말처럼 무한히 반복 연습하는 것을 뜻하고, 네 번째는 '봄은 왔지만, 남북통일의 봄은 오지 않았다'라는 말처럼 어떤 꿈이나 소원이 이루어지지 않은 것을 말한다. 다섯 번째는 '이것 이외에는 더 좋은 것은 다시는 없다'라는 말처럼 단정적인 확신의 말을 뜻하고, 여섯 번째는 '며칠 후에 다시 만나자'라는 말처럼 어떤 만남의 약속을 뜻한다. 일곱 번째는 '오래오래 참고 견디면 다시 기회가 올 것이다'라는 말처럼 재도약의 발판이 마련되는 것을 뜻하고, 여덟 번째는 '오던 길을 다시 되돌아갔다'라는 말처럼, 어떤 일이 뜻대로 되지 않았다는 것을 뜻한다.

우리 한국인들이 맨날천날 눈을 뜨고 일어나면 수없이 말을 하고 반복하는 '다시'라는 말의 뜻도 이처럼 무궁무진한데, 그밖의 다른 모국어인 한국어를 어떻게 다 알고 구사할 수가 있단 말인가? 한국어의 무한한 보고인 대한민국, 한국어의 풀과 숲, 한국어의 강과 호수, 한국어의 산과 바다, 한국어의 새와 짐승들―, 한국어는 백과사전에 속에 있고, 한국어는 우리들의 말과 행동 속에 있다. 어느 누구도 모든 한국어를 제대로 알고 다 구사할 수는 없지만, 그러나 우리는 한국어 속에서만 더욱더 자랑스러운 한국인이며, 우리의 몸과 마음을 정결히 하되, 우리들의 한국어를 더욱더 아름답고 풍요롭게 가꾸어 나갈 역사적 사명과 의무가 있는 것이다.

이병연 시인의 「다시」는 "다시라는 말"의 "슬픈 올가미"에 걸려 있고, 그것은 "하늘에 떠다니는 무심한 뭉게구름"처럼 두 번 다시 시작할 수 없는 '시간의 흐름'과 관련이 있다. "외국 가는 일이 생소하던 오래전// 동생이 유학길에 올라 공항에서 사라져 갈 때/ 눈가가 촉촉해졌다, 다시 볼 수 있을까?"의 '다시'는 다시 만날 수 없다는 '이별불안'과 관련이 있고, "잠시 머물던 면천을 떠나려고 차에 오르는 순간/ 때아닌 눈물이 왈칵 쏟아졌다/ 다시 올 수 있을까?"의 '다시'는 다시는 되돌아갈 수 없을 것이다라는 안타까움과 관련이 있다.

회자정리會者定離─. 만나면 헤어지는 것이 모든 자연의 법칙이지만, 그러나 이 인연의 끈이 끊어지는 것만큼 슬픈 일도 없을 것이다. 이별에는 원수같은 이별도 있고 아무렇지도 않고 그저 잠시 스쳐가는 이별도 있지만, 그러나 너무나도 안타깝고 아쉬운 이별과 너무나도 소중하고 영원히 함께 하고 싶은 사람과의 이별은 그 주체자에게 그토록 엄청난 상처와 슬픔을 안겨줄 수도 있을 것이다.

이병연 시인의 「다시」는 '다시는 만날 수 없을 것 같다'는 이별불안과 다시는 그가 머물렀던 '면천'의 시절로 되돌아갈 수 없다는 안타까움의 사이에서, 그러나 그 덧없음과 허무함을 초월하여 "다시라는 말은 슬픈 올가미"라는 시구에서처럼 천하제일의 한국어를 탄생시킨다. 올가미란 덫이며, 어떤 짐승을 잡거나 다른 사람을 함정에 빠뜨릴 때 사용되는 도구이지만, 그러나 이병연 시인의 올가미는 그 올가미가 올가미의 기능을 다하지 못하고, '인연의 끈'이 끊어지는 슬픈 도구를 뜻한다. 우리 인간들은 사회적 동물이며, 인연이라는 올가미에 구속되어 있고, 이 올가미가 끊어지면 너무나도 안타까운 이별과 영원한 죽음을 죽어가게 된다.

모든 생명체의 의지는 삶의 의지이며, 이 삶의 의지에 반하는 그 모든 것은 슬픔의 대상이 된다. 자기 자신의 존재의 근거를 확보하고 삶의 의지에 반하는 그 모든 것과 그토록 처절하게 싸우고 피비린내를 풍겨도 보았지만, 그러나 시간의 흐름 앞에서는 '다시'라는 올가미도 어쩔 수가 없다. 다정하고 따뜻한 사람들과 함께 살 수 없는 슬픔, 그리운 고향산천과 정든 사람들과 영원히 헤어져야 하는 슬품, 사랑하는 아내와 아들과 딸들을 두고 영원히 이 세상을 떠나가야 하는 슬픔 등—. 다시는 너무나도 힘이 없고 무기력한 존재이며, '다시'라는 말처럼 '슬픈 올가미'도 없다. '다시'는 한국어이며, 올가미이고, 하늘에 떠다니는 뭉게구름처럼, 덧없고 허무하다.

이병연 시인의 「다시」는 인간 존재론이자 사회학이고, '다시'는 인간 심리학이자 언어학이다.

우리 한국인들은 '다시'라는 올가미에 걸린 슬픈 존재이지만, 그러나 이병연 시인의 「다시」라는 시는 우리 한국어와 함께 영원할 것이다.

"다시라는 말은 슬픈 올가미"—. 내가 읽은 가장 아름다운 한국어 중의 하나이자, 내가 이 '명시감상-사상의 꽃'을 쓰는 원동력이라고 할 수가 있다.

모든 시인들은 하늘을 감동시킬 줄을 알아야 한다. 하늘을 감동시킬 수 있을 때만이 가장 아름다운 한국어로 만인들의 마음을 사로잡을 수가 있는 것이다.

허 이 서

꽃그늘

동창회에 가면 입들은 행복이 넘친다
돈 자랑, 집 자랑, 차 자랑, 자식 자랑, 남편 자랑
자랑들 식당 안에 뜨겁게 둥둥 떠다닌다
잉꼬부부 자칭하는 누군가 나서 우쭐대며 말한다
끼리끼리 만나 팔자대로 사는 거라고
자랑할 거 없어 구석쯤에 앉아 물만 마시던 나도
없는 자랑거리 만들어 더 큰소리로 합세하자
시끌벅적 자랑들로 둥둥 식당이 떠내려간다

늦은 밤 동창회 마치고 돌아오는 길
세상 하나뿐인 모양과 빛깔로
험한 골짜기 어렵사리 핀 나만의 꽃이
시들시들하더니 이내 꽃잎을 닫는다

그들의 입이 함빡 피워 올린 꽃그늘 아래서

시는 사상의 꽃이고, 사상은 시의 열매이다. 사상은 말(지혜)의 꽃이며, 이 꽃은 선남선녀의 반대 방향에서 가장 이상적인 사랑의 꽃이라고 할 수가 있다.

황제도 대왕도 말의 꽃이고, 왕도 대통령도 말의 꽃이다. 아버지도 어머니도 말의 꽃이고, 아들과 딸도 말의 꽃이다. 회장과 사장도 말의 꽃이고, 과장과 사원도 말의 꽃이다. 장군과 사병도 말의 꽃이고, 풀과 나무도 말의 꽃이다. 이 세상은 말의 꽃의 세상이며, 우리 인간들은 저마다 말의 꽃을 피우기 위해 최선의 노력을 다하며 살아간다.

"동창회에 가면 입들은 행복이 넘"치는데, 왜냐하면 동창회는 말들이 꽃을 피우는 최적의 장소이기 때문이다. "돈 자랑, 집 자랑, 차 자랑, 자식 자랑, 남편 자랑/ 자랑들 식당 안에 뜨겁게 둥둥 떠다"니고, "잉꼬부부 자칭하는 누군가 나서 우쭐대며" "끼리끼리 만나 팔자대로 사는 거라고" 말한다. 자랑이란 소위 자기과시욕이며, 이 자랑에도 수많은 종류와 등급이 매겨져 있다. '나는 천자이다'라는 황제의 자랑도 있고, '나는 성직자이다'라는 사제의 자랑도 있다. '나는 도덕군자이다'라는 자랑도 있고, '나는 대기업 회장이다'라는 자랑도 있다. 자랑도 말의 꽃이며, 이 자랑의 꽃은 소위 만인들이 인정할 수 없는 가짜일 때가 많다. 자기과시는 허영이고, 허영은 거짓과 속임수가 된다. 자랑은 이웃압도에의 의지이며, 사회적 동물로서는 더욱더 좋은 자리를 잡기 위한 '당랑거철螳螂拒轍의 허세'일 때가 많다.

자랑은 말의 꽃이며, 일종의 허영이고 헛꽃이지만, 그러나 그 우쭐댐으로써 타인들을 기분 나쁘게 만들거나 의기소침하게 만든다. 모든 조직체는 힘에 의한 조직체이며, 어떤 동창회 모임이라도 그 모임이 지속되려면 '말의 꽃'을 통하여 그 계급과 폭력적인 서열제도를 구축하지 않으면 안 된다. 회장, 부회장, 감사, 총무, 간사, 회원 등이 그것이며, 이 계급과 서열제도는 말의 꽃인 자랑을 통해서 정해지기 마련이다. "자랑할 거 없어 구석쯤에 앉아 물만 마시던 나도/ 없는 자랑거리 만들어 더 큰소리로 합세하자/ 시끌벅적 자랑들로 둥둥 식당이 떠내려간다"는 것은 당랑거철의 허세이자, 그 동창생들 대부분이 전혀 터무니없고 뜬구름 잡는 식의 '수다쟁이-허풍쟁이'에 지나지 않는다는 것을 뜻한다.

'내가 놓친 물고기는 대왕고래였다'는 것은 낚시꾼들의 자랑이고, '내가 한 수만 삐끗거리지 않았다면 대마大馬를 잡을 수 있었다'는 것은 바둑기사들의 자랑이다. '영국신사'라는 것은 '영국해적들'의 자랑이고, 동방예의지국이라는 것은 우리 한국인들의 자랑이다. 우리 남편은 영웅호걸과도 같고, 우리 아내는 현모양처와도 같고, 우리 아들과 딸들은 단군 이래 최초의 선남선녀와도 같다. "늦은 밤 동창회 마치고 돌아오는 길/ 세상 하나뿐인 모양과 빛깔로/ 험한 골짜기 어렵사리 핀 나만의 꽃이/ 시들시들하더니 이내 꽃잎을 닫는다."

꽃은 삶의 절정이며, 아름다움의 극치이다. 순수하고 티없이 맑고, 완전무결하게 아름다운 꽃—. 언제, 어느 때나 수많은 사람들이 이역만리에서 찾아와 무한한 존경과 찬양을 바치는 말의 꽃—.

하지만, 그러나 이 '말의 꽃-사상의 꽃'은 전 인류의 스승만이 피울 수 있는 꽃이며, 대부분의 말의 꽃은 허영이고, 자기과시이며, 헛꽃에 지나지 않는다.

허이서 시인의 「꽃그늘」은 "그들의 입이 함빡 피워 올린 꽃그늘 아래서", 그러나 "세상 하나뿐인 모양과 빛깔로/ 험한 골짜기 어렵사리 핀 나만의 꽃이"기에 더욱더 아름답고 거룩한 꽃이라고 할 수가 있다.

험한 골짜기의 나만의 꽃, 알프스와 히말라야와 백두산 골짜기에 핀 나만의 꽃, 이 세상에서 가장 아름답고 훌륭한 우리 한국어의 꽃—.

조 옥 엽

고래

남편이 거실에서 자고 있다

오늘은 어느 바다를 헤엄치다가

귀향했는지 탈탈거리는 엔진소리가

한밤의 멱살을 잡고 흔든다

몸 누일 둥지를 틀고

식구를 먹여 살린다는 건

거친 바다에 몸을 던지는 일

어둠을 뚫고 용케

어리바리한 물고기 몇 마리

건져 올려 하루를 접고 짠물에

절은 삭신 막걸리 몇 잔으로

달래 바닥에 눕히고 잠든 남편

잠결에도 압박감에 짓눌려

바다와 교신 중인지 간간이

미간을 찌푸린다

하루 치의 엔진오일을

보충하고 소진하는 과정으로

수수 년 이어져 온 생

숱한 고비들을 넘기고 다시

이어지는 날들이 기적 같은데

충전을 다 마쳤는가

뱃고동 소리 내뿜던 거실은 고요해지고

나는 주유기를 빼 제자리에

돌려놓고 정적이 주는 평화를

양손에 꼭 쥐고 돌아눕는다

고래의 종류에는 흑등고래, 향유고래, 흰돌고래, 범고래, 돌고래, 큰돌고래, 밍크고래, 긴수염고래 등의 수많은 종류가 있고, 수염고래류와 이빨고래류로 분류할 수가 있다. 고래는 물속에서 살아가지만 육상의 포유동물과도 똑같고, 폐로 호흡을 하며 새끼를 낳아 젖을 먹여 키운다. 고래는 2-3m 안팎의 작은 종들도 있지만, 25m이상의 대형 종들도 있고, 따라서 고래는 바다의 제왕으로서 무한한 관심과 찬양의 대상이 된다. 고귀하고 위대한 것은 큰 것이고, 크고 힘 센 것은 아름다운 것이다. 아름다운 것은 경건하고 숭고한 것이고, 가장 이상적인 것이고, 그 어떤 결점도 없는 것을 말한다.

　사자의 꿈, 호랑이의 꿈, 용왕의 꿈, 코끼리의 꿈 등이 있지만, 그러나 그 무엇보다도 '꿈 중의 꿈'은 고래의 꿈이고, 이 고래의 꿈은 그 뿜어 올리는 분수와 함께 천하를 지배하는 것이라고 할 수가 있다. 산다는 것은 고래의 꿈을 꾼다는 것이고, 고래의 꿈을 꾼다는 것은 그 어떤 시련과 고통과도 싸워 이기겠다는 것이다. 슬픔보다도 더 슬프고, 고통보다도 더 고통스러운 것은 꿈이 없다는 것이고, 꿈이 없다는 것은 그 어떤 고래도 그 커다란 몸통을 유지할 수가 없다는 것이다.

남편은 거실에서 자고 있고, "오늘은 어느 바다를 헤엄치다가/ 귀향했는지 탈탈거리는 엔진소리가/ 한밤의 멱살을 잡고 흔든다". 조옥엽 시인의 '고래'는 바다와의 싸움에서 지친 고래이며, 겨우 식구들을 먹여 살리기 위하여 "거친 바다에 몸을 던지"고, "어둠을 뚫고 용케/ 어리바리한 물고기 몇 마리"를 건져 올린 어부에 지나지 않는다. 하지만, 그러나, 늙고 지친 어부가 가족의 생계를 위해 거친 바다로 먹이사냥을 나선다는 것은 얼마나 두렵고 떨리며 무서운 일이란 말인가? 몸 누일 둥지를 틀고 식구들을 먹여 살린다는 것, 거칠고 사나운 바다에 몸을 던지며 어리바리한 물고기 몇 마리를 잡아 올린다는 것, 피곤하고 지친 육체로 하루의 일상을 접고 짠물에 절은 삭신을 막걸리 몇 잔으로 달랜다는 것도 생사를 넘어선 싸움이고, 술에 취해 잠을 자면서도 일상생활의 압박감에 짓눌려 바다와 교신하며 미간을 찌푸린다는 것, "하루 치의 엔진오일을/ 보충하고 소진하는 과정으로/ 수수 년 이어져 온 생/ 숱한 고비들을 넘기고 다시/ 이어지는 날들이 기적 같"다는 것도 생사를 넘어선 싸움의 결과라고 하지 않을 수가 없다. 단어하나, 토씨 하나에도 자기 자신의 목숨을 걸어야 하듯이, 모든 위대함의 크기는 그 주체자의 고통과 희생의 크기라고 하지 않을 수가 없다. 자기 자신의 단 하나뿐인 목숨을 건다는 것은 하루치의 엔진오일을 보충하고 소비하는 것과도 같고, 숱한 고비들을 다 극복하고 다시 돌아온다는 것은 모든 기적을 연출해냈다는 것과도 같다. 이 세상에서 가장 고귀하고 위대한 꿈은 어떤 꿈이고, 이 세상에서 가장 굳세고 용기 있는 사람은 어떤 사람이며, 이 세상에서 가장 성실한 사람은 어떤 사람인가? 고래의 꿈이고, 이 고래의 꿈을 위하여 자기 자신의 단 하나뿐인 목숨을 거는 사람이다.

희극이나 비극이나 그 작품의 구성원리상, 필요 이상의 미화나 과장은 필수적인 요소일 수도 있다. 희극의 주인공은 실제보다 더 바보스럽거나 우스꽝스럽게 표현할 수도 있고, 비극의 주인공은 실제보다 더 고귀하고 뛰어난 인물로 묘사함으로써 극적인 효과를 노릴 수도 있다. 조옥엽 시인의 「고래」는 비극의 주인공이고, 그는 일상생활에서

l곤하고 지친 사람의 모습으로 등장하지만, 그러나 생사
를 넘어선 혈투에서 수많은 기적을 연출해낸 개선장군과
도 같다고 할 수가 있다. 남편이 조업을 마치고 돌아와 술
몇 잔 마시고 쓰러진 모습에서 "오늘은 어느 바다를 헤엄
치다가/ 귀향했는지 탈탈거리는 엔진소리가/ 한밤의 멱살
을 잡고 흔든다"는 시구도 탁월하고, "식구를 먹여 살린다
는 건/ 거친 바다에 몸을 던지는 일/ 어둠을 뚫고 용케/ 어
리바리한 물고기 몇 마리/ 건져 올려 하루를 접고 짠물에/
절은 삭신 막걸리 몇 잔으로/ 달래 바다에 눕히고 잠든 남
편"의 모습도 탁월하다. "잠결에도 압박감에 짓눌려/ 바다
와 교신 중인지 간간이/ 미간을 찌푸린다"라는 직업의식
도 탁월하고, "하루 치의 엔진오일을/ 보충하고 소진하는
과정으로/ 수수 년 이어져 온 생/ 숱한 고비들을 넘기고 다
시/ 이어지는 날들"의 "기적"도 탁월하고, "나는 주유기를
빼 제자리에/ 돌려놓고 정적이 주는 평화를/ 양손에 꼭 쥐
고 돌아눕는다"라는 아내의 소명의식도 탁월하다.

시는 기교가 아니고, 기교는 시를 질식시킨다. 자기 자
신의 꿈, 즉, 고래의 꿈을 위하여 그 직업의식에 투철하고
그 어떤 위험과 고통도 마다하지 않는다는 것, 바로 이 삶
의 태도와 시인 정신이 기교를 낳고 그 아름다운 삶의 극

치를 이룬다. 앞으로도, 뒤로도 물러설 수가 없고, 한 걸음만 삐끗하고 균형을 잃으면 그의 삶이 끝나는 줄타기의 인생과도 같다.

시와 예술은 거짓이나 꾸밈이 없다. 천 리 길도 한 걸음부터라는 말이 있듯이, 기본에 충실하고, 그 어떤 불의에도 타협하지 않으며, 자기 자신의 길을 가는 사람은 '고래의 꿈'을 꾸게 된다. 새우가 고래보다 클 수도 있고, 고래가 새우보다 작을 수도 있다. 정직하고 성실한 사람은 키가 작고 평범할 수도 있지만, 키고 크고 고귀하고 위대한 탈을 쓴 사람이 더없이 어리석고 하찮은 인간일 수도 있는 것이다.

조옥엽 시인의 「고래」는 비극의 삼일치에 기초해 있고, 그것은 시간의 일치와 장소의 일치와 연기의 일치라고 할 수가 있다. 시간은 밤이고, 장소는 시인의 거실이고, 연기의 주체는 선장이고, 그 이야기의 진행자는 시인이다. 너무나도 정직하고 거짓이나 꾸밈이 없는 삶의 태도와 시인 정신이 고귀하고 위대한 고래의 꿈으로 탄생하게 된 것이다.

조옥엽 시인의 「고래」는 '시인 정신의 승리'가 '리얼리즘의 승리'로 이어지고 있는 것이다.

탁 경 자
어초장*

달이 섬진강

은어 떼를 몰고 오면

강가에서

시의 추를 던지며

별을 낚는다

그 별 손바닥에 올려

心자를 심으면

만장의 문장들이

서정의 잎새로 그늘 쳐 오고

민초들의 노래가 돌고 돌아

뻐꾹새 피울음으로

능선을 타고 넘어오는

지필묵 잃은 어초장

언제쯤 벗어 놓고 갔나

섬돌 위 밑창 닳은 신발 위로

솔바람 타고 온 새들이

한 그림자를 스치며 간다

* 송수권 시인의 집필실

섬진강은 전라남도와 전라북도, 그리고 경상남도에 걸쳐 있는 강이며, 고대 가야문화와 백제문화가 서로 섞여들며 만나던 장소라고 할 수가 있다. 신라와 백제의 경계지역이고, 임진왜란 때는 왜군의 침입경로였으며, 조선시대의 말기에는 동학 농민전쟁이 일어났던 곳이기도 하다. 섬진강이 왜, 섬진강이냐 하면 1385년(우왕 11년) 왜구가 섬진강 하구에 침입했을 때 수십만 마리의 두꺼비 떼가 울부짖어 왜구가 광양 쪽으로 피해갔다는 전설 때문에 그때부터 '두꺼비 섬蟾'자 붙어 섬진강이라고 불렀다고 한다.

송수권 시인(1940-2016)은 그의 출세작이 「산문에 기대어」이듯이, 지리산의 시인이자 한국 서정시를 대표하는 시인이라고 할 수가 있다. 나도 송수권 시인이 순천대학교 교수로 재직할 때, 그와 함께 섬진강에서 수영을 하고 '어초장'에서 하룻밤을 잔 적이 있지만, 어초장에서 바라보는 지리산과 섬진강의 풍광은 그야말로 너무나도 아름다운 장관이었다고 하지 않을 수가 없다. "누이야 가을산 그러메에 빠진 눈썹 두어 낱을/ 지금도 살아서 보는가/ 정정한 눈을 돌로 눌러 죽이고/ 그 눈물 끝을 따라가면/ 즈믄 강의 밤이 일어서던 것을"이라는 그의 「산문에 기대어」의 아픔과 함께 오늘도 그 유장한 흐름을 멈추지 않고 있는 섬진강을 생각하면, 아직도 송수권 시인의 '어초장'의 추억이 새록새록 떠오른다.

탁경자 시인의 「어초장」은 그의 '사부곡師父曲'이며, "달이 섬진강/ 은어 떼를 몰고 오면/ 강가에서/ 시의 추를 던지며/ 별을 낚는다"라는 너무나도 아름답고 뛰어난 시구로 만인들의 심금을 울린다. 아름다움은 우연의 소산이 아니며, 송수권 시인에 대한 사랑과 존경의 마음이 이처럼 오랜 시간의 풍화작용을 거쳐서 대자연의 금은보석으로 솟아난 것이라고 할 수가 있다. 훌륭한 스승 밑에 못난 제자 없고, 훌륭한 제자 뒤에 못난 스승 없다.

"달이 섬진강/ 은어 떼를 몰고 오면/ 강가에서/ 시의 추를 던지며/ 별을 낚는다"는 것, "그 별 손바닥에 올려/ 心자를 심으면/ 만장의 문장들이/ 서정의 잎새로 그늘 쳐" 온다는 것, "민초들의 노래가 돌고 돌아/ 뻐꾹새 피울음으로/ 능선을 타고 넘어"온다는 "지필묵 잃은 어초장"은 언어의

은보석과도 같은 시구들이며, 탁경자 시인의 언어가 천
제일의 '언어의 꽃'으로 피어난 것이라고 할 수가 있다.

　인간이 자연을 모방하는 것이 아니라, 시인의 언어로 대
연의 아름다움이 꽃피어 난다. "언제쯤 벗어 놓고 갔나/
돌 위 밑창 닳은 신발 위로/ 솔바람 타고 온 새들이/ 한
그림자를 스치며 간다"라는 시구에서처럼 인간은 유한하
만, 언어는 영원하고, 이것이 탁경자 시인의 「어초장」의
속성인 것이다.

　이 세계는 언어로 이루어진 세계이고, 이 세계의 그 모
것들은 '언어의 꽃'이라고 할 수가 있다. 송수권 시인과
탁경자 시인이 시를 쓰지 않았다면 우리가 어떻게 이 아름
운 언어의 꽃밭, 이 「어초장」을 구경이나 할 수가 있었겠
가!

장 정 순

곡선

매듭을 풀어
부드러움이라고 쓰게 하소서
매듭을 풀어
곡선이라고 쓰게 하소서

이 세상의 유일한 생명이
차가워지기 전에

부드러운 곡선으로
변화되게 하소서

설레면서 내일을 꿈꾸는 저녁은
요란하지 않습니다
나직이 숫자를 지우면서 음미합니다

창가의 불빛을 조용히 놓아 줍니다

모든 것을 끌어안고 회전 시계를 돌려

길고도 먼 선을 연결합니다

매듭을 풀면

부드럽습니다

곡선입니다

사소한 갈등도 스르르 녹아듭니다

📖

우리는 흔히들 동물과 식물이 다르고, 곤충과 벌레가 다
르다고 생각한다. 물과 불도 다르고, 공기와 흙도 다르다
고 생각한다. 돌과 나무도 다르고, 인간과 기생충도 다르
다고 생각한다. 이 다름은 상호 간에 아무런 상관성도 없
다는 다름이지만, 그러나 이 다름은 種과 屬을 구분하
는 다름일 뿐, 모두가 다같이 생물학적이나 화학적으로는
한 가족이라고 할 수가 있다. 이 세상의 근본물질은 원자
이고, 이 원자와 원자의 결합에 의하여 다양한 동물과 식
물들, 또는 유기물과 무기물이 생겨나게 된다. 처음과 시
작도 같고, 동양과 서양도 같다. 남극과 북극도 같고, 낮과
밤도 같다. 적과 동지도 짝을 이루고, 선과 악도 짝을 이룬
다. 음과 양도 짝을 이루고, 진리와 허위도 짝을 이룬다.
우주도 둥글고, 지구도 둥글다. 동쪽으로 가면 동쪽만 나
오고, 서쪽으로 가면 서쪽만 나온다. 중심과 주변도 없고,
영원한 삶의 오솔길은 곡선이다. 모든 것이 가고 모든 것

ㅣ 새롭게 꽃피어 난다.

우리는 어디에서 태어나 어디로 가고 있는가? 흙(원자)에서 태어나 흙으로 돌아간다. 우리들의 육체를 이루고 있던 수많은 물질들은 원자들로 분해되어 다양한 생명체들의 토대가 되고, 우리들이 죽어감으로써 새로운 후손들이 살아가게 된다. 이 자연의 이치를 따져보면 어느 누가 좀 더 오래 살거나 좀 더 일찍 죽는다는 것 역시도 아무런 차이가 없다. 수십억 년, 또는 수십만 년의 자연의 역사를 따져보면 어느 누가 좀 더 오래 살거나 좀 더 일찍 죽는다는 것은 아무런 차이도 없고, 어느 누가 부귀영화를 누렸던가, 아닌가 역시도 아무런 차이가 없다. 자연, 혹은 천지창조주의 입장에서는 종의 보존과 균형에만 관심이 있지, 어느 특정한 개체의 행복과 불행에는 관심조차도 없다고 한다.

장정순 시인은 2016년 월간 『시문학』으로 등단했고, 첫 번째 시집 『드디어 맑음』(2020년, 시문학사)을 출간한 바가 있다. '한국문학비평가협회상'과 '백운문학상'을 수상했으며, '한국시문학문인회', '한국현대시인협회', '한국문인협회', '한국문학비평가협회회원'으로 활동을 하고 있다. 장정순 시인의 두 번째 시집인 『그믐밤을 이기다』는 '곡선의 시학'의 성과이며, 자유와 평등과 사랑의 전도사로서의 그의 '인문주의의 승리'라고 할 수가 있다.

매듭이란 무엇이고, 곡선이란 무엇인가? 매듭이란 '어떤 일과 일 사이의 마무리를 짓는 것', '어떤 해결되지 않는 부분이나 어려운 고비', '실이나 끈 따위를 묶어 맺은 자리' 등을 지시하지만, 장정순 시인의 「곡선」에서는 어떤 원한이나 해결되지 않은 난제를 뜻한다. "매듭을 풀어/ 부드러움이라고 쓰게 하소서/ 매듭을 풀어/ 곡선이라고 쓰게 하소서"라는 시구에서는 '매듭'이 반생명적이며 반사회적인 인적 종양임을 뜻하게 되고, 따라서 "이 세상의 유일한 생명이/ 차가워지기 전에// 부드러운 곡선으로/ 변화되게 하소서"라고 기도를 하게 된다. 나직이 숫자를 지우면서 음미해보면 "내일을 꿈꾸는 저녁은/ 요란하지" 않고, "모든 것을 끌어안고 회전 시계를 돌려" "매듭을 풀면" 모든 것이 부드러운 곡선이 되고, "사소한 갈등"도 다 녹아버리게 된다.

곡선의 삶은 그믐밤을 이기는 삶이고, 직선의 삶은 매듭, 즉, 그믐밤을 만드는 삶이다. 곡선의 삶은 자연의 순리에 따르는 삶이고, 직선의 삶은 적과 동지, 선과 악, 음과 양, 진리와 허위 등을 따지고 싸우는 삶이다. 곡선의 삶은 자비와 친절, 또는 자유와 평등과 사랑을 옹호하는 삶이고, 직선의 삶은 타자의 주체성마저도 짓밟고 이기주의

를 극대화하여 만인들 위에 군림하는 삶을 말한다. 장정순

]인은 곡선의 삶을 찬양하며, 그의 인문주의를 통해 모든

-유부단한 자와 반대파들에게 결사항전을 선포하는 자유

} 평등과 사랑의 전도사라고 할 수가 있다.

반 경 환

1954년 충북 청주에서 태어났으며, 1988년 『한국문학』 신인상과 1989년 《중○일보》 신춘문예로 등단했다. 반경환의 저서로는 『시와 시인』, 『행복의 깊이』 2, 3, 4권, 『비판, 비판, 그리고 또 비판』 1, 2권, 『반경환 명시감상』 1, 2, 3, 4○ 『이 세상에서 가장 아름다운 명문장들』 1, 2권, 『반경환 명구산책』 1, 2, 3권이○고, 『반경환 명언집』 1, 2권, 『쇼펜하우어』, 『니체』, 『사상의 꽃들』 1, 2, 3, 4, 5, 7, 8, 9, 10, 11, 12, 13, 14권 등이 있다.

이 『사상의 꽃들』은 '반경환 명시감상'으로 기획된 것이지만, 보다 새롭고 좀 ○쉽게 수많은 독자들에게 다가가기 위한 포켓북이라고 할 수가 있다. 사상은 ○의 씨앗이고, 시는 사상의 꽃이다. 그는 시를 철학의 관점에서 이해하고, 철학○예술(시)의 관점에서 이해한다. 그의 글쓰기의 목표는 시와 철학의 행복한 만○을 통해서, 문학비평을 예술의 차원으로 끌어올리는 것이다. 따라서 반경환○문학비평은 다만 문학비평이 아니라 철학예술이라고 할 수가 있는 것이다.

시는 행복한 꿈의 한 양식이며, 낙천주의를 양식화시킨 것이다.

이메일 : bankhw@hanmail.net

사상의 꽃들 15
반경환 명시감상 19

초판 1쇄	2024년 6월 30일
지은이	반경환
펴낸이	반송림
펴낸곳	도서출판 지혜
주 소	34624 대전광역시 동구 태전로 57, 2층 도서출판 지혜
전 화	042-625-1140
팩 스	042-627-1140
전자우편	eji@ji-hye.com
	ejisarang@hanmail.net
애지카페	cafe.daum.net/ejiliterature
ISBN	979-11-5728-542-6 02810
값	12,000원